용마검전

FANTASY FRONTIER SPIRIT

김재한 판타지 장편 소설

용마검전 5

김재한 판타지 장편 소설

초판 1쇄 찍은 날 § 2014년 12월 8일
초판 1쇄 펴낸 날 § 2014년 12월 12일

지은이 § 김재한
펴낸이 § 서경석

편집부장 § 권태완
편집책임 § 박은정
디자인 § 신현아

펴낸곳 § 도서출판 청어람
등록번호 § 제387-1999-000006호
등록일자 § 1999. 5. 31
어람번호 § 제1-1996호

주소 § 경기도 부천시 원미구 부일로 483번길 40 서경B/D 3F (우) 420-822
전화 § 032-656-4452 팩스 § 032-656-4453
http://www.chungeoram.com
E-mail § chungeorambook@daum.net

CONTENTS

Chapter 22 마경(魔境)으로　　　　　　　　7

Chapter 23 인도자의 선물　　　　　　　　63

Chapter 24 과거의 망령들　　　　　　　125

Chapter 25 수상한 움직임　　　　　　　181

Chapter 26 추락하는 마(魔)　　　　　　239

Chapter 27 모이는 전설들　　　　　　　287

龍魔
劍展

1

어떤 싸움이라도 끝은 온다. 수많은 전쟁이 끝나서 역사가 되었고, 그중 일부는 전설이 되어 두고두고 사람들에게 회자되었다.

용마전쟁은 인류 역사상 가장 거대한 전쟁이었다.

당시를 살아가던 사람들에게 그것은 끝나지 않는 지옥과도 같았다. 하루하루를 살아가는 것이 고통스럽고, 미래가 보이지 않아서 절망한 사람들의 탄식이 세상을 가득 채웠다.

하지만 이 기나긴 전쟁에도 끝이 있었다. 끝을 보기 위해 모든 것을 불태우며 달려온 모든 이는, 정작 끝이 보이기 시작하자 당혹스러워했다.

최종결전이 벌어지기 전날 밤, 아젤과 칼로스는 막사 안에 마주 앉아 있었다. 중대한 싸움을 앞둔 국면이기에 둘 사이에 술은 없었다. 지긋지긋한 전쟁 속에서 잠들기 위해 술을 벗 삼는다고 해서 누가 탓하지도 않으련만, 두 사람은 운명을 건 싸움에 한 점의 후회도 남기고 싶지 않았다.

"내가 이렇게 말하면 영감님들이 웃겠지만……."

칼로스가 어색하게 웃었다.

"내가 살아 있는 동안에 이 전쟁의 끝을 볼 수 있을 거라고는 생각 못했어."

"그 말, 노친네들한테는 절대 하지 마라."

아젤이 피식 웃으며 핀잔을 던졌다.

이때는 용마전쟁이 발발한 지 17년이 지난 시기였다. 정식으로 용마전쟁이 시작되기 전부터 세상은 평화롭지 않았다. 곳곳에서 전란의 소용돌이가 확대되어 가고 있었다. 그러다 어느 순간, 아테인이 스스로를 용마왕이라 칭하면서 인류를 상대로 정복 전쟁을 시작한 것이다.

아젤도 칼로스도 유년기부터 인생의 거의 대부분이 용마전쟁으로 점철되어 있었다. 두 사람에게 있어서 용마전쟁은 당연한 삶의 배경이었다. 용마전쟁이 끝나고 더 이상 싸우지 않아도 되는 평화로운 나날은 꿈에서조차 제대로 그려볼 수 없었다.

칼로스가 말했다.

"안 해. 무슨 말을 들으라고. 하지만, 하지만 말이지……."

"무슨 심정인지는 이해해."

"역시 그렇지?"

"하지만 그것도… 내일 이겨야 성립하는 이야기지."

최종결전의 무대는 완성되었다. 연합군은 용마왕군의 잔존 병력이 집결한 최후 거점 '용뿔의 성채'를 포위하고 배치를 완료했다.

기나긴 암흑의 시대를 거쳤으면서도 수십만의 병력이 모인 것은 경이로운 일이다. 너무 많은 목숨이 죽었고, 무사히 태어나 자란 아이들은 너무 적었으니까.

전사였던 자들은 싸움 속에서 죽었고, 전사가 아니었던 이는 지옥에서 살아남기 위해 어쩔 수 없이 전사가 되었다. 그렇게 살아남은 자들이 모두 결말을 보기 위해 모여들었다.

칼로스가 말했다. 아젤에게 말하기보다는 스스로에게 들려주는 듯한 말투였다.

"이길 수 있어. 아니, 질 리가 없다."

"알아."

연합군은 지금까지 차곡차곡 승리를 쌓아올려서 용마왕군을 궁지로 몰아넣었다. 그리고 수적으로도 용뿔의 성채에 있는 적을 압도하는 상황이니 승리를 낙관해도 될 것이다.

하지만 그럴 수가 없었다. 저곳에서 그들을 기다리는 것이 다름 아닌 용마왕 아테인이기에.

"나머지 준비는 다 끝났으니 남은 건 내가 그놈을 쓰러뜨리는 것뿐이지."

최종결전에서 아젤은 아테인과 일대일로 자웅을 겨뤄야 한다.

그것이 연합군 수뇌부가 준비한 시나리오였다. 대군이 공성전을 벌이는 동안 정예들이 용뿔의 성채 안으로 침입, 아젤과 아테인이 일대일로 싸울 수 있는 상황을 만들 것이다.

이유는 간단했다. 아테인은 누군가 일대일로 상대해서 묶어놓지 않으면 아군이 감당할 수 없는 재앙이 되기 때문이다.

아테인은 현존하는 궁극의 마법사다.

세상에 존재하는 모든 마법에 통달해서 마학의 상식을 초월하는 일들을 아무렇지도 않게 벌이는 것이 그였다. 그가 대마법사로서 대군을 상대한다면 아군의 모든 고위 마법사가 그를 막느라 움직임이 묶이고 말 것이다.

그러니 누군가 그에게 접근해서 전장에 신경 쓸 수 없도록 막아야 했다. 하지만 대군이 서로 맞부딪치는 가운데 성채 안으로 침입할 수 있는 것은 극소수의 정예뿐이었으며, 그들은 어쩔 수 없이 적들에게 포위당해 격전을 치르게 될 것이다.

제한된 인력으로 이런 상황을 이겨내기 위해서, 아테인과 일대일로 맞서서 버틸 수 있는 대항마가 필요했다. 이길 수 없어도 좋다. 전쟁의 승패가 갈릴 때까지 버티는 게 가장 중요했다.

아젤이 이 임무를 맡게 된 이유는 간단하다. 오로지 그만이 아테인과 일대일로 대적하는 게 가능하다고 판단되었기 때문이다.

아테인은 궁극의 마법사인 동시에 경세적인 용령기 사용자였다.

일반적으로 용마족이든 용마인이든 마법이나 용령기 둘 중 하나를 선택한다. 둘은 뿌리가 같은 기술이며, 특성 역시 닮아 있기는 하지만 결국은 다른 기술이다. 그렇기에 양쪽을 다 극한으로 추구하다가는 이도저도 아니게 되게 마련이다.

하지만 아테인은 특별했다. 그는 초월적인 마법사인 동시에 무시무시한 전사였다.

칼로스가 말했다.

"괜찮아. 아테인은 무시무시한 존재지만 너라면 이길 수 있어. 이미 한 번 해본 일이잖아?"

"그때는 기습으로 한 방 먹인 것뿐이야. 레슈의 변덕 때문에 가능했던 일이지. 제대로 붙는 건 이번이 처음이고."

레슈는 아젤의 네 번째 스승이었다. 연합군에도 용마왕군에도 속하지 않았던 그가 아테인에게 싸움을 걸었다가 절체절명의 위기에 처했을 때, 아젤이 개입해서 아테인에게 중상을 입힌 바 있었다.

칼로스가 말했다.

"그때와는 다르지. 너는 이제 아테인과 동등한 패를 가졌으니까."

아테인은 자그마치 열세 개의 용마기를 가졌다. 하나하나가 경세적인 위력을 자랑하는 용마기들이었으며, 심지어 다수의 용마기를 동시에 초래할 수도 있었다.

그가 용마기를 초래한 채로 대규모 마법을 쓰기 시작하면 대책이 없다. 천재지변에 가까운 현상들이 연달아 일어나면 아군의 전열은 붕괴할 것이다. 연합군 입장에서는 어떻게든 그가 전장에 개입할 수 없도록 만들어야 했다.

타인의 용마기를 계승해서 용마기를 여럿 보유한 자들은 제법 있다. 하지만 다수의 용마기를 동시에 초래하는 게 가능한 것은 단 셋뿐이었다.

아테인, 아젤, 그리고 연합군 최고의 기교파 기사로 불리는 노장 크로이스 니델 공작.

그중 크로이스 니델 공작의 전력은 아젤과 아테인에 비해 부족하다. 그는 네 개의 용마기를 가졌으며 그중 두 개만을 동시에 초래할 수 있었다.

아젤은 아테인과 마찬가지로 열세 개의 용마기를 가졌다. 모두 죽어간 동료들에게서 계승받은 유품이었다.

문득 칼로스가 씩 웃었다.

"솔직히 난 아젤 네가 부럽다."

"뭔 소리야?"

"가장 빛나는 무대에서 가장 돋보이는 역할이잖아. 내일이 지나면 후세의 음유시인들은 영웅 아젤의 노래를 부르고 우리는 그냥 네가 아테인을 쓰러뜨릴 때 옆에 있었던 동료들 정도로 언급되겠지. 생각해 보니까 되게 손해 보는 느낌이네, 이거."

"아직 싸움은 하지도 않았는데 먼 훗날의 이야길 하냐?"

"그렇게 될 테니까. 내일 우리는 전설이 될 거야. 세상이 누군가를 위해 돌지는 않는다지만 내일만은… 단 하루만큼은 우리를 중심으로 돌 거야."

아젤은 잠시 그를 바라보다가, 똑같이 씩 웃었다.

"그래, 그렇게 될 거다."

2

용마전쟁이 끝난 지 223년이 지난 현재.

폐허가 된 카르자크 후작성의 한구석에 싸늘한 정적이 내려앉았다. 온몸을 포박당한 금발의 용마족 소녀가 말한 사실 때문이었다.

"……"

용마왕이 부활한다.

그것은 용마왕 숭배자들의 공통된 믿음이었다. 이 시간은 감내해야 할 시련이며, 그들이 믿음을 증명했을 때 위대한 용마왕이 돌아와 세상을 올바른 모습으로 바꿔주리라.

그런 믿음이 있기에 용마왕 숭배가 끊이지 않는 것이다. 그들의 신앙 속에서 용마왕은 이미 세상의 섭리마저 초월하는 신이었다.

아테인의 사후 223년이 지난 지금, 예언대로 그가 부활하려고 하고 있다. 어둠의 설원에 있는 용마족 숭배자들은 그 사실을 확신했다.

"너희는……"

라우라의 이야기를 들은 카이렌이 어처구니없어 하며 말했다.

"진짜로 죽은 자가 살아 돌아오는 게 가능하다고 믿고 있는 거냐? 흑마법으로 불사체를 만드는 게 아니라, 본인이 살아 있는 몸으로 돌아오는 게?"

"왕은 살아 있는 세계의 역사와도 같으며, 마법사의 상식마저 초월한 존재야. 당신이 세상 곳곳에 남아 있는 그분의 유산들을 접한다면 죽었다가 살아 돌아오는 것 정도는 별로 어렵지 않게 느껴질지도 몰라."

"……."

"비원에 이르는 마법이 얼마나 비상식적일 수 있는지, 수호 그림자만 봐도 알 수 있지 않아?"

"적어도 너희는 그렇게 믿고 있다 이거군. 하긴 부활한다는 믿음이 있으니 200년도 넘도록 버틸 수 있었겠지. 하지만……."

"아니, 잠깐."

아젤이 카이렌의 말을 잘랐다. 그가 진지한 표정으로 라우라를 보며 물었다.

"아테인의 부활까지는 얼마나 남았지?"

"…아젤?"

"굳이 외부에서 용마왕족을 납치해 오려고 한 것은, 적어도 어둠의 설원에는 너희가 필요로 하는 존재가 없거나, 혹은 만들어내는 데 실패했다는 거겠지. 안 그런가?"

"아젤, 자네 설마… 이 터무니없는 소리를 믿는 건가?"

카이렌이 어이없어하며 물었다. 하지만 아젤은 그를 돌아보지 않고 대답했다.

"네."

"……"

"그런 일이 가능할지 어떨지는 모릅니다. 하지만 이런 문제에 대해서는 탁월한 판단력을 발휘하는 제 친구가 '가능하다'고 결론을 내린 바 있어요. 그러니까 믿습니다. 최악의 가능성을 앞에 두고 그럴 리가 없다고 안 믿다가 뒤통수를 맞는 것보다는, 믿다가 사실은 아니어서 안도하고 허탈해하는 편이 나으니까."

예전에 칼로스는 아젤의 꿈에 나타나서 아테인의 부활이 가능하다는 말을 남겼다. 그러니까 믿는다. 예전에도, 지금도, 아젤은 마법사로서 그가 내린 판단을 신뢰했다.

아젤이 말했다.

"용마전쟁 때 아테인은 시체조차 남기지 못하고 죽었어. 그래서 다른 그릇을 찾는 건가? 영혼을 보존해 둔다든가 그런 식으로?"

최종결전 때, 아젤은 아테인의 시체를 완전히 소멸시킨 바있었다. 그가 불사체로 부활할 일말의 가능성조차 남기고 싶지 않았기 때문이다.

라우라가 고개를 갸웃했다.

"마치 본 것처럼 말하네?"

"그건 네가 상관할 바 아니야."

"시체가 남았는지 아닌지는 상관없는 일이야. 사실 우리가 그릇의 재료를 마련하려고 하는 것조차도 무의미한 시도로 판명되었고."

"무슨 의미지?"

"어둠의 설원에는 그분이 남긴 갖가지 마법이 작동하고 있어. 부활의 의식은 그중에서도 가장 경이로운 것이야."

라우라는 딱 한 번 그 마법의 실체를 접한 적이 있었다. 아테인 부활의 의식은 용마궁 지하 깊숙한 곳, 마법으로 정제한 어둠의 정수가 고이는 무저갱이라 불리는 장소에서 진행된다. 자그마치 220년 동안 한 번도 멈추지 않고 계속해서.

유렌이 물었다.

"반혼(返魂)의 비술 같은 건가?"

"달라. 그렇게 저급한 게 아니야. 그럼 이토록 긴 세월을 필요로 할 이유가 없었지."

반혼의 비술은 흑마법의 일종으로, 불사체와는 다른 방식으로 죽은 자를 되살리는 방법이다. 영혼을 붙잡아두었다가 생전의 육체가 아닌 다른 그릇, 인공적으로 만들어낸 육체나 혹은 정신을 지워 버린 타인의 육체에 넣어버림으로써 부활을 꾀한다.

하지만 이 방법은 성공 가능성이 불가능에 가까울 정도로 희박했다. 마법학적으로 영혼은 오직 생전의 육신하고만 제대로 일체화할 수 있기 때문이다. 반혼의 비술을 놔두고 불사체로 되살리는 쪽을 선호하는 건 다 이유가 있다.

또한 성공한다고 해도 제대로 부활이 이루어지는 경우는,

역사상 단 한 건도 없었다. 죽은 자의 영혼을 따로 보존하는 시점에서 돌이킬 수 없는 손상과 열화가 일어나며, 그것을 다른 그릇에다 넣었을 경우에도 예측 불가능한 문제들이 산더미처럼 따라온다.

라우라가 말했다.

"상부에서는 반혼의 비술 같은 효과를 기대하고 용마공주와 용마왕자를 그릇으로 준비하려고 한 게 아니야."

"그럼?"

"그들의 육체가 왕의 그릇을 이루기 위한 재료가 되어주길 바랐을 뿐."

"…무슨 뜻이지?"

"왕의 육체는 무저갱에서 서서히 만들어지고 있어. 아인세라 님의 말씀에 따르면, 그 육체는 왕이 살아 있을 때의 그것을 고스란히 복원하는 거야."

"이미 사라진 육체를 복원한다?"

"생전의 육체 그대로라고 해. 그리고 그 육체의 복원이 끝나는 날, 역시 우리로서는 이해할 수 없는 방법으로 보존된 왕의 영혼이 기기에 깃들면서 완전한 부활이 이루어지지."

라우라는 아테인의 육체가 이미 상당 부분 복원되어 있는 것을 보았다. 어둠 속에 떠 있는 군데군데가 결핍되어 있는 기괴한 모습이었지만, 시간이 지날수록 그 결핍이 사라져 가고 있었다.

"모두가 긴 세월 동안 그 마법을 분석하고 연구해 왔어. 하지만 실체를 파악한 이는 아무도 없었지. 갖가지 가설이 나왔고 그 하나가 바로 그분의 피를 이어받은 자, 그중에서도 특성이 일정 이상 강하게 나타나는 자의 몸을 제물로 쓰면 복원을 가속화시킬 수 있다는 거였어."

즉, 용마공주나 용마왕자의 몸을 마법적으로 해체해서 그중에서 아테인의 육체 복원에 갖다 쓸 수 있는 부분만을 쓴다는… 실로 엽기적인 계획이었다. 아젤과 카이렌이 황당해했다.

"제정신이 아니군."

"원래부터 제정신이 아니었지만, 이건 정말 뭐라고 말해야 할지 모르겠군. 아리에타와 세이가를 갈아서 용마왕의 몸을 만들기 위한 영양분으로 쓰려고 했다니… 이런 쳐 죽일 놈들."

카이렌이 이를 갈았다. 자신의 수제자들을 그런 의도로 노리고 있었다니 새삼 화가 치밀었다.

아젤이 물었다.

"다시 묻지. 그 쓰레기 같은 계획이 실패한 지금……."

"실패하진 않았어. 결과적으로는 실패지만."

"그건 무슨 말장난이지?"

"루레인 왕국의 용마공주와 용마왕자를 납치하는 데는 실패했지만, 이 계획에서 제물 후보로 선택된 자가 그 둘뿐은 아니었어."

"……."

즉 어둠의 설원에서는 아리에타나 세이가 같은 조건으로 선택한 후보를 다른 곳에서 납치, 아테인의 부활을 가속시키기 위한 제물로 희생시켰다는 것이다. 분노하는 일행에게 라우라는 무덤덤하게 말했다.

"하지만 실패였어. 왕의 마법은 우리가 이해할 수도, 간섭할 수도 없다는 사실이 증명되었을 뿐."

"…그건 불행 중 다행이군. 아테인 부활까지는 얼마나 남았지?"

"몰라."

"……"

"왕을 따르는 모든 이가 알고 싶어 하는 일이야. 분명한 건 이제 그날이 다가온다고 확신할 정도로 복원이 진전되었다는 것뿐."

"그렇군. 그전에 어떻게든 하는 수밖에 없나."

아젤의 표정에 그늘이 졌다. 머릿속으로 여러 가지 방책이 떠올랐다 사라졌다.

'그놈이 진짜로 그때 그대로 부활한다면… 지금은 도저히 막을 수 없다.'

용마전쟁의 끝에서, 아젤은 전투의 승패가 갈릴 때까지 버티기만 해달라는 주변의 기대를 뛰어넘어 아테인을 쓰러뜨렸다. 하지만 지금 다시 아테인과 싸운다면 도저히 이길 수 없을 것이다.

그때보다 전력이 떨어졌다는 것만이 문제가 아니다. 시간을 들여서 노력한다면 전성기의 실력을 능가할 자신이 있었다.

하지만 용마기는 어쩔 방법이 없다. 아젤 자신의 용마기 '하늘을 가르는 검'은 되찾을 수 있었지만 죽은 동료들에게 계승받았던 열두 개의 용마기는 영영 소실되어 버렸다. 그것은 용마전쟁이라는 시대적 배경이 있었기에, 그 속에서 흐른 무수한 피와 눈물이 있었기에 가능한 성취였으니까.

고민하던 아젤은 고개를 절레절레 젓고는 라우라에게 물었다.

"이걸 가장 먼저 물어봤어야 하는지도 모르겠는데… 너는 왜 내게 투항한 거지?"

"그래야만 살 수 있는 상황이었고, 당신을 지켜보고 싶었으니까."

"너는 어둠의 설원에서도 귀하게 대접받는 몸 아닌가? 이해할 수 없을 정도로 무모하군."

"그런 지위는 아무런 가치도 없어. 나는 그저 그들의 야심을 위한 도구일 뿐이니까."

그렇게 말하는 라우라의 목소리는 지금까지와는 뚜렷하게 구분될 정도로 차가웠다.

"왕의 부활이 가까워오는 지금, 예전에 왕의 측근이었던 자들은 초조해하고 있어."

아운소르 일족이 이상적인 후계를 얻기 위해 광기를 폭발시킨 것도 그런 이유다. 아테인이 부활했을 때 그의 곁에서 영광을 누려야만 한다는 목표가 그들을 미치게 만들었다.

"나는 정상적인 과정을 거쳐 세상에 태어나지 않았어. 그들이 원하는 이상적인 후계자가 되기 위해 마법으로 만들어진 인형이야. 나의 형제자매들, 수많은 인형이 그런 이유로 만들어졌고 그들의 시험 속에서 모두 사라졌지."

"……."

다들 할 말을 잃었다. 인간 귀족들만큼이나 혈통과 종족적인 신분에 의미를 부여하는 용마왕 숭배자들이 그런 일까지 하고 있었단 말인가?

말문이 막혀 버린 이들에게 라우라는 담담하게 자신의 과거를 이야기하기 시작했다. 자신이 어떻게 탄생했고, 자라나서 아운소르의 계승자가 되었는지를.

지금까지 살아온 인생의 이야기는 길었다. 사람다운 삶이라고 할 수 있는 구석은 눈곱만큼도 없었지만, 그 속에 깃든 절망과는 정반대로 담담하게 이어지는 라우라의 고백이 듣는 이들을 사로잡았다.

"…난 그저 마지막까지 남았기 때문에 아운소르의 계승자가 된 거야. 그러기 위해서 태어났지만, 그런 걸 원해 본 적은 한 번도 없었어."

그것은 라우라가 누구에게도 말해본 적 없던 진심이었다. 가족도, 친인도 아니고 제대로 알지도 못하는… 심지어 적이기까지 한 자들에게 비밀을 이야기하는 날이 올 거라고는 상상해 본 적도 없다. 하지만 이상할 정도로 후련한 기분이 들었다.

라우라가 아젤을 똑바로 바라보았다.

"난 아운소르의 계승자가 되기 위해 태어났고 그렇게 살아왔어. 그것 말고 뭘 해야 할지 생각해 본 적도 없고, 다른 뭔가를 하고 싶다고 생각해 본 적도 없었지."

형제자매를 모두 잃고 아운소르의 계승자가 된 라우라에게는 아무런 열망도 없었다. 그저 자신을 만든 자들의 비원을 이루기 위해 명령 받은 대로 행하는 인형이었을 따름이다.

아젤은 그녀에게 생전 처음으로 열망을 불러일으킨 존재였다.

그를 지켜보고 싶다. 그에 대해서 알고 싶다.

그런 마음이 라우라로 하여금 자신을 속박하고 있던 모든 것을 내던지게 만들었다. 타인의 바람을 이루기 위해서만 살던 그녀는 처음으로 스스로의 바람을 이루기 위해 죽음의 위험까지도 감수한 것이다.

라우라는 확고한 결의가 담긴 눈으로 아젤을 보며 말했다.

"당신 곁에서 당신이 어떤 존재인지, 무엇을 해내는지 지켜보고 싶어. 그걸 위해서라면 아운소르의 용마기 따윈 얼마든지 줄 수 있어."

3

용마기의 계승에는 그리 거창한 의식이 필요하지 않다. 리글렌이 아젤에게 자신의 쌍검 중 하나를 계승해 줄 때 그랬듯이, 계승해 주는 쪽이 영원히 자신의 일부를 잃는 상실감을 감수해야 할 뿐이다.

라우라가 비탄의 잔을 아젤에게 넘겨주는 과정도 싱거울 정도로 간략하게 이루어졌다. 아젤이 물었다.

"괜찮은가?"

"…어지러워."

라우라가 눈살을 찌푸렸다. 가슴 한구석에 구멍이 뚫린 것처럼 허전하다. 늘 자신의 몸 안에 존재했던 것이 사라져 버린 상실감은 생각했던 것보다 컸다.

아젤이 말했다.

"아마 용마기가 차지하고 있던 부분에 마력 공백이 발생해서 그럴 거다. 시간이 지나면 괜찮아질 거야."

전혀 놀라지 않고 비탄의 잔을 받아들이는 아젤에게 라우라가 물었다.

"당신은 용마기를 계승받아 본 적이 있어?"

"그건 비밀. 하지만 어떤 식인지는 잘 알지."

"제대로 대답해 주는 게 없어."

"그럴 수 없는 질문만 하니까."

그 말에 라우라의 표정이 살짝 변했다. 워낙 변화가 크지 않아서 알아보기 쉽지 않았지만 잘 보면 뾰로통해하는 것 같아 보이기도 한다.

라우라가 말했다.

"그럼 다른 걸 물어볼게. 혹시 당신의 용마기는 아젤 카르자크가 썼던 그 '하늘을 가르는 검'이야?"

"물어볼 것도 없는 질문 아닌가? 용마기는 고유한 이름을 갖고 탄생하지. 정체를 위장하겠답시고 인위적으로 이름을 바꿀 수는 없어."

"역시……."

물음의 답을 얻었지만 라우라의 혼란은 정리되기는커녕 깊어지기만 했다. 이 남자의 정체는 도대체 뭐란 말인가?

'인간이 이토록 오랜 시간을 살아올 수 있을까?'

문제는 아젤이 인간이라는 것이다. 인간은 무슨 수를 써도 산 몸으로 이렇게 오랜 시간을 살아올 수 없다.

'카르자크의 후손은 철저하게 말살했다고 했는데…….'

현실적으로 추측해 보면 아젤 카르자크가 모습을 감춘 것은 패주한 용마왕군의 잔존 세력에 대비하기 위함이었으며, 그의 용마기가 비밀리에 후손들에게 전승되었다는 정도가 되리라. 하지만 라우라는 전혀 그런 추측을 믿어볼 마음이 들지 않았다.

'어쩌면 그 계획조차도 우리한테 알려주지 않았을 뿐, 실패했던 건 아닐까?'

아젤의 말이 그녀에게 혼란을 불러일으켰다. 확실히 어둠의 설원의 상층부는 젊은 세대에게 알려주지 않는 정보가 너무 많았다. 자신이 알고 있던 사실들이 다 거짓은 아니었는지 의심이 일어난다.

그런 그녀에게 아젤이 물었다.

"비탄의 잔은 어떻게 너에게까지 계승된 거지?"

"웅?"

"아운소르는 칼로스의 손에 죽었지. 하지만 전장에서 즉사한 건 아니었고 패퇴 후에 사망을 확인했으니 그 과정에서 후계자에게 용마기를 계승해 줬을 거라 추측해. 하지만… 발타자크는 시체조차 남기지 못하고 죽었을 텐데 어떻게 용마기가 계승되었지?"

발타자크의 숨통을 끊은 것이 다름 아닌 아젤 자신이다. 그 전투에서도 발타자크는 자신의 용마기 '피 흘리는 별'을 사용했으며, 누군가에게 계승해 줄 기회는 전혀 없었다.

'하지만 그 후손 녀석이 사용한 건 피 흘리는 별이 분명했어.'

라우라의 경우도 이상하다. 아운소르의 용마기가 죽기 전에 계승되었다고 쳐도, 그녀 이전의 계승자는 수호그림자가 죽이지 않았던가? 그런데 어떻게 그녀에게 용마기가 계승된 것일까?

라우라가 말했다.

"4대 용마장군의 용마기는 왕의 마법으로 보존되었어. 용마궁에 비장된 마법이 기능하는 한, 사용자가 죽는다고 해도 유실되지 않아."

"흠……."

아젤은 놀라지 않았다. 예상했던 답이었기 때문이다.

'칼로스도 내 용마검을 보존하는 데 성공했으니 아테인이

라면 당연히 가능하겠지.'

칼로스는 대마법사라 불리기에 합당한 자격을 가진 자였지만 아테인은 감히 그 수준을 판단하는 것조차 망설여지는 초월적인 존재였다. 칼로스가 할 수 있는 일을 아테인이 할 수 없다면 그게 더 이상하다.

"그건 4대 용마장군의 용마기에 한해서인가?"

"응. 아직 아무도 재현해 내지 못한 마법이야."

"만약 내가 죽을 경우, 비탄의 잔은 어둠의 설원으로 돌아가게 되나?"

"그렇게 될 거야."

"내가 다른 누군가에게 계승해 준다면?"

"역시 그 누군가가 죽기 전까지는 돌아가지 않을 거야."

"주인이 없어질 경우에 한해서 특정한 위치로 돌아가 보존되게 되어 있다는 거군."

아젤은 눈살을 찌푸리며 자신의 내부에 들어온 비탄의 잔의 존재에 다가가 보았다.

용마전쟁 당시, 비탄의 잔은 악몽 같은 기억으로 남아 있었다. 아운소르는 본신의 능력만으로도 걸어 다니는 재앙 같은 파괴력을 자랑하는 마법사였지만 용마기를 들면 특정 국면에서는 아테인을 능가할 지경이었다.

설마 이 용마기를 자신이 쓰게 되는 날이 올 거라고는 상상도 못했다. 이래서 세상은 오래 살고 볼 일이라고 하나 보다. 한 치 앞을 볼 수 없는 미래가 경이로웠다.

'일단 문제는 없는 것 같은데…….'

아젤은 비탄의 잔을 카이렌에게 줄까도 고민했다. 하지만 라우라가 나쁜 마음을 먹었을 경우 용마기를 다뤄본 경험이 없는 카이렌은 손도 못 써보고 당할 수도 있었다.

그에 비해 아젤은 이미 자신의 용마기를 가진 데다가, 남의 용마기를 계승받아서 다뤄본 경험도 충분하다. 설령 라우라가 사악한 의도를 품고 비탄의 잔을 건네줘서 문제가 생긴다고 해도 어떻게든 해결할 자신이 있었다.

'음흉한 의도는 없는 것 같지만, 두고 봐야 알 일이지.'

라우라의 영맥에 마력 쐐기를 박아 넣고 있기 때문에 그녀에게 악의가 없다는 것을, 그녀가 고백한 사실들이 전부 진심임을 알 수 있었다. 하지만 사람 마음이란 알 수 없는 것이다. 어느 정도 감정을 읽어낼 수 있다고 해도 속내를 다 알 수 없으니 주의를 기울여야 했다.

"하지만 역시 내가 쓰기에는 여러모로 까다로운 물건이군. 연구가 많이 필요하겠어. 하긴, 원래 주인이 마법사였고 그 후의 계승자도 다 마법사였으니 마법사와 상성이 좋을 수밖에 없지."

비탄의 잔이 자신의 영맥에 제대로 안착한 것을 확인한 아젤이 말했다.

"뭐, 너는 그다지 제대로 쓰지 못했지만."

"…그런 평가는 처음이야."

라우라는 지금까지 살면서 부족하다는 평을 받은 적이 없었다. 다들 그녀가 탁월한 재능의 소유자라고 말했고 용마기를 쓰는 것도 능수능란하다고 칭찬했다. 용마기 제어에 있어서만 큼은 키르엔보다도 높은 평가를 들었는데 이런 혹평이라니?

아젤이 말했다.

"하긴 난 네가 비탄의 잔을 방어적으로 활용하는 것밖에 본 적이 없군. 비탄의 미궁으로 니베리스를 구해낸 건 확실히 감탄할 만했고."

아젤이 기억하는 비탄의 잔의 진정한 무서움은 방어가 아니라 공격에 있다.

아운소르는 전장에서 비탄의 미궁을 사용해서 적의 전열을 붕괴시켰다. 자신이 지정한 병력을 공간왜곡으로 격리시킨 다음 압도적으로 유리한 공간에서 학살하거나, 혹은 공간왜곡을 이용해서 일부 병력의 진행 방향을 엉망진창으로 꼬아버림으로써 대혼란을 야기했다.

적을 향해 전속력으로 돌격하던 기병대의 창끝이 돌연 아군에게로 돌아서는 상황을 상상해 보라. 분명히 앞으로 직진하고 있었는데 공간의 왜곡에 의해서 정반대 방향으로 돌아서고, 심지어 거리감도 무너져서 이미 되돌릴 수 없는 상대를 만들어낼 수 있었던 아운소르는 치가 떨리도록 싫은 상대였다.

"무엇보다 무서운 건 '하늘의 눈물을 담는 잔'이지."

그것은 아운소르의 별명이기도 하다. 하늘에 거대한 공간 왜곡을 발생, 광활하게 펼쳐져 있던 태양빛을 하나로 모아서 쏘아낸다. 이것은 꽤나 시간이 걸리는 기술이었지만 일단 완성되면 손쓸 도리가 없는 대파괴의 이적이었다.

라우라가 혼란스러워하며 물었다.

"당신은… 비탄의 잔에 대해서 나보다도 잘 알고 있는 것 같아."

아운소르는 용마전쟁 당시 칼로스의 손에 목숨을 잃었다. 아테인의 경이로운 마법이 비탄의 잔만은 보존하여 후손에게 계승할 수 있도록 했지만, 그것을 쓰는 법은 아무도 가르쳐 줄 수 없었다. 그저 아운소르에 대한 기록을 토대로 연구해야만 했고 라우라도 마찬가지였다. 특히 선대 아운소르의 계승자가 수호그림자에게 살해당했기 때문에, 그가 연구한 기반을 물려받을 수도 없다는 점은 상당히 나쁜 환경이었다.

그런 설명을 들은 아젤이 고개를 끄덕였다.

"과연. 확실히 그러면 다루는 기술이 떨어질 수밖에 없지."

원래 이런 기술은 선대가 시행착오를 거쳐 정립해 둔 토대를 빠르게 전수받고 그다음을 연구해 가는 방식으로 발전하게 마련이다. 그러니 라우라가 비탄의 잔을 다루는 솜씨가 아운소르보다 뒤떨어지는 것도 당연하다.

아젤이 말했다.

"그럼 비탄의 잔에 대해서는 천천히 연구해 봐야겠고… 흠. 유렌, 레티시아, 당신들에게 물어볼 게 있는데."

"너는 다른 사람들에게 질문하는 게 취미인 것 같군. 남의 질문에는 대답하지 않고."

레티시아가 비아냥거렸다. 하지만 아젤은 씩 웃으며 받아

넘겼다.

"억울하면 대화의 칼자루를 쥐든가."

"뻔뻔한 남자 같으니."

"그런 말을 많이 들었지. 일단 유렌은 그렇다 치고 레티시아, 당신은 죽 용마왕 숭배자와 대적해 온 것 같은데?"

"싸우기 시작한 지는 7년쯤 되었지."

"꽤 오래됐군. 그런데 수호그림자는 아닌 건가?"

"아니지. 그렇게 말하는 걸 보니 너는 수호그림자의 일원인가?"

"나는 아니고, 이분은 그렇지."

아젤이 카이렌을 가리켰다. 레티시아의 눈에 흥미가 깃들었다.

"그랬군. 어쨌든 난 수호그림자와 적대한 적은 있어도 아군으로 받아들여진 적은 없다."

"어째서지?"

"나 역시 유렌처럼 예전에는 용마왕 숭배자였으니까."

"역시 그랬군."

아젤은 그럴 줄 알았다는 표정을 지었다. 레티시아가 물었다.

"…예상하고 있었나?"

"과거에 용마왕 숭배자였다는 사실이야 지금 알았으니 제외하더라도, 유렌과 당신 사이에는 한 가지 공통점이 있었어."

바로 흑마법의 기운이 짙게 배어 있다는 점이다. 마법사가

아니라 용령기 사용자인데도 흑마법의 기운을 가졌다는 특이
사항 때문에 아젤은 그녀가 과거에 용마왕 숭배자였지 않을까
추측했던 것이다.

레티시아가 고개를 끄덕였다.

"기분 나쁠 정도로 눈썰미가 좋군. 네 추측대로다. 나는 과
거에 용마왕 숭배자들에 의해 만들어졌고, 흑마법에 의한 실
험을 당했지. 결과적으로 그게 내가 그들을 배신한 계기가 되
었고."

"어떤 실험이었지?"

"그것까지 말할 의무는 없다."

"좋아. 그럼 '만들어졌다'는 말의 의미를 물어봐도 되겠
나?"

"…흠."

캐묻는 아젤에게 불쾌감을 드러내던 레티시아가 눈살을 찌
푸렸다. 자신이 말실수했다는 사실을 깨달은 모양이다.

"저기 아운소르의 후계자가 말한 사정과 비슷하지. 내 경우
는 알마릭 패거리였지만."

알마릭 일족 역시 아운소르 일족처럼 뛰어난 후계자를 얻기
위해서 광기 어린 방법을 선택했다. 레티시아는 후계자 후보
중에 하나였고, 시험에서 탈락해서 흑마법 실험체로 내버려졌
다.

"이 정도면 충분히 말해준 것 같군."

그렇게 말하는 레티시아의 눈은 더 이상 물어볼 경우 싸움

이라도 불사할 것 같은 흉흉한 빛을 품고 있었다. 아젤도 더 캐묻지 않았다.

"충분해. 그럼 다른 질문을 하지."

"아직도 궁금한 게 남았나?"

"아주 많이. 서로가 그렇지 않나?"

"나는 아직 전혀 궁금증을 충족하지 못한 것 같은데."

"이 질문에 대답해 준다면, 당신에게 질문할 기회를 주지."

"떡밥을 던지는 솜씨가 능숙하군. 언젠가 때려죽이고 싶을 정도야."

"칭찬 고마워. 내가 궁금한 건 당신에게 용령기를 가르쳐 준 스승의 존재야."

"음?"

레티시아의 눈썹이 치켜 올라갔다. 전혀 예상치 못한 질문이었다.

"그건 왜 묻는 거지?"

"왠지 용마왕 숭배자들에게 배운 게 아닐 것 같아서. 그렇지 않나?"

"…맞다. 그들에게서 탈출하고 나서 스승을 만나서 2년쯤 배웠지. 어떻게 알았지?"

"당신이 용령기를 다루는 방식을 보고 어쩌면 스승이 내가 아는 사람일지도 모른다는 생각이 들었거든."

"네가 아는 사람이라… 불가능한 이야기는 아니지."

레티시아는 의외로 그 점에 대해서는 놀라지 않았다. 그녀가 말했다.

"내 스승은… 지셀이라는 이름의 용마족이었다. 출신이나
나이에 대해서는 아는 게 없고, 이 나라 동부 시골마을에서 살
고 있었지."

"있었다는 건… 지금은 아니라는 건가?"

"나를 2년간 가르치고 나서는 그곳을 떠났지. 지금은 어디
있는지 나도 몰라."

"흠……."

"아는 이름인가?"

"아니. 모르는 이름이야. 그리고… 그는 인간들과 함께 살
고 있었나?"

"그랬지."

"용마족이라는 걸 드러낸 채로?"

"그래. 마을 사람들도 처음에는 신분이 불분명한 용마족이
라 꺼려했지만, 이런저런 골치 아픈 문제를 적극적으로 나서
서 도와주고 애들하고도 놀아주고… 그러다 보니까 자연스럽
게 받아들이게 됐다더군."

"아무래도 내가 착각했나 보군."

이름뿐이었다면 혹시 자신이 아는 그 사람이 가명을 쓰고
있는 게 아닌가 의심해 봤을 것이다. 용마족이라는 점이 일치
했기 때문이다. 하지만 인간들과 함께 살고 있었다는 것, 그들
의 문제에 적극적으로 나서서 도와주고 애들하고 놀아줬다는
점에서 전혀 공통점이 없다.

레티시아가 물었다.

"네가 찾는 사람은 누구였지?"

"그의 이름은 래슈."

아젤은 잠시 과거의 일을 떠올리면서 말했다.

"내게 용의 힘을 다루는 법을 가르쳐 준 용마족이다."

4

고성의 폐허에서 하룻밤 머문 일행은 다음 날 동이 트기 전, 이른 새벽에 길을 떠나기로 했다. 카이렌은 아젤의 이 결정을 의아하게 여겼다.

"난 자네가 여기서 좀 더 오래 머물 거라고 생각했네만."

"그러고 싶기도 하지만……."

아젤은 폐허가 된 카르자크 성을 보면서 쓴웃음을 지었다.

"감회에 잠기기 시작하면 한도 끝도 없을 것 같아서요. 보고 싶었던 것은 대충 다 봤습니다."

그리고 알고 싶었던 것도 모두 알았다. 다음에 다시 이 땅으로 돌아올 때는, 이 땅에 머무는 어둠의 무리를 전부 몰아내서 사람이 살 수 있는 땅으로 만들기 위함일 것이다.

사실 시간을 내서 좀 더 꼼꼼하게 이 땅을 탐색해 볼까 생각하기도 했다. 어쩌면 칼로스가 뭔가 남겨두지 않았을까 싶었기 때문이다.

하지만 그런 미련은 지워 버렸다. 라우라와 유렌 둘 다 이 땅이 어둠의 설원의 감시하에 있다고 말해서만은 아니다. 칼로스가 뭔가를 남겨놨다면 이 땅이 지금까지 마경으로 남아 있지는, 아니, 카르자크 후작가의 후손들이 멸절하지도 않았을 거라고 여겼기 때문이다.

"여기서 놈들에게 행적을 노출시킨 상황이니 느긋하게 눌러앉아 있을 수는 없는 노릇이죠."

"그렇기는 하지."

아젤은 어둠의 설원에서도 요주의로 점찍은 인물이다. 거기에 사로잡으려고 혈안이 된 배신자 유렌까지 같이 있으니 그들이 가만히 있을 리가 없다.

"게다가 여기저기 탐색을 해보려고 해도 용들의 영역이라 함부로 그럴 수도 없고요."

카르자크 후작령에는 많은 용이 자리 잡고 있었다. 초기에 카르자크 후작령이 초토화될 당시 미처 날뛰던 용들 말고도 세월이 흐르는 동안 몇 마리의 용이 이주해 온 것이 확인되었다는 모양이다. 그런 곳이다 보니 함부로 여기저기 들쑤시고 다니다가는 용과 싸우게 될 위험이 있었다.

"하지만……."

뭔가 말하려던 아젤이 흠칫했다. 그러더니 놀란 눈으로 어둑어둑한 하늘을 올려다본다. 카이렌이 의아해하며 물었다.

"왜 그러나?"

"잠시……."

아젤은 대답하는 대신 성 밖으로 나갔다. 그리고 벽을 타고

성의 첨탑 위로 올라가서 동쪽 하늘을 바라보았다. 넋을 잃은 표정으로 서쪽의 숲을 바라보던 아젤이 중얼거렸다.

"아직 살아 있었나……?"

어둑어둑한 숲 저편의 산봉우리에서 날개를 펼치고 날아오르는 존재가 있었다. 아직 해가 뜨지 않아서 어두운 데다가 멀어서 실루엣만 보면 커다란 새로도 보인다. 하지만 아젤은 저렇게 큰 새는 세상에 존재하지 않는다는 것을 알고 있었다.

"비룡……!"

동이 터오는 것과 동시에 맹금류보다도 수십 배는 더 큰, 저토록 거대한 덩치가 하늘을 난다는 것이 믿어지지 않는 존재가 날개를 펼치고 옛 카르자크 후작성의 폐허 위를 날아 지나갔다. 아젤의 뇌리에 잠들기 전의 광경이 스쳐 지나갔다.

예전에 카르자크 후작령에는 세 마리의 용이 살았다. 그중 하나는 비룡으로 언제나 해가 뜰 때쯤 날아올라 동쪽으로 사냥을 나갔다가 해질녘에 서쪽의 산으로 돌아오고는 했다. 그 비룡의 모습을 보면서 아젤은, 아니, 카르자크 후작령의 모두는 하루의 시작과 끝을 실감했다.

문득 아젤과 비룡의 눈이 마주쳤다.

비룡이 나는 고도는 수백 미터 위쪽이었지만 둘 다 서로를 보고 있다는 사실을 알았다. 아젤은 잠시 말문을 잃은 채 비룡을 바라보았고, 인간이 이해할 수 없는 정신세계를 가진 비룡은 아젤과 시선을 맞춘 채로 카르자크 후작성의 폐허 위를 한 바퀴 원을 그리며 날다가 동쪽을 향해 멀어져 갔다.

"하하……."

자신에게서 시선을 떼고 멀어져 가는 비룡을 보면서 아젤은 자기도 모르게 웃음을 터뜨렸다.

"하하하하하하."

자신이 알던 모든 게 파괴된 가운데… 저 비룡만이 옛날 그 대로였다. 왠지 눈물이 날 것처럼 반갑고 기뻤다.

5

모두들 아젤의 행동을 이해할 수 없었다. 하지만 아젤은 설명하지 않았고, 유일하게 캐물을 수 있는 관계인 카이렌도 묻지 않았다. 그는 아젤의 이해할 수 없는 부분은 굳이 들쑤시기보다는 그냥 지켜보기로 결정한 것 같았다.

카이렌이 물었다.

"그럼… 이제 어디로 갈 생각인가?"

아젤은 카르자크 후작령에 온 후의 계획을 말한 적이 없었다. 일단 이곳에 와볼 생각으로 머리가 꽉 차 있었기 때문이다.

"글쎄요. 일단은……."

하지만 계획해 둔 바는 있었다. 아젤은 이 시대에 깨어난 후 죽 고심해 왔다. 220년이라는 기나긴 세월이 흐른 지금, 자신을 알아보고 옛이야기를 나눌 수 있는 생존자는 누가 있을까?

그런 존재를 찾는 것은 아젤 자신의 그리움을 채우기 위해서만은 아니다. 자신이 잠들어 있던 동안의 공백을 알고 있는 자, 그리고 자신과 같이 싸워줄 자가 필요하기 때문이다.

유감스럽게도 지금까지 확인된 존재는 적들뿐이다. 카이렌을 통해서 확인해 본 바로 용마전쟁 당시부터 생존해 있는 이는 존재하지 않았다. 심지어 용마족들조차도 공식적으로 사망이 확인되었다.

그들의 죽음이 단순히 세월의 흐름 때문인지, 아니면 용마족 숭배자들이 개입한 결과인지는 모른다. 어쨌거나 아젤이 매달려볼 수 있는 구석은 단 하나밖에 남지 않았다.

"아발탄 숲으로 갑니다."

"음? 설마… 대륙 동부의 마경(魔境)을 말하는 건가?"

카이렌이 놀라서 물었다.

마경(魔境) 아발탄 숲.

그것은 아직 나딕 제국이 분열하기 전부터 인간들의 침입을 거부했던 유서 깊은 마경이다. 아득히 먼 예전부터 수많은 용이 그곳에 자리 잡아서 전성기의 나딕 제국도 감히 그곳을 영토로 삼으려는 엄두를 내지 못했다고 기록되어 있다.

아젤이 고개를 끄덕였다.

"네."

"그 먼 곳까지 왜 가려는 건가? 용들이 잔뜩 있고 위험이 넘친다는 것 말고는 별로 알려진 게 없는데……."

"용을 만나러 갑니다."

"음?"

카이렌이 눈을 치켜떴다. 아니, 그만이 아니라 일행 모두가 이해할 수 없다는 표정을 지었다.

라우라가 물었다.

"용살의 의식을 치르려는 거라면, 굳이 거기까지 안 가도 용은 많은데?"

"그런 게 아니야. 뭐 용살의 의식도 겸사겸사 치를지도 모르지만."

"…겸사겸사?"

라우라가 어처구니없어 했다. 어둠의 설원에서조차 용살의 의식은 그 실력과 업적을 인정받은 자만이 목숨을 걸고 도전하는 명예로운 시련이었다. 아젤이 용살의 의식에 도전해서 승리했다는 거야 알고 있지만 이렇게 가볍게 말할 내용은 아니지 않은가?

아젤이 그녀에게 물었다.

"어둠의 설원에서는 아발탄 숲에 대해서 얼마나 알고 있지?"

"거기는 우리도 많은 정보를 갖고 있지는 않아. 많은 용이 있고, 용을 섬기는 자들이 있다는 것만 알지."

"용을 섬기는 자들? 그건 뭐지?"

그렇게 물은 것은 카이렌이었다. 라우라가 대답했다.

"정확히는 몰라. 하지만 상당히 강력해서 함부로 건드리지 못한다고 해."

"이 세상의 이면에 도사리고 있는 게 용마왕 숭배자와 수호그림자만은 아니라는 거지. 요즘도 너희와는 상관없는 사교 집단이나 흑마법사 세력들이 있지 않나?"

"꽤 많아. 그중 일부는 우리가 이용하기도 했고."

아젤은 그것만으로도 라우라가 말하지 않은 부분을 알아차렸다.

"용마왕 숭배자임을 드러내지 않고 활동하기 위해서 말인가? 용마왕 숭배자만 아니면 수호그림자의 개입이 없으니까?"

"응. 그리고… 인간들의 눈을 흐리기 위해서도."

"그렇군."

인간 사회에서도 용마왕 숭배자들은 말살해야 할 대상이다. 용마전쟁이 남긴 상흔은 깊어서 200년 이상의 세월이 흐른 지금까지도 아물지 않았다. 그렇기에 용마왕 숭배자들은 수호그림자의 위협이 없을 때도 자신들의 존재를 감추는 데 심혈을 기울였다.

카이렌이 물었다.

"용을 만난다는 건 무슨 뜻인가?"

이해할 수 없는 소리였다. 용은 아는 사람을 보러 가듯이 만나러 갈 존재가 아니다. 굳이 아젤이 용을 찾아가야 할 이유를 찾는다면 용살의 의식을 치르기 위함일 것이다.

아젤이 말했다.

"공작님께서는 용이 인간과 용살의 의식을 치르는 이유를 알고 계시지요."

"승리하면 인간의 지혜를 얻을 수 있기 때문이라고 했지."

"과거 많은 인간이, 용마인이 용살의 의식을 치렀습니다. 저처럼 승리한 자들은 용의 힘을 취해서 강해졌죠. 하지만 패한 자들은 목숨을 잃고 지혜를 헌납했습니다."

"무슨 말을 하고 싶은 건가?"

"그렇다면… 세상 어딘가에는 무수한 용살의 의식에서 승리한 끝에 그들의 비원을 이룬 용도 있지 않겠습니까?"

"…용의 비원이라면 지혜를 얻는 것인데, 그럼 설마 지혜로운 용이 아발탄 숲에 있다는 건가?"

카이렌이 믿을 수 없다는 표정으로 물었다. 아젤이 씩 웃었다.

"아발탄 숲의 지배자는 제가 아는 한 유일하게 용살의 의식으로부터 자유로운 용입니다. 갈구하던 지혜를 얻은 용은 더 이상 용살의 의식을 치를 이유가 없으니까요."

운명으로부터 자유로워진 용, 아젤이 아는 그 용의 이름은 아발탄이었다.

6

카르자크 후작령을 떠난 일행은 곧바로 대륙 동부를 향해 이동하기 시작했다. 카이렌이 투덜거렸다.

"어째 마경을 떠나서 또다른 마경으로 가는군. 마경 탐사대가 된 기분이야."

"어쩌다 보니 그렇게 되는군요."

"설마 아발탄 숲 다음 목적지도 마경인 건 아니겠지?"

"그거 매력적인 선택지군요. 고려하겠습니다. 대륙은 넓고 마경은 많으니까요."

그렇게 시시콜콜한 대화를 나누면서도 일행은 놀라운 속도로 이동하기 시작했다.

점심식사를 위해 적당한 곳에서 휴식할 무렵, 라우라가 질린 기색이 묻어나는 목소리로 물었다.

"당신들, 언제나 이런 속도로 이동하는 거야?"

"너희를 끼기 전에는 더 빨랐지."

일행은 대충 네 시간 동안 지도상의 직선거리로 60킬로미터를 주파했다. 놀라운 속도였지만 아젤과 카이렌이 카르자크 후작령까지 올 때는 하루에 300킬로미터 이상도 이동했음을 고려하면 충분히 느긋하게 이동 중이다.

그 말에 유렌이 믿을 수 없다는 표정을 지었다.

"…이거보다 더 빨랐다고? 말도 안 돼."

마법사인 유렌은 비행 마법을 쓸 수 있기 때문에 지형에 영향을 훨씬 덜 받는다. 아주 안 받지는 않는 게 높은 고도로 날수록 마법 수준이 높아야 하고, 마력도 많이 소모하기 때문이다.

네 시간 만에 산이든 강이든 숲이든 들판이든 죄다 직진으로 가로질러서 60킬로미터를 이동하는 것은 그런 유렌에게도 한계를 시험하는 짓이었다. 차라리 땅에 내려가서 달려가는 게 낫지 않나 싶을 정도로 마력을 쥐어 짜냈다. 오늘은 도저히 더 이상 못 가고 쉬어야겠다 싶을 정도다. 근데 이게 속도를 늦춘 거라고?

카이렌은 태연했다.

"너희 속도에 맞춰준 것뿐이다. 여기서 아발탄 숲까지 얼마나 먼지는 아나?"

"…설마 끝까지 이렇게 달려서 아발탄 숲까지 갈 생각이야? 대륙 중서부에서 동부까지?"

"다른 방법이라도 있나? 말을 타자는 의견이라면 기각이다. 너무 느려."

"……"

"이 정도 속도도 못 따라오겠다면 여기서 헤어져도 괜찮다. 우리는 라우라만 끌고 가도 되니까."

라우라는 유렌보다는 훨씬 여유 있게 따라왔다. 아젤은 그녀의 몸에 박아 넣은 마력 쐐기는 유지한 채로 마법 운용이 가능하게 만들어주었다. 실시간으로 상태를 파악하다가 언제든지 마법을 봉해 버릴 수 있는 상태로 말이다.

카이렌의 말을 들은 라우라가 말했다.

"용검공작이 상식을 초월하는 인물이라는 자료는 봤지만… 대단하네."

"어둠의 설원에서 나를 그렇게 평가하나? 또 어떤 게 있지?"

"잊힌 비술을 익히지 못한 자. 하지만 그런 조건을 뛰어넘는 힘을 가진 자이니 되도록 접촉을 피할 것."

아젤과 만나기 전까지 카이렌은 잊힌 비술들을 익히지 못하고 있었다. 하지만 그때도 그는 용마왕 숭배자들이 두려워하는 대상이었다. 실전된 개념들은 공백으로 남아 있어도 극한까지 연마한 강대한 용마력, 스스로 연구한 끝에 만들어낸 용검, 그리고 용마력을 다루는 기술적 감각을 합한 전력이 무시무시한 수준에 도달해 있었기 때문이다.

카이렌이 씩 웃었다.

"그렇군. 낡은 평가이긴 해도 기분 좋게 받아들이도록 하지."

아젤과 만나 잊힌 비술들을 터득한 현재, 그의 전력은 예전보다 훨씬 상승했다. 아젤조차도 그를 가르치면서 뛰어난 학습능력에 경탄을 금치 못했다. 100년 이상을 살아온 달인인 그가 마치 성장기의 소년소녀들처럼 빠르게 가르침을 흡수하고 성장했던 것이다.

라우라가 말했다.

"정보부에서는 당신에게 우리가 파악하지 못한 모종의 고속 이동수단이 있지 않을까 추측하고 있었어. 그런데 이렇게 무식하게 이동하는 거였다니……."

어둠의 설원에서도 수호그림자에 대해서는 모르는 부분이 많다. 그래서 자신들의 잣대에 비추어볼 때 이해가 안 된다 싶은 부분은 뭔가 수호그림자의 특수한 수단일 거라고 추정한다. 카이렌의 비정상적인 이동능력은 그들로 하여금 수호그림자가 그들이 쓰는 '공허의 길' 같은 독자적인 이동수단을 보유한 게 아닐까 의심하게 만들었다.

카이렌이 의아해하며 물었다.

"…공허의 길?"

"왕의 유산이야."

라우라는 공허의 길에 대해서 설명했다. 카이렌이 혀를 내둘렀다.

"공간을 뛰어넘어서 대륙 곳곳으로 갈 수 있다니, 그런 터무니없는 마법 장치가 있다고? 너희가 대륙 곳곳에 신출귀몰하게 나타난 것도 그 때문이었군."

"혹시 근처에도 있나?"

잠자코 듣고 있던 아젤이 불쑥 끼어들었다.

라우라가 고개를 갸웃했다.

"지도를 봐야 알아. 왜?"

"예정을 바꾸지. 아발탄 숲까지 가는 동안, 최대한 많은 '공허의 길' 거점을 공격한다."

"……"

그 말에 라우라가 눈을 크게 떴다. 듣자마자 공격을 결정할 줄은 상상도 못했다.

라우라가 말했다.

"공허의 길은 설령 공격해서 지키고 있는 병력을 다 제거하더라도 그걸 외부인이 쓸 수는 없어."

"그건 아쉬운 점이군. 하지만 그렇다고 해도 파괴할 가치는 충분하지."

"그만둬."

유렌이 끼어들었다. 아젤이 바라보자 그가 말했다.

"공허의 길은 아인세라 왕비가 품은 위대한 어둠으로 통제되는 유산이야. 거기에 외부인이 가까이 가는 것만으로도 아인세라에게 존재를 노출하는 셈이지. 나와 레티시아도 몇몇 거점을 알고 있지만 방치해 둔 건 그런 이유야."

"음······."

아젤이 눈살을 찌푸렸다. 유렌의 말대로라면 적의 초월적인 기동력을 저하시키는 것과 자신들의 행적이 노출되는 것, 둘을 저울질해 봐야 한다. 과연 어느 쪽이 이득일까?

'고민되는 문제군.'

공허의 길은 놔두기에는 너무 위협적이다. 이 시대에 대륙 어디에서나 실시간으로 정보를 전달하고 있는 것만으로도 압도적인 이점인데, 거기에 더해서 직접 이동하는 것까지 가능하다니… 이건 용마전쟁 시내에도 없었던 장치다.

'음? 잠깐.'

아테인의 유산은 그가 죽기 전에 다 완성되어 있었을 것이다. 그런데 어째서 용마전쟁 때는 존재가 드러나지 않았을까?

그 점을 묻자 라우라가 대답했다.

"이동할 수 있는 인원이 한정적이니까."

공허의 길은 소수 정예를 이동시킬 수는 있어도 대군을 이동시키는 건 불가능하다. 용마왕 숭배자들이 대륙 곳곳에 전투조직을 구성해 놓고 어둠의 설원에서 파견된 간부들이 쓰도록 만든 것도 그런 이유였다.

설명을 들은 아젤이 납득했다.

"과연. 그런 제약이 있었다니 다행이야. 아마 드러나진 않았지만 용마전쟁 때도 소수를 이동시키는 데 쓰이고는 있었겠군."

"어떻게 하겠나?"

카이렌이 묻자 아젤은 잠시 더 고민한 뒤 결정했다.

"포기하지요. 이용할 수 있었다면 무리해서라도 공격할 가치가 있지만, 그렇지 않다면 한동안 저쪽에서 우리의 행적을 알지 못하게 하는 게 낫겠습니다."

"우리 왕국의 거점만 수호그림자에 알려서 공격할 수 있으면 좋겠는데……."

"그건 찬성입니다만, 가능하겠습니까?"

"…음. 솔직히 불가능할 것 같군."

이미 국경을 두 번이나 넘은 상황이라 루레인 왕국에 소식을 전하기가 어렵다. 수호그림자에게 전언을 부탁하자니 제대로 전달될지 의문이다.

아젤이 아쉬워했다.

"아깝긴 하군요. 이용할 수 있다면 바로 어둠의 설원에 침투할 수 있을 텐데……."

그 말에 라우라가 놀라서 말했다.

"아무리 당신이라도 그랬다가는 죽어."

"그렇겠지."

아젤은 순순히 그 평가에 동의했다. 어둠의 설원에 모여 있는 용마왕 숭배자들의 핵심 전력은 결코 만만한 게 아닐 것이다.

"그래도 어떻게든 해야 하는 일이야. 아테인이 부활하기 전에, 그 부활의 의식을 저지해야지."

"……."

"왜 그런 눈으로 보지?"

"난 당신이 누구인지 정말 궁금해."

"계속 궁금해하도록 해. 답이 나올 때까지."

"심술쟁이."

라우라가 살짝 입술을 삐죽였다.

7

〈아주 오랜만에 깨어나서 한바탕 하고 왔더니 아주 재미있는 소식이 기다리고 있군요. 아운소르의 후계자가 배신했다는 게 사실입니까?〉

레이거스는 흥미로워하면서 물었다. 한 번 죽어서 불사체가 되었건만, 그는 조금도 우울해하거나 절망하지 않았다. 살아 있을 때도 이런 성격이었을까 궁금할 정도로 유쾌하기 그지없었다.

어쨌든 4대 용마장군 중 하나인 그가 존대할 만한 이는 정말 흔치 않다. 용마왕의 첫 번째 비인 아인세라가 그중 하나였다.

"그렇소."

〈어쩌다가?〉

"모르겠소. 원래부터 속내를 알 수 없는 아이였으니. 아운소르 일족의 교육이 잘못된 탓이겠지."

〈흠. 시시콜콜한 사정은 왕비께 묻기보다는 아랫것들에게 물어보지요.〉

"여전하시구려."

〈칭찬으로 듣지요. 죽어서 다시 일어나도 여전하다는 거, 멋지지 않습니까?〉

레이거스가 껄껄 웃었다. 그는 생전에도 부하들과 격의 없이 지냈다. 말단들의 술자리에 끼여서 놀기도 하고 시종들에게 요즘 소문으로 도는 재미있는 이야깃거리들을 들으면서 즐거워하던 그의 태도를 아인세라는 노골적으로 싫어하는 기색을 내비쳤다.

하지만 지금은 태도가 전혀 다르다. 여전하다고 말하는 그녀의 표정도, 목소리도 무심하기 그지없어서 아무런 감정도 드러나지 않는다.

레이거스가 말했다.

〈왕비께서는 많이 달라지신 것 같군요.〉

"오랜 시간이 흘렀지요."

〈그것만은 아닌 것 같습니다.〉

"감내해야 할 시련이었소."

아인세라도 자신이 무엇을 잃었는지 잘 알고 있었다. 하지만 이제는 그런 변화를 끔찍해할 감성조차도 남지 않았다. 지금의 그녀는 이미 영혼이 죽은 껍데기나 마찬가지다. 오로지 비원을 달성한다는 최초의 목적만을 우선시한…….

〈…….〉

레이거스는 가만히 그녀를 바라보았다. 불사체인 그는 이런 상태에서는 감정이 드러나지 않는다. 기분 나쁠 만도 하련만 아인세라는 인형처럼 무심하게 그 시선을 받을 뿐이었다.

이윽고 아인세라가 물었다.

"실전을 치러본 결과는 어떻소?"

〈흠. 아주 좋습니다. 예상보다 훨씬 더. 정말이지 왕의 마법은 대단하군요. 불사체가 되는 건 대단히 끔찍한 일이라고 생각했는데, 깨어났을 때부터 그랬지만 점점 더 마음에 들어서 큰일입니다.〉

"다행이군. 이미 수호그림자에 존재가 드러난 상황이니 그대를 아껴두지 않겠소. 앞으로 많이 활약해 주시오."

〈날뛸 수 있다면 어디든 환영입니다. 그러기 위해서 명계의 구애도 뿌리치고 돌아왔으니까요.〉

"기회는 얼마든지 있을 것이오. 그리고… 칼로스에 대해서는 알아냈소?"

〈유감스럽게도 그놈들의 입을 열지 못했습니다. 추적대가 뭔가 쓸 만한 정보를 갖고 오길 기다려야겠지요.〉

레이거스가 예언지킴이들을 노리고 함정을 판 이유는 칼로스에 대해서 알아내기 위해서였다. 하지만 그를 끝까지 가로막은 델타와 제타는 아무런 정보도 발설하지 않았다.

아인세라가 말했다.

"그러나… 칼로스 그 죄인이 정말로 살아 있을지 모르겠소. 이만한 세월이 흐르도록 위대한 어둠이 아무것도 잡아내지 못했는데."

〈살아 있는지는 모르지요. 하지만 분명히 세상 어딘가에 존재하고 있습니다. 수호그림자는 꽤 유력한 후보고.〉

"불사체가 되어 있을 수도 있다는 것이군."

〈예. 이번에 수호그림자라는 것들을 만나보니 확신이 생기는군요. 그것들은 저만큼이나 완성도가 높았습니다. 게다가…….〉

"뭔가 걸리는 것이라도 있소?"

레이거스가 잠시 말을 멈추고 생각에 잠기자 아인세라가 물었다. 레이거스는 머릿속에 떠다니는 말들을 정리하다가 말했다.

〈흠. 아닙니다. 이건 분명해지면 말씀드리지요. 어쨌든 그런 놈들을 만들 수 있는 마법사가 흔치는 않을 거라고 봅니다. 고금을 통틀어도 말입니다.〉

레이거스는 깨어나는 그 순간부터 칼로스가 세상 어딘가에 존재하고 있다는 사실을 알았다. 아테인의 마법이 신의 계시처럼 그에게 그 사실을 전달했기 때문이다.

이 정보를 알게 된 어둠의 설원은 발칵 뒤집혔다. 그리고 전력을 기울여서 칼로스의 흔적을 찾기 시작했다.

〈그럼 이만 물러가겠습니다.〉

레이거스는 덩치에 어울리지 않게 제대로 된 궁정식 예를 표하고는 아인세라 앞에서 물러나왔다. 그가 왕비의 방에서 나오자 밖에서 기다리고 있던 회색 뿔을 가진 용마족 노인 하나가 다가와서 공손하게 그의 무기, 육중한 전투 해머를 건넸다. 왕비를 알현하는데 무기를 들고 갈 수 없었기에 그에게 맡겨두었던 것이다.

〈왕비께서는 많은 걸 희생하셨군.〉

"그분의 희생 덕분에 지금의 우리가 있는 거지요."

차가운 인상을 가진 용마족 노인은 용마전쟁 당시 레이거스의 부관이었던 남자, 차네스였다. 지금은 어둠의 설원을 지배하는 실세 중 하나지만 레이거스가 불사체로 깨어나자 주저 없이 그를 보필하는 역할로 나섰다.

문득 차네스가 말했다.

"이렇게나 오래 걸릴 줄은 몰랐습니다."

〈동감이다. 왕이 서거하고 전쟁이 끝난 지 223년이 지났다니 농담 같군. 불사체를 일으키는 데 이렇게나 오래 걸리다니, 그만큼 성능이 뛰어나기는 하지만 이걸 뭐라고 해야 할지.〉

레이거스가 불사체로 깨어난 것은 최근이다. 그는 용마왕의 마법으로 되살아난 아주 특별한 불사체였다. 불사체이면서도 기억과 사고가 뚜렷해서 광기에 휘말리지 않았고, 마치 살아 있는 존재처럼 세계를 실감하는 유사감각까지 갖고 있었다. 레이거스는 죽었으면서도 산 것과 한없이 비슷한 자신의 혼돈이 마음에 쏙 들었다.

그가 깨어난 것을 어둠의 설원에서는 왕의 부활이 멀지 않았다는 징조로 받아들였다. 그 역시 용마궁의 지하에서 진행되는 부활의 의식에 속해 있었던 것이다.

차네스가 말했다.

"하지만 장군님을 보면 그만한 시간을 들일 만했다고 생각합니다."

〈무력이라는 측면에서 보면 확실히 그렇지.〉

대답하는 레이거스의 뇌리에 의문이 떠오른다.

'그놈들은 나와 비슷했어.'

조금 전에 아인세라에게 말하지 않은 사실이 바로 그것이다. 수호그림자의 불사체들은 왠지 그와 비슷한 느낌을 주었다.

'그놈들도 왕의 마법과 관련이 있나? 하긴, 왕이 워낙 무방비했으니 왕이 남긴 흔적을 이용해서 비슷한 마법에 도달하는 경우야 얼마든지 있었겠지만… 그게 아니면 역시 칼로스 그 애송이가 관여해서?'

잠시 생각하던 레이거스가 입을 열었다.

〈그나저나 자네도 꽤 늙었어.〉

"세월이 많이 흘렀으니까요."

223년이라는 시간은 용마족에게도 짧지 않다. 용마전쟁 당시 젊은 청년이었던 차네스가 머리가 하얀 노인이 되어 있는 걸 보니 세월을 실감할 수 있었다. 사실 레이거스는 1세대 용마족도 아닌 차네스가 아직까지 살아 있다는 사실에 놀랐다. 차네스의 나이는 벌써 400살을 훌쩍 넘었던 것이다.

〈턱짓으로 파릇파릇한 애들 부리면서 놀아야 할 처지일 텐

데 왜 나한테 달려왔나? 쓸 만한 애들이나 키워놨다가 보낼 것이지.〉

"그렇잖아도 몇 놈 키워놨습니다. 조만간 소개해 드리지요."

〈역시 그 나이 먹고 하나부터 열까지 허드렛일하기는 싫었나 보구먼.〉

"당연한 거 아니겠습니까? 저도 지금은 거들먹거리면서 살 정도로는 출세했습니다."

〈여전하군. 세월이 이만큼이나 흘렀는데도 여전하다니, 좋아.〉

레이거스는 유쾌한 기분에 콧노래를 부르려고 했지만 바람 새는 소리와 함께 검은 저주의 기운만 흩어질 뿐, 원하는 소리는 나오지 않았다. 자연스럽게 혀를 차려고 했지만 혀가 없으니 불가능하다.

〈이거 걸작이군. 걸작이야. 이 몸을 받아들이려면 아직도 갈 길이 먼 걸. 싸우는 데는 지장이 없는데 그것만으론 안 된단 말이지.〉

해골을 들썩이며 킬킬거린 그가 말했다.

〈피가 뚝뚝 떨어지는 고기가 먹고 싶은데, 영원히 이룰 수 없는 꿈이라는 게 슬프군. 뭐, 좋아. 죽은 자에게는 죽은 자의 미식이 있는 법이지. 그런 걸 찾아보기로 할까.〉

"원하시는 게 있으면 구해보지요."

〈생각나는 대로 말하지. 흠. 아직 내 질문에 대답하지 않았는데?〉

"두 가지 이유가 있습니다. 사적인 것과 공적인 것."

〈공적인 것부터 말해봐.〉

"그동안 저도 나름 한 일파를 이끄는 몸이 되었습니다. 뭐 다른 쪽에 비하면 그리 어깨에 힘줄 정도는 아닙니다만. 모두 가 왕의 부활이 가까워졌다고 말하는 이때에 나중을 위한 발 판이 필요하지요."

〈걸어 다니는 시체가 된 나한테 빌붙어봐야 뭐 나오는 게 있겠나?〉

"딱히 빌붙을 사람도 없어서 말입니다."

〈그렇군. 좋아. 그럼 사적인 이유는?〉

"사는 게 재미가 없습니다."

〈음?〉

"여기에 숨어서 음흉한 미소를 지으면서 인간들 상대로 음 모놀이 하는 거, 별로 재미없더군요. 장군님이랑 같이 있으면 이 늙은 몸이라도 화끈하게 날뛸 기회는 얻을 수 있겠지요."

〈그거 참… 자네도 나이 헛먹은 거 아닌가?〉

"그러는 장군님께서도 별로 나잇값 한다는 평가는 못 들으 셨던 걸로 기억하는데…….."

〈어쭈. 나이 좀 먹었다고 이제 맞먹으려고 드는군. 나야 이 미 죽은 몸인데 나이가 얼마건 뭔 상관인가? 벨런 이후로 죽은 놈은 나이 따위 세지 않는 법이지.〉

"벨런?"

〈음? 아, 하긴 요즘 애들은 모를 만하겠군.〉

"…저도 딱히 요즘 애들은 아닙니다만?"

〈자네가 한 400년쯤 더 살았다면 알았을 이름이지. 꽤 전에 왕과 한바탕했던 놈이야.〉

"왕과 말입니까? 금시초문입니다."

〈뭐, 왕이 해치운 놈이 한둘이 아니다 보니 그럴 수도 있지. 지금이야 아테인이라는 이름이 세계의 공적으로 기록되어 있지만, 한때는 세상을 구한 영웅이었던 적도 있었다. 그런 일이 아주 많았어.〉

레이거스는 옛일을 회상했다. 그는 죽기 전에도 이미 아주 오랜 세월을 살아온 걸어 다니는 역사책 같은 존재였다. 부모 없이 태어난 자, 1세대 용마족으로서 종족의 수명 한계를 훨씬 초월한 세월을 살아왔다.

〈그때는 아직 나도 왕을 섬기는 용마장군이 아니라… 그래. 엉뚱하고 지혜로운 마법사 아테인의 동료였지.〉

차네스가 귀를 기울였다. 이제는 젊은이들에게 옛이야기를 들려주는 입장이 된 지 오래였건만, 지금은 마치 어른들의 이야기를 들으며 눈을 빛내던 어린 시절로 돌아간 것 같다.

〈왕과 나, 그리고 알마릭이 그 일을 위해서 모였지. 사실 나와 알마릭은 그때는 좋은 관계는 아니었는데… 흠. 이건 넘어가지. 아운소르와 발타자크는 그때는 아직 우리와 친분이 없었어. 어쨌든 벨런은 그런 우리가 맞닥뜨렸던 최악의 적이라고 봐도 과언은 아니야.〉

"그 정도였습니까? 그도 부모 없이 대지를 걸은 자였나 보군요."

〈아니. 그자는 인간이야. 정확히는 인간이었던 자라고나 할까?〉

"인간? 인간이 세 분을 위협할 정도였단 말입니까?"

〈용마전쟁에서 우리를 쓰러뜨린 놈들도 인간이었다는 점을 잊은 것 같은 말투로군.〉

"그렇기는 하지만……."

〈뭐, 벨런은 살아 있는 인간은 아니었어. 왕이 명명한 바에 따르면 그는 '최초로 죽음을 거부한 자'였지. 달리 '죽음의 왕'이나 '시원(始原)의 흑마법사'라고도 불렀던…….〉

벨런은 아득히 오랜 세월 동안 존재해 온 자였다. 지상의 수많은 존재 중 최초로 죽음을 거부하고 불사체가 되어 일어난 자.

〈즉 벨런 이전에는 불사체란 존재하지 않았지. 왕의 말에 따르면 지상에 존재하는 사령술의 기반은 대부분 그가 닦았다고 하더군.〉

"세상에. 그런 존재가 있었단 말입니까?"

〈있었지. 뭐든지 처음이 있는 건 당연하지 않나? 최초의 용마족이 왕이듯이.〉

당시 벨런은 세상을 바꾸고자 했다. 생명이 고통 받는 이유는 살아 있기 때문이라면서, 지상의 모든 존재를 생사를 초월한 존재로 만들고자 했던… 어떤 의미에서는 아테인보다도 더 스케일이 큰 재앙이었다. 하지만 그는 결국 아테인과 동료들의 손에 쓰러졌다.

이야기를 마친 레이거스가 문득 생각났다는 듯 물었다.

〈그러고 보니 애들이 당하고 배신했다는 이야기를 들었는데, 어떻게 된 거지?〉

"생존자들의 일족은 심혈을 기울여 후인을 육성해 왔습니다. 현재의 젊은 세대들은 아직 미숙하기는 해도 쓸 만한 능력을 가졌지요. 하지만 정신적인 측면에서는 교육이 제대로 안 되었던 모양입니다."

〈내가 듣고 싶은 건 그런 고루한 이야기가 아닌데.〉

"배신한 아이 이야기부터 들으시겠습니까, 아니면 얻어터지고 돌아온 아이들 이야기부터 들으시겠습니까?"

〈배신한 쪽부터. 애들 대우가 얼마나 박했으면 간부씩이나 되는 애가 때려치우고 나간 거야?〉

"으음. 솔직히 잘해줬다고 하진 못하겠군요. 특히 아운소르 일족은 좀 심하게 폭주해서……."

〈어떤 식으로?〉

"저도 모든 걸 다 아는 건 아니고 어디까지나 소문입니다."

차네스는 용마전쟁의 생존자로서 어둠의 설원을 지배하는 실세 중 한 명이다. 하지만 용마전쟁 당시의 지위가 레이거스의 부관이었기 때문에 아운소르나 발타자크처럼 일족으로 묶여 있는 이들과 비교하면 권력이 약했다. 그래서 다른 세력이 안에서 무슨 일을 벌이고 있는지는 첩보와 소문에 의지하는 수밖에 없었다. 위대한 어둠을 품은 아인세라를 중심으로 단결한 어둠의 설원도 일원화된 조직은 아닌 것이다.

"배신한 라우라 아운소르는 아운소르 일족이 이상적인 후계자를 얻기 위해서 이런저런 실험과 의식을 거듭해서 인공적으로 만들어낸 존재라는 소문이 있습니다."

〈음? 그런 정신 나간 짓을 했다고?〉

레이거스가 놀랐다. 용마왕 아테인과 함께 대륙 전체를 전화에 휩싸이게 한 장본인 중 하나인 그도 차네스의 이야기는 기가 막혔다.

"사실이라면 어처구니없는 일입니다. 자신들의 피를 이용했다고는 하나, 마법으로 만든 인형을 아운소르 님의 후계자랍시고 내세운 거니까요."

〈흠…….〉

레이거스는 실로 복잡 미묘한 감정을 드러냈다. 예전에 함께 세상과 싸웠던 자들이 보이는 광태(狂態)는 새삼 그에게 오랜 세월이 흘렀음을 실감케 했다.

〈그 이야기는 나중에 좀 더 자세히 듣기로 하고, 그럼 얻어터진 애들 쪽은?〉

"그쪽은……."

잠시 후, 차네스의 이야기를 다 들은 레이거스의 눈구멍 안쪽에서 숨길 수 없는 놀람과 흥미가 담긴 빛이 뿜어져 나왔다.

CHAPTER **23**

인도자의 선물

魔展
龍劍

1

유렌 리제스터는 매일 밤 잠들 때마다 꿈을 꾼다. 처음 인도
자의 꿈을 접한 후로는 매일매일 꿈을 꾸는 것이 당연해서, 이
제는 꿈을 꾸지 않고 자는 게 어떤 것인지 기억조차 나지 않았
다.

—결국 운명을 만났군, 유렌.

척 봐도 현실은 아니라는 생각이 드는, 무수한 기억의 파편
들이 얼기설기 이어진 혼돈의 공간 속에서 인도자가 말을 걸
어온다. 그 목소리는 꿈속을 흘러 다니던 유렌의 의식을 뚜렷
하게 다듬으면서 평온함을 선사한다.

인도자의 꿈은 자각몽(自覺夢)과는 다르다. 이 속에서 유렌
의 의식은 현실처럼 뚜렷이 각성해 있지는 않다. 그리고 잠에

서 깨어났을 때, 꿈에서 있었던 모든 일을 다 기억하지도 못한다.

그것은 반쯤 잠들어 있는 상태와 비슷하다. 잠들어 있기는 하지만 외부에서 일어난 일을 인식할 수 있는 상태. 그런 그의 귓가에다 대고 누군가 속삭이고 있는 것 같은 느낌이다.

'아, 정말 당신 말대로… 전설 속의 아젤 카르자크를 생각나게 만드는 사람이었어.'

―그렇지?

'아운소르의 후계자는 그가 아젤 카르자크 본인일지도 모른다고 의심하던데… 뭐, 그럴 리는 없겠지만, 그런 생각마저 들게 만드는 사람이긴 하더군.'

유렌이 아젤을 만난 지야 며칠 안 됐지만, 정말이지 보면 볼수록 놀라운 인물이다. 인도자의 말대로 그가 자신을 이끌어 용마왕 숭배자들을 타도할 수 있는 길을 열어줄 것 같다는 생각이 들 정도로……

―그는 답을 보여줄 거다. 나는 그저 네게 해야 할 일을 말해줄 뿐이지만, 그는 너를 운명으로 이끌 거야.

'그가 아젤 카르자크의 후손이라면… 우리 만남은 정말 운명적이군.'

220년의 시간을 뛰어넘어 영웅 아젤 카르자크의 후손과 대마법사 칼로스 리제스터의 후손이 만난다. 둘이 손잡고 용마왕 아테인이 남긴 악의 잔재를 쓰러뜨린다니 이 얼마나 서사시적인가?

인도자가 말한다.

—운명적이지. 이렇게 되어야만 했다. 그러니 그에게 잘 보이도록 해. 그의 신뢰를 얻어야만 길이 열린다.

'노력해야지. 그러기 위해서 여기까지 왔으니까.'

유렌은 잠들지 않은 채로 악몽을 꾼다. 잠시 멍하니 있다 보면 악몽 같은 상념들이 그를 괴롭힌다. 지금 이 시간에도 예전의 자신처럼 용마왕 숭배자들에 의해 삶을 박탈당하고 도구가 되어 고통 받는 사람이 있다는 것이 끔찍하고, 자신이 구하고자 했지만 결국은 죽음으로 내몬 것이나 마찬가지인 아이들의 비명이 귓가를 맴돈다.

—너는 네가 할 수 있는 최선을 다했어.

'하지만 결과는 최악이었지.'

—유렌.

'알아. 자책해 봤자 소용없다는 거. 레티시아한테 지긋지긋할 정도로 구박도 받았고.'

유렌은 고개를 젓는다. 그는 슬픈 웃음을 지으며 말했다.

'그를 도와서 이 모든 걸 끝내야지. 그게 내가 죽더라도 해내야만 할 사명이야.'

기나긴 암흑 속을 걸어 마침내 희망의 등불이 될 자를 만났다. 유렌은 무슨 일이 있더라도 아젤에게 신뢰를 얻어 동료가 될 것이다.

잠시 침묵하던 인도자가 말했다.

—자, 그럼 그의 신뢰를 얻을 수 있는 지혜를 빌려주지.

'옆에서 같이 싸우는 것 말고 다른 비책이 있을까?'

—물론이다. 시간은 소중해. 이 순간에도 세계는 격변하고 있지. 꾸준히 인간적인 교류를 나누면서 신뢰와 우정을 쌓아 가기에는 주어진 시간이 너무 촉박해.

'무슨 일이 벌어지는 거야?'

—너도 알고 있는 사실.

'용마왕 아테인의 부활?'

그렇게 물으면서 유렌은 왠지 묘한 울림을 느꼈다. 용마왕 아테인. 마르고 닳도록 입 밖에 내어 말한 이름인데, 갑자기 기묘한 느낌이 든다.

하지만 그 점에 골몰하기 전에 인도자가 말을 잇는다.

—문제는 그게 아니야.

'그럼?'

—그걸로 인해서 어둠의 설원이 본격적으로 움직일 거라는 점이지.

—무슨 의미로 말하는 건지 모르겠어.

'생각해, 유렌. 스스로의 머리로 생각해서 답을 내봐. 그저 내가 주는 정보를 받아먹기만 해서는 안 돼. 그래서는 내 꼭두각시가 될 뿐이야.

'내가 이래서 혼란스러워져. 당신이 나를 파멸시키려는 마족이라면 이런 소리는 하지 않겠지?'

—이것조차도 그런 의도의 일부일 수 있지.

'아아, 알겠어. 좋다고.'

유렌은 머릿속에서 자신이 아는 정보들을 그러모아서 여러 가지 가능성을 떠올려 보았다. 어둠의 설원은 전 대륙을 상대로 수많은 모략을 꾸미고 있다. 200년이라는 시간 동안 인간은 몇 번이나 세대 교체를 이루었고, 그럴 때마다 발생하는 틈은 용마왕 숭배자들이 세상에 파고들 수 있는 기회를 마련했으니까.

'존재를 드러내는 건 아니겠지. 아테인이 부활한 후라면 모를까, 그들은 대놓고 세상에 싸움을 걸 힘은 없으니까.'

어둠의 설원이 세상의 이면에 숨어서 모략을 꾸미는 건 용마전쟁 때처럼 싸워서 정복할 힘이 없기 때문이다. 물론 그들이 총력을 기울인다면 한 국가와 싸워서 이기는 정도는 가능하리라. 하지만 존재가 드러나는 순간 일곱 왕국, 아니, 온 세상이 적이 될 것이고 그렇게 되면 멸망만이 기다릴 뿐이다.

'그럼 역시… 존재를 감춘 채로 혼돈을 조장하는 것밖에 떠오르는 게 없는데.'

―지금까지도 해오던 짓이지. 거기서 뭐가 달라질까?

'흠. 글쎄. 이제까지는 인간 사회를 병들게 하는 걸 목적으로 삼았으니… 인간들끼리 전쟁이라도 일으킬까?'

―그것도 하나의 정답이야.

'정말로? 아니, 충분히 가능하군.'

어둠의 설원이 대놓고 인간들과 전쟁을 일으키는 건 미친 짓이다. 하지만 세상 각계각층에 침투해 있는 자신들의 손발을 이용해 전쟁을 조장하는 건 충분히 가능하다.

'하지만 그게 전부는 아니란 말이지?'

—아니지. 하지만 전부 전쟁으로 귀결된다는 점은 맞아. 전쟁은 가장 극심하게 인간들의 힘을 소모시키는 방법이니까.

'인간끼리 싸우는 게 전부가 아니라면, 인간 외의 존재들… 그러면서도 용마왕 숭배자에 속하지 않는 존재들을 끌어내어서 인간과 싸우게 만드는 건가?'

—그 또한 정답이지. 그들은 거기에 대해서 여러 차례 실험을 거쳤어.

'예를 들면 루레인 왕국의 어둠의 대동맹 같은?'

—그래.

30여 년 전, 루레인 왕국을 위협했던 어둠의 대동맹은 어둠의 설원이 만들어낸 것이다. 강하고 지혜로운 변종 오크 다칸이야말로 그들이 사악한 마법을 이용해서 만들어낸 존재였으며, 그를 내세워 마물들의 세력을 구성하는 과정은 놀랍도록 쉬웠다.

—세상에 전란의 바람이 불어올 거야. 그러니 혼돈에 대비해라.

인도자는 유렌이 깜짝 놀랄 만한 정보를 이야기해 주었다. 그의 말이 맞는다면 유렌은 확실히 아젤의 신뢰를 살 수 있을 것이다. 그리고 유렌은 지금까지 인도자의 말이 빗나가는 경우를 단 한 번도 경험해 보지 못했다.

문득 유렌이 물었다.

'그런 안배가 있었다니 정말 멋진데. 그런데… 이제는 말해

쥐도 되지 않아? 당신이 누구인지.'

―말해줘 봤자 의미가 없어.

'왜지?'

―이 꿈이 끝나면 잊을 테니까. 때가 되면 알게 될 거다.

'하지만……'

꿈은 거기서 끝났다.

2

아젤 일행의 이동속도는 당초 카이렌이 예정했던 것보다는
크게 늦어지고 있었다. 카르자크 후작령을 떠난 지 일주일째
되는 날, 마을에 들러서 숙소에 짐을 푼 뒤 카이렌이 구시렁거
렸다.

"이 두 배는 갔어야 하는데. 하여튼 굼벵이 같은 마법사 때
문에……"

"…차라리 절 죽이고 싶다고 솔직하게 말씀하시죠?"

유렌이 투덜거렸다. 일주일간 지도상의 직선거리로 하루
60킬로미터씩 이동했다. 일반 상식에 비추어 보면 너무나도
빠른 속도다.

모르는 사람이 보면 그냥 마법으로 휙 날아가는 게 뭐가 힘
드냐고 생각할지도 모른다. 하지만 장시간 비행하는 건 정신
력, 마력, 체력 모두를 극심하게 소모한다. 젊은 인간 청년인
유렌이 이만큼이나 따라오는 건 정말 놀라운 일이다.

기본적인 마력으로만 보면 유렌보다 월등한 라우라도 피로에 지쳐 있었다. 용령기 수련자인 레티시아는 잘 따라가고 있기는 한데 그녀도 별로 여유 있어 보이지는 않는다.

'하지만 이게 좋은 훈련이 된다는 건 부정 못하겠군.'

보통 마법사들은 비행마법으로 이렇게 매일매일 장거리를 고속으로 이동할 생각은 안 한다. 앞서 말한 이유 때문이다. 그 점에 있어서는 라우라도 마찬가지였다.

해본 적이 없는 일을 매일매일 요구받다 보니 기술이 늘어나는 느낌이다. 첫날은 완전 탈진상태였는데 이제는 최소한 목적한 마을에 갈 때쯤 아젤이나 카이렌에게 업혀서 가진 않는다.

'도망 다닐 때는 진짜 최고겠어.'

용마왕 숭배자들에게서 도망 다닐 때도 꽤 열심히 날아다녔지만 그때는 항상 싸울 수 있는 전력을 온존해야 했기에 무리하진 않았다. 지금 그때로 도망간다면 훨씬 쉽게 추적을 따돌릴 수 있을 것 같다.

레티시아가 아젤에게 물었다.

"인간의 몸으로 잘도 이렇게 이동하는군."

아무리 스피릿 오더 수련자가 초인이라도 이렇게 이동하는 건 말도 안 되는 일이다. 아젤은 비교적 간편하기는 하지만 무장도 하고, 여행에 필요한 짐까지 진 채로 산도 타고 숲도 가로지르고 있는 것이다.

그 말에 카이렌이 피식 웃었다.

"이 친구는 마음만 먹으면 나보다 훨씬 빠르게 갈 수도 있지. 솔직히 나만 해도 이 친구 발목을 안 잡는다고 말할 수 없는데 너희는 아예 족쇄를 주렁주렁 달아주는 셈이다."

"음? 무슨 말이지?"

"나중에 볼 기회가 올 거야. 나도 흉내 낼 엄두가 안 나는 재주지."

아젤이 카이렌에게 많은 기술을 전수했지만 카이렌은 아직까지 실체 있는 분신을 만들어내는 '인카네이션'은 터득하지 못했다. 애당초 자기하고 맞는 기술과 안 맞는 기술이 있는데 카이렌은 별로 분신술과 친한 편이 아니었다. 그러다 보니 전에 아젤이 보여준 초장거리 비행 이동 기술은 배울 수가 없었다.

카이렌이 말했다.

"레티시아, 당신은 그래도 잘 따라오는데?"

"나야 원래 내 발로 뛰어다니는 걸 선호하니까. 하지만 이렇게 장거리를 계속해서 이동해 보는 경험은 처음이야. 아무리 봐도 제정신이라고 보기는 어려운데."

레티시아가 고개를 절레절레 저었다. 카이렌은 그녀를 흥미로운 눈으로 바라보았다. 용마족 숭배자들에게 무슨 짓을 당해왔는지는 모르겠지만, 그녀는 용마인이면서도 용마족 이상의 용마력을 지니고 있었다. 거기에 카이렌이 살면서 본 가장 뛰어난 여성 용령기 수련자다.

"힘이 남았으면 대련이나 해보지 않겠나? 요즘 아젤이 잘 안 놀아줘서 심심하거든."

"나이는 많이 먹은 주제에… 힘이 넘치는군."

그렇게 말하면서도 레티시아는 흥미를 보이고 있었다. 일주일간 같이 여행하면서 한 번쯤 손을 섞어보고 싶은 마음이 안 들었다면 거짓말이다.

숙소 뒷마당으로 나가는 두 사람을 보면서 유렌이 말했다.

"젊음이로세."

"당신이 제일 어리잖아."

늘어져 있던 라우라가 한마디 했다.

3

아젤은 카르자크 후작령을 떠난 후로 단 한 번도 카이렌과 대련하지 않았다. 이유는 간단하다. 라우라에게 박아 넣은 마력 쐐기로 그녀를 늘 감시해야 한다는 점과, 용마기 비탄의 잔 때문이다.

'역시 마법이 비장된 물건은 골치 아파.'

비탄의 잔은 공간 왜곡에 대한 기능만이 아니라 갖가지 마법이 각인되어 있는 용마기였다. 원래 마법사들의 용마기는 다 그렇다. 니베리스가 계승한 암혼의 서가 그렇듯이, 마법사가 다른 마법사의 용마기를 계승했을 경우 본신의 실력만으로는 쓸 수 없는 마법도 거기에 각인되어 있으면 쓸 수 있게 마련이다.

하지만 아젤은 마법사가 아니다. 아예 그냥 마력만 제공하면 내장된 마법이 자동으로 발동하는 방식이면 모르겠는데, 비탄의 잔에 각인된 마법은 고도의 연계방식을 통해서 다종다양한 마법을 손쉽게 사용할 수 있는 구조였다.

"정말이지 마법사를 위한 물건이라 나하고는 안 맞는군."

아젤이 투덜거렸다. 그를 맞은편에서 보던 라우라가 어이없어 했다.

"며칠도 안 되어서 비탄의 미궁까지 익혔으면서."

"마법이 아닌 부분은 문제없지."

아젤은 비탄의 잔의 기능을 놀라운 속도로 빠르게 익혀가고 있었다. 이미 비탄의 미궁은 물론이고 '하늘의 눈물을 담는 잔' 조차도 일부 구현하는 데 성공했다.

하지만 각인된 마법은 전혀 활용 못하겠다. 이래서야 비탄의 잔의 성능을 절반도 못 끌어내는 셈이다.

"당신은 다양한 용마기를 다뤄본 경험이 많은 거야?"

"유도심문인가?"

"당신이 아젤 카르자크 본인이라면, 그럴 테니까."

라우라는 그런 의도가 있음을 부정하지 않았다. 아젤이 말했다.

"추측해 보는 즐거움을 누리도록 해."

"……."

라우라가 뾰로통한 얼굴로 입을 다물었다. 아젤은 그녀를 보면서 피식 웃었다.

'그나저나 이 녀석… 정말로 아무런 악의가 없는 건가?'

악의를 품은 자에게 용마기를 계승받는다는 것은 몸속에 폭탄을 심어두는 것과 같다. 그렇기에 아젤은 늘 비탄의 잔이 이변을 일으키지 않는지 주의하고 있었다. 방심하고 있다가 뒤통수를 맞기라도 하면 끝장이니까.

하지만 일주일이 넘도록 그런 조짐이 없다. 비탄의 잔의 경우는 아젤에게 소유되었다는 사실을 불만스럽게 여기는 것 같았지만 반항하거나 해를 입히려는 움직임은 보이지 않는다.

'흠…….'

용마기는 자아를 가진 물건이다. 그렇기에 비탄의 잔은 아젤의 존재를 알고 있으며, 예전의 일 때문에 내키지 않아 하는 감정을 품고 있다. 비탄의 잔을 인지할 때마다 그런 감정이 전해져 온다.

하지만 동시에 용마기는 도구이기도 하다. 정당한 과정을 거쳐 새로운 주인에게 종속된 이상, 과거의 감정과는 별개로 지금의 주인을 가장 소중히 한다.

문득 아젤이 말했다.

"새삼스러운 이야기지만… 그렇게 보면 정말 감쪽같군."

라우라는 인간 소녀의 모습을 하고 있었다. 귀족 영애 같은 드레스 대신 수수한 여행자의 복장을 했으며 용마족으로서의 특징을 감췄다. 그럼에도 외모가 눈에 띄는 편이었지만 어쨌거나 인간으로 보인다. 아젤의 눈은 환영을 꿰뚫어보니 본모습을 알 수 있지만, 그것만으로는 알아차릴 수 없는 부분도 있다.

"용마력은 대체 어떤 식으로 감추는 거지?"

지금의 라우라는 용마력조차도 감쪽같이 감춰놓아서 감각이 좋은 사람이라도 인간 마법사라고만 생각할 것이다. 라우라가 대답했다.

"마법으로."

"어둠의 설원에서 개발된 마법인가?"

"응."

"하긴 인간 사회에 숨어들기 위해서는 철저해져야 했겠지. 하지만 그런 마법을 그 정도로 익히기 쉽게 만들어낸 건 대단하군."

"무슨 뜻이야?"

"용마왕 숭배자들이라면 너도 나도 그 마법을 쓰던데. 아, 하긴 굳이 용마력을 감춰야 하는 자들은 고급 인력이니 아주 쉽지만은 않겠지."

"아주 어려워."

"응?"

"말단들이 자체적으로 쓰기에는 아주 어려운 마법이야."

그 말에 아셀이 고개를 설마 하며 물었다.

"거기서 말하는 말단… 의 기준이 어느 정도지? 예를 들면 용 그림자의 조직원들도 말단인가?"

"용 그림자? 어느 용 그림자를 말하는 거야?"

라우라가 고개를 갸웃했다. 아젤이 눈살을 찌푸렸다.

"용 그림자가 여럿인가?"

"나라마다 하나씩은 있을 거야. 혹은 둘 이상일지도 모르고. 말단 전투원들의 조직은 이름이 다 비슷비슷해."

"…즉 둘만 모여도 용마공주와 대적할 수 있는 고급 인력도 그냥 말단이라는 건가?"

"말단이야. 유렌 리제스터가 말했지?"

"뭘 말이지?"

"전투원을 육성하는 기관이 존재한다고. 거기서 전투원 인증을 받을 정도면 다 그 정도는 할 거야."

"그런 고급 인력을 그렇게 쉽게 키워낸다고?"

아젤이 놀랐다. 라우라가 말했다.

"쉽게라고 할 정도로 많지는 않아. 고르고 골라내. 그리고 각자 역할에만 특화해서 길러내는 방식일 거야."

"특화라는 건 예를 들면… 그 전투원이 다른 마법사와 동급의 전투능력을 가졌다고 볼 때, 직접 전투를 제외한 상황 대응능력이나 마법에 대한 이해는 떨어진다는 건가?"

"응."

"그런 방식이라면… 흠. 납득할 수 있군."

군대를 보면 각 병과마다 특화된 재주를 익히게 마련이다. 말도 잘 타고 활도 잘 쏘며 근접 격투능력까지 뛰어난 기사가 있다고 치자. 궁병은 그 기사와 활쏘기만 놓고 보면 동급 이상이다. 하지만 다른 능력은 비교 대상조차 못될 것이다.

용마왕 숭배자들이 길러낸 전투원들은 그런 식이다. 라우라가 말하는 '말단' 마법사들은 직접 전투에서 활용하기 위한 마법들을 특화해서 익혔으며, 온갖 비인도적인 약물과 의식을 통해서 마력을 끌어올렸기에 언뜻 고위 마법사처럼 보인다. 하지만 전체적인 능력을 보면 진짜 고위 마법사 입장에서는 이해할 수 없을 정도로 취약했다.

라우라가 말했다.

"말단들은 도구를 써."

"용마력을 감추는 위장용 도구가 있나?"

"응."

"너도 갖고 있나?"

그 물음에 라우라는 고개를 저었다. 그녀의 설명에 따르면 그 마법은 습득 난이도가 높을 뿐, 한 번 익히고 나면 쓸 때 마력 소모도 미미하고 유지하기 위한 부담도 크지 않다고 한다.

그렇다고 해서 도구로 대신할 수 있는 마법을 굳이 자기가 쓸 이유가 뭐냐 하면, 한 사람이 한 번에 효력을 받을 수 있는 마법도구에는 제약이 있기 때문이다. 마법끼리 서로 상충하는 경우도 있는가 하면 사용자의 그릇이 얼마나 마법 효과를 받아들일 수 있는지 용량 문제도 있기 때문에 무작정 전신을 마법도구로 도배한다고 좋은 게 아니다.

아젤이 물었다.

"아무래도 마력 쐐기가 박혀 있어서 마법 운용에 제약이 많을 텐데… 계속 이렇게 가도 따라올 수 있겠나?"

"당신은 마치 마법사 같아."

라우라는 엉뚱한 말로 대답했다. 아젤이 의아해하는 표정을 짓자 그녀가 말한다.

"마력 쐐기를 박아 넣고 유지하는 것도 그렇고, 당신이 쓰는 수법들은… 사실은 마법사가 아닐까 의심스러워."

"스피릿 오더 역시 마법의 다른 얼굴이니까."

확실히 아젤이 쓰는 스피릿 오더의 기술들은 일반적인 상식의 범주를 크게 벗어나 있다. 특히 마력의 속성을 다양하게 변환하는 것이나, 특정한 기술을 자동으로 유지되게 하고 원격으로 제어하는 부분은 스피릿 오더 수련자에 대한 일반적인 인식… '마법에 가까운 힘을 쓰는 전사'를 초월한 것이다.

아젤이 말했다.

"인간의 마력만으로는 힘들지. 하지만 용의 힘을 다룰 줄 알게 된다면 가능해."

스피릿 오더 수련자가 궁극적인 경지로 나아가기 위해서는 결국 용살의 의식을 치러야만 한다. 용마력을 손에 넣어야만 할 수 있는 일이 너무 많기 때문이다.

"마법에는 그런 제약이 적지."

마법은 현상의 근본 원리를 파고든 뒤 그것을 일으키고 제어하는 방법을 자세히 구축해 나간 결과물이다. 용마력을 갖고 있으면 일부 과정을 생략해서 보다 효율적으로 마법을 쓸 수 있기는 하지만, 용마력이 있어야만 가능한 일은 용마기를 만들어내는 것 말고는 없다고 해도 과언이 아니다.

그에 비해 스피릿 오더는 감각을 우선하는 기술이다. 그러다 보니 이미지만으로 현상을 강제한다는 용마력의 특성이 있고 없고의 차이가 마법보다 훨씬 컸다.

라우라가 말했다.

"…그건 몰랐어."

"유렌의 말대로라면 어둠의 설원에서는 인간에게 용살의 의식을 치르게 하지 않는다면서? 그럼 용마력을 손에 넣은 스피릿 오더 수련자가 없을 테니 그럴 수밖에 없지."

아젤에게는 꽤 유용한 정보였다. 최소한 스피릿 오더에 대해서는 용마왕 숭배자들도 큰 제약이 걸려 있다는 의미니까.

아젤이 말했다.

"어쨌든… 정작 내 질문에는 대답을 안 했는데."

"괜찮아."

라우라가 허공을 올려다보며 말했다.

"익숙하니까."

"이런 식으로 이동해 본 적은 없다더니."

"그거 말고."

라우라는 영맥에 마력 쐐기가 박혀서 마력 운용이 제약받는 상황을 이야기하고 있었다. 그녀가 옛일을 떠올리며 말했다.

"마법을 배우는 과정에서 많이 겪었어. 종종 일부러 저주에 걸려서 거의 아무것도 못하는 채로 위협에 대처해야 했지."

그런 훈련을 거치면서 라우라의 형제자매들이 하나둘씩 죽어갔다. 라우라 역시 죽을 고비를 넘긴 적이 한두 번이 아니었다.

"……."

그저 마법 수련의 일환으로 마력 운용을 제약해 본 경험 정도를 예상하고 있던 아젤은 말문이 막혀 버렸다. 하지만 라우라는 그런 과거를 이야기하면서도 별로 꺼려하는 기색이 아니었다.

문득 라우라의 눈빛이 묘해졌다. 표정 변화가 별로 없기는 했지만 복잡한 심경을 느끼고 있다는 걸 알 수 있었다.

"낯설어."

"뭐가 말이지?"

"누군가에게 과거를 이야기한다는 거… 이런 기분이었구나."

"설마 해본 적 없나?"

"그럴 사람이 없었어."

"……."

"왠지 부끄러워. 하지만… 나쁘지 않은 기분이야."

라우라는 그렇게 말하며 눈을 감았다.

4

다음 날, 일행은 원래 계획했던 진로를 틀기로 했다. 유렌이 부탁했기 때문이다.

"인도자가 당신에게 줄 선물이 있는 곳을 가르쳐 줬어."

"…밑도 끝도 없이 그런 소리를 하면, 같이 가줄 마음이 들

것 같아?"

"하지만 달리 어떻게 말해야 할지 모르겠는걸. 그것 말고도 유용한 정보들이 있는데……."

유렌은 어둠의 설원이 인간 세상에 본격적인 혼란을 일으키려고 한다는 사실을 알려주었다. 아젤과 카이렌이 눈살을 찌푸렸다.

"충분히 그럴 만한 놈들이지만, 정보 출처 때문에 도저히……."

"슬프게도 내가 거기에 반박할 말이 없네."

유렌이 쓴웃음을 지었다. 매번 인도자에 대해서 이야기할 때마다 그는 참 서글픈 기분이었다. 차라리 자기가 신앙이 깊어서 신의 인도하심에 따른다고 생각할 수 있으면 좋겠는데 그것조차 아니니…….

유렌이 말했다.

"하지만 내가 아는 고급 정보는 다 인도자가 알려준 것들이야. 아무래도 난 육성기관의 견습생이었기 때문에 아는 게 별로 없었거든."

"음. 라우라?"

"…난 이 관계가 참 묘하다고 생각해."

용마왕 숭배자들을 배신하고 적극적으로 아젤을 돕는 유렌의 말의 진위 여부를, 얼마 전까지 어둠의 설원의 간부였던 라우라에게 확인한다. 정리해 놓고 보면 얼마나 웃기는 상황이란 말인가?

라우라가 말했다.

"그의 말은 사실이야."

"정말로 용마왕 숭배자들이 인간들끼리의 전쟁을 야기할 거라는 말인가?"

"그걸 포함해서 전부 다."

"어둠의 설원에서 인간 사회를 어지럽히기 위해 공작하고 있다는 부분?"

"유렌 리제스터의 과거처럼."

유렌이 어렸을 때 거리의 부랑아처럼 위장하고 부유한 노부부를 살해하는 임무에 투입된 바 있었다. 용마왕 숭배자들이 죄 없는 노부부를 죽인 이유는 근방의 상권을 차지하기 위해서였다.

정당한 거래를 제시했지만 응하지 않자 더러운 수를 쓴 것이다.

그런 식으로 용마왕 숭배자들은 인간 사회에 파고들어서 입지를 만들었다. 시골 귀족가의 후계 구도에 간섭하여 귀족가를 통째로 집어삼키기도 하고, 암흑가의 조직들을 장악한 뒤 마약을 퍼뜨리기도 한다.

아젤이 눈살을 찌푸렸다.

"마약?"

그 말에 대한 대답은 유렌이 했다.

"인간을 타락시키고 사회를 병들게 하는 데 효과적이니까. 대륙에서 유통되는 마약 중에 가격대 성능비가 뛰어나서 사랑

받는 마약은 거의 다 용마왕 숭배자들이 공급하고 있을걸."

"……."

아젤은 아연해졌다. 전혀 생각해 보지 못한 부분이었다.

라우라가 말을 이었다.

"수호그림자가 있기 때문에 활동이 제약적이 되었고… 그 래서 그만큼 수법이 다양화되었어."

수호그림자가 출현하기 전까지는 어둠의 설원은 훨씬 과감하게 공작을 벌였다.

주요 귀족가는 물론, 왕실에까지 첩자를 박아 넣어서 왕권까지 좌지우지하고 어둠의 실세가 되었다.

하지만 수호그림자가 출현, 카이렌이 그렇듯이 권력과 지위를 가진 자들을 끌어들이면서 활동에 제약이 걸렸다. 초반에는 수호그림자의 존재조차 모르고 있다가 기반이 통째로 날아가 버린 사례가 셀 수 없을 정도로 많았다.

라우라가 말했다.

"모두 수호그림자가 없던 시절… 즉 대암흑 이전에는 쓰지 않았던 방법이라고 들었어. 사실 대암흑이 계획대로 성공했다면 왕의 부활을 기다릴 것도 없이 모든 게……."

"…잠깐."

그녀의 말을 끊은 것은 아젤이 아니라 카이렌이었다. 그가 떨리는 목소리로 물었다.

"설마 지금 네 이야기는… 대암흑이 용마왕 숭배자들이 일으킨 인위적인 재난이었다고 말하는 거냐?"

그 말에 라우라가 고개를 갸웃했다. 여전히 무표정했지만 마치 설마 그것도 몰랐냐고 묻는 것 같았다.

"응. 그건……."

팍!

순간 라우라의 눈앞에서 둔탁한 소음이 울렸다. 어느새 카이렌의 손이 라우라의 목 바로 앞까지 다가와 있었다. 가녀린 목을 부러뜨릴 기세로 움켜쥐지 않은 것은 아젤이 그의 손목을 붙잡아서 막았기 때문이다.

"…공작님."

"……."

카이렌은 당장 죽일 것 같은 눈으로 라우라를 노려보고 있었다. 그가 한순간 이성을 잃은 것도 당연하다. 그는 대암흑을 직접 겪은 몸이니까.

아젤이 말했다.

"이렇게 변호하는 것도 웃기지만, 그녀는 그 시절에는 태어나지도 않았을 거예요. 일단 머리를 식히시죠."

"…미안하군."

카이렌은 떨리는 목소리로 사과하고는 손을 거두었다.

그의 인생에 있어서 대암흑은 영원히 떨쳐 버릴 수 없는 악몽이었다. 루레인 왕국에서 용검공작이라 불리며 영웅시되는 그지만 그때는 자신이 할 수 있는 일이 아무것도 없다는 사실에 절망했었다.

사람들은 슬퍼하고 괴로워하며 죽어가는데, 자신은 그들을 구할 아무런 방법도 없어서 고통스러운 선택만을 반복해야 했던… 끔찍한 시절.

아젤이 라우라에게 말했다.

"계속해 봐."

"…응."

라우라의 목소리가 살짝 떨려 나왔다. 그녀도 방금 전의 상황이 무섭기는 했나 보다.

"대암흑은 왕의 유산이라고 해."

"…아테인의? 말도 안 돼."

"왜?"

"그런 게 있었다면 왜 용마전쟁 때는 쓰지 않았지? 기록을 보면 대암흑 당시에 퍼져 나간 전염병은 바이언이 치료 방법을 만들어내기 전까지는 속수무책이었는데."

"왕은 무기로 쓰라고 그걸 남긴 게 아니니까."

"무슨 뜻이지?"

"어둠의 설원에는 아운소르가 남긴 기록이 있어."

아운소르 일족이 성물(聖物) 모시듯이 보관해 놓은 그 기록은 어마어마한 분량이었다. 마법사였던 아운소르는 기록을 즐겼으며, 그가 살아온 시간이 장구하기에 기록의 양은 자그마치 백 권이 넘었다.

라우라는 아운소르의 계승자가 된 후로 그 기록들을 모두 읽어보았다. 아젤에 대해서 흥미를 갖게 된 이유에는 그것도 크게 한몫했다.

"왕이 아직 왕이 아니었던 시절… 네 명의 용마장군은 수많은 전설을 만들었어."

그것은 인간에게는 정체가 불분명한 민간전승이 되어 떠도는 이야기들이다. 혹은 용마전쟁과 나딕 제국의 붕괴, 그리고 대암흑을 거치면서 많은 이야기가 전해지지 못하고 유실되었다.

그러나 그 이야기의 등장인물이었던 자가 남긴 기록은 고스란히 남아 있었다.

"당신들은 믿지 못할지도 모르겠지만… 왕과 4대 용마장군은, 용마전쟁 이전에는 세상을 떠돌며 많은 이를 구했어."

자그마치 천 년이 넘는 세월 동안 그들은 세상 곳곳을 떠돌았다. 미지의 땅을 탐험하고, 세상을 위협하는 존재들과 싸워 무찌르고, 도탄에 빠진 사람들을 구하여 희망을 제시하기도 했다.

그 과정에서 그들은 질병의 신이라 자처하는 존재와 대적한 적이 있었다.

"설마 진짜 신이라는 건 아니겠지?"

"아운소르는 그것을 진정 신이라 자처할 만한 권능을 소유한 존재였다고 평가했어."

그것은 지상의 생명체라고 보기에는 너무 기괴했으며, 온갖 질병을 야기하고 통제할 수 있었다.

심지어 질병을 통해서 평범한 인간에게 괴력을 부여하여 사도로 삼기까지 했으니 아운소르가 그런 평가를 내릴 만도

했다.

"왕과 용마장군들은 그것과 싸워 승리했지만, 없앨 수 없었다고 해."

놀랍게도 질병의 신은 한없이 불멸에 가까운 존재였다. 무력으로 꺾기는 했지만 그것을 소멸시킬 수 없었다. 심지어 그가 무기로 쓰던 신물들조차도 불멸의 영역에 속해 있었다.

"그래서 왕은 그것을 봉인했어."

질병의 신의 정수라 할 부분과 신물은 아테인의 마법으로 봉인되어 인간의 손길이 닿지 않는 곳… 세상의 끝이라 불렸던 북쪽 혹한의 땅에 안치되었다. 즉, 현재는 어둠의 설원이라 불리는 바로 그곳이다.

"질병의 신의 봉인을 풀 수 있는 자는 아무도 없었어. 하지만 그 신물을 이용하자는 발상은 할 수 있었지."

그것조차도 쉽지는 않았다. 어둠의 설원에서는 오랜 시간 동안 신물을 연구한 끝에 제한적이기는 해도 사용할 수 있는 방법을 알아냈다.

"신물의 힘을 이용해서 만들어낸 저주의 병마가 대암흑의 원인이야."

만약 현자 바이언이 나타나지 않았다면 대암흑은 인간들을 파멸시켰을 것이다.

하지만 어둠의 설원에서 비원의 성취가 눈앞으로 다가왔다고 판단했던 바로 그때, 바이언이 나타나서 인간들에게 희망의 등불을 밝혀주었다.

당연히 어둠의 설원에서는 바이언을 제거하고자 했다. 하지만 그때부터 어디서 온 건지 알 수 없는 수호그림자들이 나타나서 그들을 가로막았다.

"바이언의 존재는 아직도 수수께끼로 남아 있어. 마법을 통달하지도 않았던 인간이 어떻게 어둠의 설원에서도 만들어서 퍼뜨렸을 뿐, 치료방법은 몰랐던 병마를 치료할 방법을 찾았을까."

결국 어둠의 설원에서는 그 의문을 풀지 못한 채 그동안 쌓아올린 야망의 기반이 와르르 무너지는 타격을 겪어야 했다. 그리고 그 후로 세상의 이면에서 어둠의 설원과 수호그림자의 격렬한 다툼이 시작되고… 지금에 이르렀다.

"바이언과 수호그림자, 두 가지 요소 때문에 대암흑은 어둠의 설원 입장에서도 얻은 것보다 잃은 게 많았어."

"하지만 대암흑을 틈타서 정보 조작을 완료하지 않았나?"

"정보 조작?"

"용마기와 용살의 의식에 대한 것이나… 스피릿 오더의 정수에 대한 것들."

"그건 대암흑 이전에 거의 끝나 있었어."

"음?"

의아해하는 아젤에게 라우라는 어둠의 설원이 행한 정보 말살 작업에 대해서 이야기했다. 용마기와 용살의 의식, 그리고 스피릿 오더의 진수가 계승되지 않도록 하는 이 작업은 나딕 제국 붕괴 때부터 시작되었다.

"상층부는 인류를 두려워해."

마법이나 스피릿 오더의 지식은 다른 학문처럼 공개되어 있지 않다.

무술이 그렇듯이 같은 계파에 속한 자들이 아니면 좀처럼 그 정보를 공유하지 않는, 닫힌 세계 속의 지식이다.

그 폐쇄성 때문에 어둠의 설원은 생각보다 쉽게 목표를 달성할 수 있었다.

유능한 마법사나 스피릿 오더 수련자, 그리고 그 제자들을 암살하고 그들의 연구 기록을 말소하는 것만으로도 많은 지식이 후대에 전해지지 못하고 유실되었다.

"그리고 그 이상으로… 용마기와 용살의 의식에 대한 전승을 단절시키는 데 많은 공을 들였어."

아인세라가 품은 위대한 어둠이 있기에 가능한 일이었다. 인간은 용살의 의식을 통해 용마기를 손에 넣어야만 용마족을 능가할 수 있다. 용마전쟁 때 각인된 공포가 깊었기에 그들은 그 지식을 단절시키는 데 심혈을 기울였다.

아젤이 혀를 찼다.

"어처구니없지만… 용마전쟁 때 기술의 교류와 전수가 활발했던 것이 비정상적이었다고들 하니, 전후에는 그렇게 될 수밖에 없었겠군."

특히 대륙을 나딕 제국이 지배했던 시대가 끝나고 일곱 왕국으로 분열한 것이 그런 성향을 가속화시켰으리라.

서로 적대하고 견제할 존재가 많아지면 많아질수록 자기가 가진 비술의 가치가 높아져서 쉽게 외부에 유출하지 않게 되니까.

아젤이 말했다.

"하긴 생각해 보면 수호그림자 놈들조차도 용마기에 대해서 모르고 있었지. 용살의 의식에 대해서도 다 아는 건 아닌 것 같았고."

이제야 아젤이 머릿속에 품고 있던 의문들의 아귀가 맞아떨어졌다. 아젤은 인간의 생애를 초월하는 거대한 스케일의 음모에 한숨을 쉬고 말았다.

5

결국 아젤은 유렌의 의견에 따라서 진로를 틀었다. 인도자가 알려줬다는 소리는 아무래도 신빙성이 없었지만, 그래도 유렌이라는 인물에 대해서 알기 위해서라도 한 번쯤은 확인해 볼 필요성을 느꼈기 때문이다.

유렌이 지도를 보고 정한 장소는 일행이 있던 장소에서 좀 멀리 떨어져 있었다. 일행의 이동 속도로도 사흘 정도 걸리는 거리였다.

이렇게 여행을 하는 동안, 아젤은 라우라를 보면서 신기한 감정을 느끼고 있었다.

"혹시나 해서 묻는 건데… 설거지가 재밌어?"

라우라는 설거지를 하고 있었다.

야숙과 식사 준비, 그리고 설거지를 포함한 정리는 모두 분담해서 하는 일이다. 라우라도 불침번과 식사 준비를 제외한 일들은 분담해서 하고 있었다.

라우라는 귀한 집 아가씨처럼 그런 잡일에 서툴렀다. 유리나 자기였으면 진즉에 몇 개는 깨먹었을 것이다. 하지만 여행용으로 갖고 다니는 것들은 금속제나 목제였기 때문에 그런 불상사는 없었다.

라우라가 고개를 끄덕였다.

"응."

"……"

"이런 거… 전에는 해본 적 없어."

당연히 어둠의 설원의 간부로 활동하면서 설거지할 일은 없었으리라. 잡일은 모두 부하들의 몫이었기에 그녀는 오직 무력을 쓰는 일만 생각하면 되었다.

"손으로 뭔가를 깨끗이 닦는 거, 즐거운 일이구나."

"그, 그래?"

"응."

"간부가 된 후로는 그렇다 치고 그전에도 해본 적이 없었나? 설거지 말고도 뭐 청소라든가, 식사 준비 같은 거?"

"그런 건 다 하인들이 해줬어."

"흠……"

참으로 묘한 느낌이다. 비인도적인 대우를 받으면서 죽을 고비를 넘기기는 했지만, 그 외에는 귀족 아가씨 같은 대접을 받으며 자랐다니.

라우라가 자기가 닦은 그릇에 얼굴을 비춰 보면서 말했다.

"세상에 나왔을 때는 늘 지루했어. 지금은 즐거워."

"포로가 할 소리는 아닌 것 같은데."

아젤이 구시렁거렸다. 그러거나 말거나 라우라는 정말로 여행을 즐기는 소녀처럼 보였다.

그녀는 살면서 누군가와 직접적으로 감정을 교류하고, 같은 경험을 공유해 본 적이 없었다. 늘 위아래로 선을 그어둔 존재만이 곁에 있었으니까.

어둠의 설원에 있을 때는 홀로 차갑고 조용한 성 곳곳을 거닐면서 옛 기록을 찾아보는 것만이 즐거움이었다. 정체 모를 '어르신'의 존재를 알고 이야기를 청하게 된 것도 그리 오래되지 않은 일이다.

밖으로 나갈 때는 오로지 임무를 받았을 때뿐이다. 그럴 때면 항상 곁에 부하들이 있었다. 그들과는 간부로서 존중받고 임무 수행에 필요한 이야기만을 나누었기에, 자신이 나설 때가 오기 전까지는 정말 멍하니 시간을 보낼 수밖에 없었다.

그렇기에 지금 이 상황이 좋다. 자신에게 적의와 의심을 품었을지언정, 대등하게 이야기를 나누면서 같은 시간을 공유하는 사람들과 함께 있다는 것이.

"태어나서 이렇게나… 말을 많이 해본 적이 없어."

아젤에게 투항한 후로 정말 많은 이야기를 했다. 아젤이 묻는 것에 답을 하는 것만으로도 지난 10년간 말한 것보다 많은 말을 했을 것이다. 그만큼 라우라는 누군가와 이야기하는 일이 드물었다.

문득 라우라가 물었다.

"내가 포로가 아니게 될 때가 올까?"

"……."

아젤은 복잡한 표정으로 그녀를 바라보았다. 라우라는 갈수록 그를 심란하게 만들고 있었다.

라우라는 대답을 기대하지 않았는지 금세 고개를 돌렸다. 아젤은 결국 그녀의 등에 아무 말도 해줄 수 없었다.

6

"여기 어딘가인 것 같은데……."

다음 날 아침, 유렌은 일행을 이끌고 산 중턱에 있는 동굴로 향했다. 구불구불한 지형에 주변에 겹겹이 쌓여 있는 바위들 때문에 입구를 발견하기가 쉽지 않은 동굴이었다.

"음. 여기야. 확실해."

"여기에 뭐가 있다는 거야?"

"나도 몰라."

"……."

다들 한 대 때려주고 싶다는 눈으로 유렌을 바라보았다. 카이렌이 레티시아를 보며 한숨 섞인 목소리로 물었다.

"당신, 잘도 이런 놈을 믿고 동료로 삼았군."

"…종종 그 결정을 후회하고는 하지. 내 심정을 공감할 사람이 늘어서 기쁘다."

레티시아가 투덜거렸다. 유렌과 함께 다닌 후로 저런 태도 때문에 짜증난 적이 한두 번이 아니다.

유렌이 헤헤 웃었다.

"아, 이거 참 여기 좋은 게 있다는 걸 아는데… 뭐라고 설명할 방법이 없네. 안타까워라."

"말이나 못하면 좋겠다는 생각이 종종 드니 아가리 닥치고 앞장서기나 하시지."

레티시아가 으르렁거리자 유렌은 어깨를 으쓱하고는 앞장서서 동굴로 들어갔다. 마법의 불빛을 띄워서 선행시킨 다음, 비행주문으로 둥둥 떠서 간다.

"여기 밟으면 발동하는 마법 함정이 있으니까 되도록 발 딛지 않는 게 좋을 거라고 인도자가 알려줬어. 탐지마법을 쓰기는 하겠지만 미처 발견 못하는 게 있을지도 모르니 주의하는 게 좋을 것 같은데… 비행마법을 걸어도 될까?"

유렌이 주저하면서 물은 것은 비행마법을 거는 행위가 상대에게 뒤통수를 치기 위한 준비 작업으로 비춰질 수도 있기 때문이다. 허공을 나는 동안에는 마법사에게 제어권이 있기 때문에 무슨 수를 쓸지 모르는 것이다.

하지만 아젤은 고민 없이 고개를 끄덕였다.

"걸어."

"괜찮겠어?"

"네가 뭔가 수작을 부리는 것보다 내 검이 빠를 거야."

"…와, 나 좀 상처받았어."

"아직 너를 믿겠다고 말해주기에는 우리 사이에 쌓인 신뢰가 부족한 것 같지 않아?"

"그래도 돌려서 말해주면 좀 좋아?"

유렌이 구시렁거리면서 라우라를 제외한 일행 전원에게 비행마법을 걸었다. 일행은 모두 지면에서 30센티 정도 둥둥 뜬 채로 동굴에 진입했다.

동굴 입구는 대단히 가팔랐다. 하지만 어느 정도 들어가자 점점 경사가 완만해지면서 넓어지기 시작했다. 아젤이 혀를 내둘렀다.

"이거 그냥 들어왔다가는 큰일 났겠는데."

"확실히 마법이 엄청나게 깔려 있군."

카이렌도 혀를 내둘렀다. 마법 함정들은 완벽하게 그 존재가 은닉되어 있었다. 하지만 유렌의 탐지마법이 그 존재를 드러낸다. 모든 함정이 드러난 게 아닐 텐데도 고작 200미터를 가는 동안 엄청난 숫자의 마법이 감지되었다.

이것만은 아젤이라도 손을 쓸 수 없다. 한 곳에 집중해서 마법이 걸려 있다는 것, 그리고 그게 위협적인 뭔가라는 것 정도까지는 알 수 있지만 구체적인 내용이나 해제법은 마법사들만의 영역이다.

"그런데 탐지마법에 반응하는 마법들도 있을 텐데, 어떻게 피해가고 있는 거지?"

"열쇠마법이 있어. 당장 밟거나 지나칠 때 감지당해서 발동하는 마법들을 피하는 게 문제지 나머지는 뭐……."

"그렇게 만만한 곳은 아닌 것 같은데?"

"인도자가 대략적인 구성과, 열쇠마법까지 알려줬거든."

"……."

아젤은 퍽이나 그 말을 믿을 수 있겠냐는 의미를 담은 시선을 보냈다. 이성적으로 생각하면 여기 걸린 마법들이 유렌 혹은 그의 일당이 만들었고 일행을 함정으로 끌어들였을 가능성이 떠오르는데…….

'그 정도로 연기력이 좋은 타입은 아닌 것 같단 말이지.'

이쯤 되면 정말 유렌의 정체가 뭔지 궁금해진다. 정확히는 유렌보다는 그를 이끄는 인도자가 누구인지…….

일행은 계속 나아갔다. 수많은 마법 함정이 깔려 있어서 진행이 느리기는 했지만 아무런 위험도 없이 나아가다 보니 좀 맥이 풀린다.

"300미터 정도인가? 꽤나 길군."

거리를 가늠하기 어려운 상황이었는데도 아젤은 입구부터 얼마나 왔는지 정확히 파악하고 있었다. 그러면서 점점 경계심을 높여간다.

우웅…….

문득 아젤은 자신의 내면에서 저절로 마력이 일어나는 걸 느꼈다.

'비탄의 잔?'

비탄의 잔이 주변에 있는 뭔가에 반응하고 있었다. 마치 뭔가를 알려주려고 하는 것 같은 움직임이다. 그 감각에 집중한 아젤은 한 가지 사실을 알 수 있었다.

"…이런."

"왜 그러나?"

카이렌이 물었다. 아젤이 혀를 찼다.

"정말 교묘하군요. 우리가 여기까지 30미터도 안 내려온 거였다니."

"뭐?"

다들 놀라서 아젤을 바라보았다. 아젤이 유렌을 보며 물었다.

"넌 알고 있었지?"

"언제 알아차리나 궁금해서 기다리고 있었어. 하지만 직접 마법에 접촉해서 잠금쇠를 풀고 있는 나도 알아차리기까지 꽤 걸렸는데… 어떻게 알아차린 거야?"

"비탄의 잔이 알려줬지. 아니면 한참 후에 알아차리거나 끝까지 몰랐을 거야."

"무슨 소리를 하는 건지 설명 좀 해보게."

카이렌이 답답해하며 말했다. 아젤이 말했다.

"우리는 지금 왜곡된 공간 속에 들어와 있습니다. 이 동굴은 실제로는 30미터 정도의 짧은 구간이에요. 그걸 공간을 왜곡시켜서 빙빙 돌게 만들어놨는데… 굉장히 교묘하게 만들어놨군요. 그런 흔적조차 못 느꼈는데."

아젤은 전율했다. 엄청난 솜씨다. 공간을 다룰 정도의 고위

마법사가 특정 공간에 공간왜곡을 적용, 공간감각을 엉망진창
으로 만들어놓는 경우는 드물기는 해도 있다. 하지만 아젤조
차도 실제 거리의 열 배 이상을 헤매도록 모를 정도로 교묘한
솜씨라니…….

'위험해.'

비탄의 잔은 주인이 모르고 있다는 사실을 답답해하다가 알
려준 것이리라. 동시에 경각심이 들었다. 이런 마법이라면 안
에 들어온 이들이 알아차리기도 전에 함정에 빠뜨릴 수도 있
지 않겠는가? 어쩌면 이미 함정에 빠진 것인지도 모른다.

아젤이 비탄의 잔을 초래하려고 할 때, 유렌이 말했다.

"당신이 용마기를 초래할 것까지는 없어. 이미 잠금쇠는 풀
었고 이제 문을 열기만 하면 빠져나갈 수 있으니까."

"푼 지 얼마나 됐지?"

"한 10분쯤."

"…그런데 뻔히 우리가 헤매는 걸 지켜보고 있었다?"

"언제 알아차릴지 궁금했거든. 한 5분쯤 더 지켜보고 모르
면 그냥 풀어줄 생각이었어."

"……."

"화내지 마. 동료들의 능력을 파악하기에 괜찮은 기회라고
생각했을 뿐이야."

그 말에 아젤이 흠칫했다. 의아해하며 자신을 바라보는 유
렌에게 누군가 겹쳐 보인다.

"왜 그래?"

"…왠지 내가 아는 누군가를 생각나게 해서."

한 대 때려주고 싶은 유렌의 행동은 예전의 칼로스를 생각나게 했다. 서로 둘도 없는 친우가 되기 전까지 칼로스는 종종 여러 가지 방식으로 아젤을 시험했다. 뻔히 자기가 타파할 수 있는 난국 속에서 아젤이 어디까지 할 수 있는지를 지켜보다가 마지막에 생색을 낼 때면 얼마나 때려주고 싶었는지.

유렌은 그때의 칼로스를 닮았다. 얼굴이 닮아서 그런지 더 그를 생각나게 한다.

'진짜로 후손은 후손인가?'

옛일을 생각하면서 혼란스러움을 느낄 때였다. 문득 뭔가가 아젤을 자극했다.

"…음?"

동시에 유렌이 마법을 해제해서 공간왜곡을 풀었다. 주변의 공간이 아지랑이 저편의 풍경처럼 구불구불하게 휘어지면서 전혀 다른 풍경이 펼쳐진다.

"이건……."

다들 놀라서 주변을 둘러보았다. 어느새 그들은 동굴의 끝까지 와 있었다. 그리 크지 않은 공간 한가운데 은은한 푸른빛이 기둥을 이루고 있었으며 그 한가운데에는…….

"마법의 갑옷인가?"

새하얀 갑옷 한 벌이 잘 정돈되어서 놓여 있었다. 그것을 본 아젤의 표정이 묘해진다.

"이거, 여긴 설마……."

그때 유렌이 갑옷 앞으로 가더니 빙글 몸을 돌렸다. 그리고 양팔을 펼치며 마치 연극의 등장인물 같은 말투로 말했다.

"이게 인도자가 당신에게 주라고 한 선물이야."

"그게 뭔지는 알고?"

"당연히 모르지!"

"……"

"하지만 뭐, 척 봐도 상당히 좋은 마법 갑옷 같은데?"

"음."

아젤이 복잡한 표정으로 갑옷을 바라보았다. 그때 라우라가 말했다.

"백룡의 갑주?"

"응?"

다들 그녀를 바라보았다. 라우라가 갑옷을 빤히 바라보면서 말했다.

"아젤 카르자크가 입었던 백룡의 갑주와 비슷해."

"……"

아젤이 복잡한 표정을 지은 이유가 바로 그것이었다. 이 갑옷은 아젤이 용마전쟁 때 입었던 것과 똑같이 생긴 갑옷이었던 것이다.

7

용마전쟁 당시, 아젤은 전신을 마법무구로 도배하고 다녔다. 백룡의 갑주는 용의 뼈로 골조를 만들고 용의 비늘을 녹여 넣어가면서 제련한 마법금속으로 만든 갑옷과 투구 세트다.

"백룡의 갑주라……."

아젤은 갑주에 다가갔다. 그리고 이리저리 살펴보더니 물었다.

"음. 이거 만져도 되는 건가?"

"일단 마법을 다 풀기는 했는데, 아마 갑주 자체가 주인이 될 자격이 있는지 심사하는 것 같은데?"

"자아가 있는 마법무구란 말인가?"

"아마도. 별로 똑똑하진 않을 거고 그냥 희미한 본능이 있는 정도인 것 같지만."

용마기가 아니더라도 빼어난 마법의 무구 중에는 자아가 있어서 자격에 맞는 자만을 선택하는 것들이 있었다. 이 갑주도 그런 물건인 모양이다.

아젤이 말했다.

"이건 백룡의 갑주가 아니야."

"응? 하지만… 똑같이 생겼는데?"

라우라가 고개를 갸웃했다.

"백룡의 갑주를 실제로 본 적은 있나?"

"기록으로만. 영상 기록상으로는 똑같았어."

카이렌이 끼어들었다.

"일단 아젤 카르자크의 초상화에 그려진 것과 같은 디자인으로 보이기는 하는데… 아니라고 확신할 수 있는 근거는 있는 건가?"

"백룡의 갑주는 자아를 가진 물건이 아니었습니다. 그건 확실해요."

백룡의 갑주는 처음부터 아젤을 위해 만들어진 물건이 아니라 적의 장비를 빼앗은 것이다. 처음 손에 넣었을 때 장인들에게 맡겨서 사이즈를 조절했을 뿐, 그 외에는 전혀 아젤이 쓰는데 문제되는 요소가 없었다.

"하지만 정말 백룡의 갑주랑 똑같이 만들긴 했군요."

아젤이 조심스럽게 갑옷 위에 포개진 투구를 들어 보았다. 동시에 무언가가 그의 감각을 엄습했다.

'음?'

아젤은 반사적으로 감각을 방어하려다가 그만두었다. 그 감각이 투구에 담겨 있던 마법적인 사념이 흘러들어 오면서 발생한 것임을 알아차렸기 때문이다.

─흠. 내 목소리가 들리나?

아젤의 내면에서 누군가의 목소리가 울려 퍼졌다. 아젤은 그것이 전에 한 번 들어본 목소리임을 깨달았다.

'…칼로스?'

예전에 발란 숲의 유적에서 만났던 것과 비슷한, 노인이 된 칼로스의 사념체였다. 그를 본 아젤이 말했다.

'네가 남겨놓은 거였군. 머리가 벗겨진 후에도 착실하게……'

─내 목소리가 들린다는 건, 이걸 손에 넣은 것이 아젤이라

는 거겠지.

하지만 칼로스의 사념체는 아젤의 말을 무시하고 자기 할 말만 했다. 그 태도를 본 아젤은 깨달았다.

'그저 기록일 뿐인가.'

발란 숲의 유적지에 남겨두었던 칼로스의 사념체는 스스로 사고하고 대화하는 게 가능한 유령과도 비슷한 존재였다. 하지만 이것은 그저 기록된 영상과 목소리를 아젤에게 전할 뿐이다.

그 사실을 깨닫자 씁쓸한 기분이 밀려들었다. 비록 유령 같은 사념체라고는 하지만 친구와 대화를 나눌 수 있을지도 모른다는 사실에 들떴던 것이다.

—네가 이걸 손에 넣었다는 건… 내 예측이 가장 긍정적인 방향으로 두 가지나 들어맞았다는 거겠지. 네가 오기 전에 누군가 이걸 먼저 찾아내서 낚아채지 않았다. 그리고 네가 잠들어 있던 곳에 있던 지도를 손에 넣었다.

칼로스는 아젤이 잠들어 있던 발란 숲의 유적에 여러 가지 안배를 해두었다. 아젤은 용마검을 제외하고는 아무것도 손에 넣지 못했지만, 그저 기록을 전할 뿐인 사념체에게 그 사실을 지적해 주는 건 무의미하다.

—얼마나 남아 있을지는 모르겠지만, 부디 나머지도 손에 넣도록 해. 한곳에 모아둘까도 생각했지만 역시 위험도가 높다고 생각해서 기회가 있을 때마다 여기저기 흩어놨지. 옛날에는 왜 마법사들이 그렇게 후세에 유적으로 발굴될 시설을

많이 만들어두나 했는데… 이제는 나도 그 처지가 공감이 되는군.

칼로스의 사념체가 쓴웃음을 짓는다.

—아, 이게 뭔지를 설명해야겠군. 백룡의 갑주와 똑같은 디자인으로 만들었지만, 넌 이게 백룡의 갑주가 아니란 걸 한눈에 알아봤겠지.

이것은 칼로스가 동료들의 힘을 빌어 만든 백룡의 갑주의 레플리카였다. 하지만 레플리카 주제에 오리지널보다 더 성능이 좋다.

—만드느라 돈 좀 썼다. 팔면 성 하나 정도는 거뜬히 살걸? 아, 그런다고 팔지는 말고. 나니까 만들었지 돈 주고도 못 구할 물건이야.

'……'

아젤은 실소하고 말았다. 그가 알던 때로부터 수십 년이 지났을 텐데 어쩌면 이리도 변한 것이 없는지 모르겠다.

—아젤, 부디 내가 남겨놓은 것들이 네가 맞이할 시련에 조금이라도 도움이 되길 바란다. 늙은 몸으로나마 그 시간을 함께할 수 없다는 사실이 유감이군.

그리고 목적을 다한 칼로스의 사념체가 사라지고 아젤의 의식이 현실로 돌아온다. 아젤은 아무런 저항도 없이 수월하게 자신을 받아들이는 백룡의 갑주를 보면서 쓸쓸하게 중얼거렸다.

"나도 그래."

8

아젤은 그 자리에서 백룡의 갑주로 갈아입었다. 원래 입던 가죽갑옷을 벗어버리고 정해진 키워드를 읊자…….

철컹! 철커컹!

백룡의 갑주가 파츠별로 흩어지더니 아젤의 몸을 감싸면서 완벽한 형태로 조립되었다. 그걸 본 카이렌의 눈이 휘둥그레졌다.

"아젤."

"네?"

"처음으로 자네가 가진 물건이 부러워졌다."

"후후. 그렇게 말씀하셔도 안 드릴 겁니다. 저도 방어력이 좀 아쉽기는 했……."

"아니, 그딴 문제가 아니야. 저절로 입혀지고 벗겨지는 갑옷이라니 이건 정말 혁명적이군. 젠장."

"……."

전신갑옷이라는 건 원래 끔찍하게 입고 벗기가 힘든 법이다. 전쟁 중에 기사들이 한 번 갑옷을 입으면 웬만하면 안 벗고 지저분하게 살던 것도 다 이유가 있었다. 소변이 마려워서 방광이 터질 것 같을 때, 그냥 입은 채로 쌀까 아니면 엄청난 귀찮음을 감수하고 갑옷을 벗어서 인간으로서의 존엄을 지킬까를 고민하게 만들 정도인 것이다.

참고로, 오리지널 백룡의 갑주에는 자동 탈착 기능 따위 안 붙어 있었다. 당시의 아젤은 갑옷을 입고 벗기가 너무 귀찮아서 스피릿 오더의 염동력으로 입고 벗으면서 숙련도가 크게 늘었을 정도였다.

문득 라우라가 말했다.

"역시 똑같아……."

"음?"

"아젤 카르자크와."

"……"

다른 사람과 달리 라우라는 용마전쟁 당시의 아젤을 영상자료로도 보았다. 가뜩이나 생김새가 똑같이 생겼는데 동일한 디자인의 갑옷까지 입혀놓으니 기록 속의 그가 현실로 튀어나온 것 같았다.

그녀가 말했다.

"이제 보니, 망토는 달라."

"이건 딱히 대단한 물건은 아니니까."

용마전쟁 당시의 아젤은 용가죽으로 만든 붉은 마법의 망토를 걸치고 다녔다. 하지만 여기에 칼로스가 백룡의 갑주 레플리카와 같이 남겨놓은 망토는 마법적 처리가 되기는 했지만 대단한 물건은 아니었다.

'아니, 근데 이 녀석… 나이 먹으면서 무슨 심경의 변화가 생긴 거야? 방수, 방열은 그렇다 치고 방오(防汚) 처리?'

망토에는 쉽게 더럽혀지지 않도록 방오 마법 처리가 되어 있었던 것이다. 갑옷에 자동 탈착 기능을 넣은 것도 그렇고, 묘하게 실용적이고 생활적인 기능을 넣느라 골몰한 흔적이 보인다.

'예전에는 성능지상주의였는데…….'

칼로스가 마법기를 손에 넣거나 제작해서 누군가에게 줄 때면 종종 불만의 소리를 듣게 되었다. 귀한 마법 물품을 줬는데 불만을 표하다니 이게 무슨 배불러 터진 소린가 싶지만, 예리한 검술을 뽐내는 사람한테 두텁고 무거운 검을 주면 뭐 어쩌라는 생각이 들 수밖에 없지 않겠는가?

"어딜 귀한 마법기한테 인간 따위가 이래라 저래라야? 마법기가 네 맘에 안 들어? 마법기도 네가 마음에 안 들 거야. 닥치고 너를 마법기에다 맞춰. 싫으면 그냥 다른 사람에게 주기로 하지. 넌 한 번 준 걸 거부한 거니까 명단에서 뺀다? 어디 이 빌어먹을 전쟁 끝날 때까지 네 차례가 다시 돌아오는지 두고 보자."

…그러던 칼로스가 사용자의 편의를 최대한 배려한 물건을 남겨놓은 걸 보니 기분이 오묘하다.

문득 아젤이 유렌을 바라보았다.

'이놈은 대체…….'

인도자의 정체가 도대체 무엇이기에 칼로스의 안배가 있는 장소를, 그것도 이곳을 보호하는 마법을 해제하는 법까지 곁들여서 알려준단 말인가?

'설마 칼로스… 이것도 네 안배인가?'

그런 생각마저 들었다. 그렇게 판단할 만한 근거는 없지만… 칼로스와 닮은 모습을 하고, 칼로스의 후손이라고 주장하는 유렌을 보고 있노라면 어쩔 수 없이 생전의 칼로스를 떠올리게 된다.

유렌이 빙긋 웃었다.

"어쨌든 어때? 마음에 들어?"

"음…….."

아젤은 잠시 복잡한 표정으로 그를 바라보다가, 고개를 끄덕였다.

"고맙다. 최고의 선물이야."

적어도 그가 준비한 선물이 마음에 들었다는 것만은 인정할 수밖에 없었다. 예전을 떠올리게 하는 이 갑옷도, 그리고 여기에 남겨져 있던 칼로스의 사념까지도…….

9

볼일이 끝난 곳에 오래 있을 이유는 없다. 일행은 곧바로 동굴에서 나왔다.

"생각보다 금방 나왔군요. 잘 숨겨진 유적 같아서 며칠을 기다려야 하나 걱정했는데."

그리고 바위에 걸터앉아서 턱을 괴고 있던 낯선 남자를 만났다. 아젤이 흠칫했다.

'뭐지, 이 녀석?'

분명히 인간이다. 그런데 거리가 10미터까지 줄어들도록 아젤은 그의 존재를 눈치채지 못했다.

30대 중후반 정도로 보이는 남자였다. 긴 갈색 머리칼과 수염을 길렀으며, 전신에 금속갑옷을 입은 것으로 보아 기사로 보인다.

기묘한 것은 눈이다. 그는 얼굴은 아젤을 향하고 있는데 눈은 감고 있었다.

"제 소개를 하기 전에… 적의를 품을 필요가 없다는 걸 증명해 두죠."

동시에 주변에서 아이들이 모여서 속삭이는 것 같은 소리가 울리기 시작했다. 곳곳에서 새하얀 로브 아래로 불가사의한 어둠을 드리운 수호그림자들.

그들을 본 아젤은 한 가지 사실을 깨달았다.

'이 녀석, 수호그림자와 비슷하군.'

분명히 살아 있는 육체를 가진 인간이다. 그런데 마치 수호그림자처럼 존재감이 옅어서 가만히 있는 동안에는 아젤의 감각조차 피했다.

'가만히 있는 동안에는' 이라는 조건을 붙인 것은 그가 몸을 일으키자마자 그 기척을 감지할 수 있었기 때문이다. 여전히 있는 듯 없는 듯 흐릿하지만 아젤의 감각을 피할 정도는 아니었다. 그리고…….

'예언지킴이다.'

아젤은 한눈에 그가 예언지킴이임을 알아보았다. 그가 레논과 마찬가지로 용마력의 향취를 풍겼기 때문이다.

그가 여전히 눈을 감은 채로 아젤에게 다가오며 말했다.

"수호그림자의 예언지킴이 발세르라고 합니다. 직접 만나는 건 처음이군요. 우리가 기다려 온 예언의 사람일지도 모르는 아젤 제스트링어."

"난······."

아젤이 그를 보며 말했다.

"굉장히 길고 부르기 귀찮은 방식으로 불리는 데 익숙해지는 것 같군. 용마왕 숭배자들이나, 너희나."

"달갑지 않다면 짧게 부르죠. 아젤 경. 그래도 되겠습니까?"

"그럼 나는 당신을 발세르 경이라고 부르면 되나?"

"어떻게 부르시건 자유입니다. 제가 마지막으로 기사로서 행동했던 것은 벌써 50년 전의 일이니까요."

"······."

그 말에 아젤이 흠칫했다. 발세르는 겉으로는 30대 중반으로밖에 안 보인다. 그런데 그렇게나 나이를 먹었단 말인가?

"···당신도 레논이랑 마찬가지인가?"

"그렇습니다. 우리의 시간은 예언지킴이가 되는 순간부터 멈춰 있죠. 인간으로서는 죽은 지 오래입니다."

"불사체로는 보이지 않는데."

"시체는 할 수 없는 일을 하기 위해서입니다."

"그 일은 뭐지?"

"당신은 이미 그 물음의 답을 알고 계신 걸로 알고 있습니다만."

"너희가 내가 예언의 사람이라는 것을 확신하지 않는 한 말해줄 수 없는 사항이라는 거군."

"그렇습니다."

"뭐, 좋아. 왜 찾아온 거지? 라우라 건으로 불만이라도 토로하러 왔나?"

아젤은 주변의 수호그림자들을 살피며 말했다. 그들은 라우라를 향해서 노골적인 적의를 발산하고 있었다. 당장 공격하고 싶은 것을 어쩔 수 없이 참고 있는 게 전해져 온다.

발세르가 말했다.

"그 건은 매우 불만스럽기는 합니다만, 당신의 선택을 존중합니다. 만약 당신이 예언의 사람이 아닌 걸로 밝혀진다면 그때는 손을 쓰겠습니다만."

"호오."

"적어도 지금 이 자리에서 당신과 싸울 생각은 없으니 살기는 거둬주시지요. 사실 저도 여기 수호그림자들과 같은 기분이지만 내색하지 않으려고 애쓰는 것인지라……."

"당신 말투는 싸우자고 도발하는 걸로밖에 안 들리는데?"

"거슬렸다면 사과하지요. 변명하자면, 예언지킴이는 모두 용마왕 숭배자에게 모든 것을 잃은 과거를 가졌습니다. 그래서 용마왕 숭배자를 앞에 두고 이성적으로 행동하기가 좀 어렵군요."

말은 그렇게 하지만 표정이나 목소리는 차분하기 그지없다. 그 둘의 괴리감이 지독해서 오히려 경계심이 높아진다.

"…말을 하면 할수록 짜증만 솟구치니까 본론이나 말하시지."

"제가 온 건 중요한 정보를 드리기 위해서입니다. 수호그림자들에게 맡기자니 알아들을 수 있게 전달할 수 있을 것 같지 않아서."

"……."

예언지킴이들도 수호그림자가 전언을 부탁하기에 적합한 존재가 아니라는 것쯤은 알고 있던 모양이었다. 아젤과 카이렌이 백번 공감하고 있을 때, 발세르가 말했다.

"어둠의 설원이 용마장군 레이거스를 불사체로 부활시켰습니다. 다른 불사체와는 격이 다를 정도로 강력하더군요."

"뭐?"

아젤이 경악했다. 하지만 그 경악은 이어진 말을 들었을 때에 비하면 아무것도 아니었다.

"그가 우리에게 물었습니다. 칼로스를 어디에 감춰놨냐고."

"…칼로스라고?"

"마치 칼로스가 생존해 있다는 것을, 혹은 어떤 형태로든 지상에 존재하고 있다는 것을 확신하고 있는 투였습니다. 아젤 경, 당신은 혹시 짚이는 데가 있습니까?"

"그게 무슨……."

어이없어하던 아젤은 자기도 모르게 한 사람을 바라보았다.

그 시선이 향한 곳에는 유렌이 놀란 표정을 짓고 있었다.

10

니베리스는 어둠의 설원에 돌아온 후, 아젤에게 입은 부상이 워낙 깊어서 의식을 회복하는 데만도 나흘이 걸렸고 그 후로도 거동을 자제하고 치료에 전념해야 했다.

그렇게 2주가 지났다.

니베리스는 용마궁의 북쪽에 위치한 죽은 자들의 성소에 와 있었다. 어둠의 설원에서 인정한 명예로운 자들만이 묻히는 영면의 장소였다.

전해 들은 바에 의하면 이 공간은 예전에는 무척이나 황량했다고 한다. 천 명의 병사를 모아서 열병식을 치러도 될 것 같은 광활한 공간인데 묻힌 자는 얼마 없었으니 당연하다.

하지만 세월이 흐르면서 하나둘씩 묘비가 늘어갔다. 지금도 많은 공간이 비어 있지만 300여 개의 묘비는 결코 적지 않다.

그중에 니베리스가 찾는 묘비가 있었다.

용마왕자 사이베인의 비 엘베리스

그 아래로 온갖 미사여구를 덧붙여서 죽은 자를 칭송하는 말이 붙어 있었다.

이곳에 묻힌 것은 니베리스의 어머니다. 사이베인보다 훨씬 어렸던 그녀는 용마족이면서도 병약했다. 어둠의 설원에서 귀족으로 받들어지는 자들은 다들 그 지위에 걸맞는 의무를 행하고 있었지만 그녀는 아무것도 할 수 없었다. 그저 세상과 격리된 이 혹한의 땅에서 시들어갈 뿐.

니베리스는 어린 날에 그녀에게 들었던 아버지의 이야기를 기억한다.

"우스운 이야기지만, 네 아버지는 정말로 왕자님 같았단다. 인간들의 이야기 속에서 그런 사람을 백마 탄 왕자님이라고 하지."

니베리스의 기억 속에서 엘베리스는 늘 지치고 힘들어 보였다. 그저 병약했기 때문만은 아니다. 그녀는 늘 압박을 받고 살았다. 존귀한 자로서의 의무를 행하지 못하는 그녀에게 주변에서는 늘 자식이라도 많이 낳으라는 압박을 가했다.

어린 시절의 니베리스는 키르엔이나 제퍼스에 비해 자유로운 입장이었다. 사이베인과 엘베리스의 자식은 니베리스뿐이었기에 후계자 자리를 다툴 일이 없었기 때문이다. 또한 사이베인도 별로 엄격한 아버지는 아니라서 그녀를 고통 속으로 던져 넣으려고 하지 않았다.

어린 시절부터의 고행은 니베리스가 자처한 것이다.

주변의 어르신이라는 자들은 어머니에게 의무를 행할 능력이 없으면 위대한 혈통을 이은 자손이라도 많이 낳으라는 모욕적인 말을 서슴지 않았다. 그런 말을 들을 때마다 어린 마음에 불길이 일었다. 자신이 노력해서 존귀한 피를 이은 자로서의 능력을 입증한다면 어머니가 저런 소리를 듣지 않아도 될 거라고… 그렇게 생각했다.

엘베리스는 말했다.

"네 아버지가 아니었다면 난 일찌감치 죽었을지도 몰라. 예전에는 차가운 감옥 속에서 사는 기분이었지. 하지만 네 아버지를 만난 후에는 숨을 쉴 수 있게 되었어."

사이베인은 상냥한 사람이었다. 두 사람의 결혼은 철저하게 정략적으로 이루어진 것이다. 용마전쟁 때부터 살아온 사이베인과, 용마왕군의 잔존 세력이 어둠의 설원에 자리 잡은 뒤에 태어난 엘베리스는 나이차만 해도 100살이 넘었다. 그리고 사이베인은 혼담이 진행되기 전까지는 그녀의 얼굴조차 모르고 있었다.

그러나 사이베인은 자신의 처가 된 엘베리스를 사랑했다. 마음이 담긴 태도로 그녀를 대했으며 그녀를 웃게 하기 위해서라면 바보 같은 짓도 서슴지 않았다.

사이베인이 실종된 것은 엘베리스가 죽은 후다. 당시 니베리스는 수면기에 빠져 있었고, 깨어났을 때는 어머니의 죽음과 아버지의 실종이라는 비극적인 소식이 기다리고 있었다.

'어머니, 저… 아버지가 남겨준 사람을 잃었어요.'

니베리스는 어머니의 무덤에 마음속으로 말을 걸었다.

'그는 나를 위해 무엇이든 해주려고 했는데… 나는 아무것도 해주지 못했습니다.'

부모를 잃고 난 후로 니베리스의 마음은 차갑게 얼어붙었다. 그녀는 누구에게도 정을 주지 않고 고고하고 냉혹하게 자신의 출신에 어울리는 권력을 향한 행보를 계속해 왔다.

그러나 지금 그녀의 마음을 지켜주던 차가운 성벽에 균열이 생겼다. 아젤에게 변명의 여지조차 없이 참패하고, 듀랑을 잃고 나니 무엇을 어떻게 해야 할지 알 수 없었다.

"……."

상념에 빠져 있던 니베리스가 흠칫했다. 스산한 기운이 감각을 자극했기 때문이다.

〈흠.〉

불사체 특유의 기괴한 울림이 섞인 목소리였다. 니베리스의 눈길이 향한 곳에는 다른 용마족보다도 훨씬 큰, 3미터를 넘는 거구를 가진 용마족 불사체가 있었다.

〈방해했나 보군. 미안하네.〉

해골기사의 모습을 한 불사체가 조심스럽게 말하는 것은 왠지 그로테스크하다. 하지만 흑마법사인 니베리스는 금세 동요를 가라앉히고 우아하게 인사했다.

"처음 뵙겠습니다, 레이거스 공."

거구의 불사체는 바로 용마전쟁의 전설로 남은 용마장군 레이거스였다. 레이거스가 손을 들어 볼을 긁적이다가 흠칫했다.

〈아, 이런. 이놈의 버릇은 고쳐지질 않는군.〉

불사체로 깨어난 지 어느 정도 시간이 흘렀는데도 살아 있을 때의 버릇이 자연스럽게 튀어나온다. 그는 어색해하면서 손을 내리고 말했다.

〈사이베인 전하의 딸, 니베리스 양이지?〉

"예."

〈만나서 반갑군. 레이거스다.〉

둘이 만나는 건 처음이었다. 하지만 레이거스의 존재는 어둠의 설원에 있는 이라면 누구나 알고 있기에 니베리스도 한눈에 알아본 것이다.

〈실은 아가씨에게 묻고 싶은 게 있어서 찾아왔는데… 적절한 때가 아니었던 것 같군. 다음으로 미루도록 하지.〉

"제게 말씀인가요?"

니베리스가 의아해하며 그를 바라보았다. 그가 도대체 자신에게 무엇을 물어보려고 한단 말인가?

레이거스는 대답하지 않고 성큼성큼 묘비로 다가왔다. 그리고 중얼거렸다.

〈걸어 다니는 시체가 무덤가를 거니는 것도 웃긴 일이지만… 아는 이름들이 참으로 많은 곳이야.〉

처음에 죽은 자들의 성소는 용마왕군의 잔존세력이 어둠의 설원으로 물러난 후에 죽은 자들만이 묻혔다. 하지만 시간이 지나면서 예전에 용마전쟁에서 명예롭게 죽은 자들을 기리면서 무덤을 만들었다. 시신도 없지만 넋을 기릴 의무를 느꼈기 때문이다.

침묵이 흘렀다. 레이거스가 몸을 돌리며 말했다.

〈방해해서 미안했네. 적합한 때를 골라서 한번 찾아가도록 하지.〉

"아니… 말씀하셔도 됩니다."

니베리스는 그를 따라 몸을 돌리며 말했다.

"장소를 옮기기만 한다면요."

〈고맙군.〉

레이거스가 성큼성큼 걸어갔다. 그러다가 문득 뒤를 돌아보았다.

〈아, 이런. 내 걸음이 쓸데없이 빠르다는 걸 자주 잊는단 말이야. 살아 있을 때나 지금이나 똑같군.〉

산만 한 덩치의 레이거스는 보폭이 커서 걸음이 무척 빨랐다. 예전에 부관인 차네스는 그의 걸음을 따라오기 위해서 뛰다시피 해야 했고, 그때의 버릇이 아직까지 남아 있는지 노인이 된 지금도 그랬다.

레이거스는 그 점에 있어서 딱히 차네스를 배려하지 않았지만 지금은 다르다. 사내놈이야 고생하든 말든 알 바 아니지만 어린 아가씨는 존중받아야 하는 법이다.

둘은 죽은 자들의 성소를 벗어나서 걸었다. 냉기가 흐르는 넓은 복도를 걸으면서 니베리스가 물었다.

"제게 무엇을 듣고 싶으신 건가요?"

〈다름이 아니라… 아가씨가 사이베인 전하의 용마기 '암혼의 서'를 계승했다고 들었네.〉

그 말에 니베리스가 흠칫했다. 이미 어둠의 설원에서는 다 알려진 사실이니 그럴 이유가 없건만, 조금 전까지 어머니의 묘비 앞에서 옛 기억을 떠올려서인지 복잡한 기분이 밀려온다.

레이거스가 말했다.

〈아가씨가 보고한 바로는 사이베인 전하를 직접 만나지는 못했다고 하더군.〉

"…네."

라우라가 세이가를 납치하는 임무에 투입되었을 당시의 일이다. 니베리스는 상부의 명령을 받고 실종된 부친 사이베인을 찾아갔다. 그동안 꾸준히 탐색을 계속한 끝에 결국 그의 혼적을 더듬어서 있는 곳을 찾아냈던 것이다.

그러나 그곳은 쉽게 접근할 수 있는 장소가 아니었다. 어둠의 설원만큼이나 외부에서 그 안을 파악하는 게 어렵다고 알려진 마경이었다. 상부에서는 몇 번이나 사이베인을 찾기 위해 인력을 투입했으나 모두들 종적이 묘연해지거나 아니면 시체가 되어 돌아왔다.

위험하기 짝이 없는 임무에 니베리스가 투입된 것은 두 가지 이유에서다. 니베리스가 사이베인의 딸이며, 위험이 닥쳐와도 몸을 뺄 수 있는 능력이 있다고 인정받았기 때문에.

하지만 니베리스는 결국 사이베인을 만나지 못했다.

"이미 들으셨겠지만… 정말로 기이한 일이었어요."

〈용이 용마기를 전했다, 그렇게 보고했다더군.〉

"수룡이었지요."

물이 있는 곳에서 살며 그 흐름을 자유자재로 조절할 수 있는 수룡이 그녀 앞에 나타났다. 그리고 사이베인의 용마기 암혼의 서를 전해주었다.

"꿈을 꾼 게 아닌가 의심스러웠습니다. 그런 일이 가능하다고는 상상도 못 해봤으니까요. 하지만… 수룡이 물러갔을 때 제게는 암혼의 서가 계승되어 있었고 거기에 희미하게 아버지의 사념이 남아 있었어요."

그 사념은 그저 이것을 갖고 돌아가라는 의지만을 전했다. 목소리의 형태가 아니라 그런 기분이 전해졌을 뿐이라 사이베인이 살아 있기는 한 것인지 추측해 보기도 어려웠다.

하지만 왠지 그대로 따라야만 할 것 같았다. 니베리스는 암혼의 서라는 성과만을 갖고 어둠의 설원으로 돌아왔다.

〈그렇군…….〉

레이거스의 목소리에서는 아쉬움이 묻어났다. 직접 만나서 이야기를 들어보니 니베리스가 거짓을 말하는 게 아님을 확신했기 때문이다.

〈이야기 들려줘서 고마웠네. 중요한 시간을 방해한 건 다시 한 번 사과하지. 그럼…….〉

"잠깐만요."

니베리스가 그를 붙잡았다. 레이거스가 돌아보자 감정을 알 수 없는, 해골의 눈구멍을 들여다보면서 니베리스가 물었다.

"혹시 인간들이……."

〈인간?〉

"예전에요. 왕께서 세상을 올바른 모습으로 바꾸고자 성전(聖戰)을 벌이셨을 때……."

용마전쟁의 이야기를 꺼낸 니베리스는 잠깐 주저했다. 충동적으로 레이거스를 붙잡기는 했는데 과연 자기가 생각한 걸 물어도 될까 망설이는 모습이었다. 하지만 결국 호기심이 이겼다.

"…혹시 인간들이 아버님을 모욕적인 호칭으로 불렀었나요?"

〈모욕적인 호칭이라면 어떤 걸 말하는 겐가?〉

"그러니까……."

니베리스는 재차 머뭇거렸다. 처음 그 호칭을 들었을 때는 피가 거꾸로 솟는 기분이었다. 그걸 자신의 입으로 말하자니 수치심이 느껴진다.

"허당왕자… 라고."

〈…….〉

레이거스는 잠시 말이 없었다. 니베리스가 부끄러워하며 그를 바라보았지만, 전혀 표정이 없는 불사체가 무슨 생각을 하는지는 알 길이 없다.

잠시 후, 레이거스가 심각한 어조로 물었다.

〈그 호칭을 아가씨에게 말해준 건 누구지?〉

CHAPTER **24**
과거의 망령들

魔展
龍劍

1

동굴 벽면에 수면에 반사된 빛이 춤추고 있었다. 자연의 손길이 빚어낸 울퉁불퉁한 벽면을 따라서 물결 모양의 빛이 일렁이는 광경은 신비스럽다.

꿈속에서 레논은 그 빛을 홀린 듯이 바라보고 있었다. 하지만 그는 안다. 자신은 한 번도 이곳에 와본 적도 없고, 저 광경을 실제로 본 적도 없다는 것을.

그렇다면 이 기억은 도대체 어디서 온 것일까? 그저 꿈이 빚어낸 허상인가?

아니다. 이것은 분명히 어딘가에 실존하는 광경이다. 그리고……

〈또 하나, 빈 의자가 채워졌군.〉

누군가 빛 한가운데서 말하고 있다. 스산한 목소리다. 마치 컴컴한 어둠 밑바닥에서 쥐어짜낸 듯한, 듣는 것만으로도 수명이 줄어들 것 같은 느낌을 주는 목소리.

이런 목소리를 가진 존재가 이 세상에 있단 말인가? 레논은 의아해하며 목소리의 주인을 바라보고는 놀라서 숨을 삼킨다.

동굴 한구석에 고인 물 위로 희미한 빛이 춤춘다. 마치 여름날 반딧불 같은 빛의 파편들이지만 그 정체는 알 수 없다. 너무나도 흐릿하고 그렇기에 당장에라도 어둠에 먹혀 버릴 것 같은, 그러나 겨울의 한기에 스러졌다가도 자신의 계절이 오면 다시 피어나는 꽃처럼 덧없고도 아름다운 파편들.

그 한가운데 어둠에 휘감긴 실루엣이 있었다.

기이하게도 얼굴이 보이지 않는다. 주변에 빛의 파편들이 스쳐 가고 있는데도 낡아빠진 후드 아래 무엇이 있는지 알 수가 없다.

그가 말한다.

〈축하한다. 너는 저주받았다.〉

레논은 그 앞뒤 안 맞는 말보다도 그의 모습에 정신이 팔렸다. 물에 반쯤 잠긴 그의 모습은 기괴하기 짝이 없었다.

너덜너덜한 로브로 전신을 감싸고 있는 그의 가슴에는 뭔가가 깊숙이 꽂혀 있었다.

처음에는 검인가 싶었는데 아니다. 끝이 둥글게 말리고 투명한 보석이 박힌 나무 지팡이가 그의 가슴을 관통한 채 어둠을 피워 올리고 있었다.

또한 그의 등 뒤에는 은으로 만든 직사각형의 기둥이 서 있었다. 검은 사슬이 그와 은기둥을 묶어두고 있었으며 표면을 타고 마치 문자처럼 보이는 어둠을 피워 올리는 모습은 저주를 형상화한 것 같아서 소름 끼쳤다.

레논이 물었다.

"당신은 누구죠?"

〈알 필요 없다.〉

그가 대답한다.

〈우리는 한 번도 만나지 못했으며, 앞으로도 영원히 만나지 못할 것이다. 스스로 원해서 저주받은 자여, 그대가 원을 이룬다면 나와 만날 일이 없을 것이며, 이루지 못한다면 역시 만날 일이 없을 것이다.〉

"그러나……."

〈너는 이곳에 와본 적이 없으며, 영원히 오지 못하리라.〉

그의 말이 천둥소리처럼 귓가를 울리고, 꿈은 거기서 끝난다.

"음……."

수호그림자의 예언지킴이 레논은 눈을 떴다. 며칠간 봐서 익숙해진 천장을 멍청하니 바라보던 레논은 곧 자신의 몸이 식은땀에 젖어 있음을 깨달았다.

"상태가 나빠질 때마다 이따위 꿈을 꾸는 거, 싫은데."

"최초의 기억 말인가? 살아 있다는 증거니까 좋잖아?"

"왜 거기에 있나요, 애송이 자레스?"

"게으름뱅이 꼬맹이가 오후가 되도록 안 일어나니까 아가씨가 성화를 부려서 말야. 저 아가씨는 도대체 무슨 수로 홀린 거야? 저렇게 혈통도 좋고 아리따운 아가씨가 너 따위에게 홀려 있다니 이건 뭔가 잘못됐어."

"너처럼 거만하게 굴지 않기 때문이지요."

레논이 코웃음을 치며 일어났다.

여기는 레논이 전에 은혜를 입힌 집안의 저택이다. 레이거스에게 참패한 후 적들의 눈길을 피해 도주하던 그들은 근방의 수호그림자들에게 도움을 요청, 추적자들을 떨어뜨려두고 여기에서 휴식을 취했다.

자레스가 이해할 수 없다는 듯 어깨를 으쓱했다.

"정의의 사도 노릇까지 하고 다니다니 여유가 철철 넘치시는군."

"너와 달리 내 안에는 정의의 마음이 살아 숨 쉬고 있거든요."

"…질 나쁜 농담인데?"

"너의 질 나쁜 면상을 보고 있자니 질 나쁜 농담밖에 안 떠오르네요. 뭐 어쨌든 여유 있을 때는 사람을 구해주는 일도 할 만해요. 이런 식으로 보답받기도 하니까."

"부정할 순 없겠군. 나도 좀 착한 일을 하고 다녀야 하나?"

"그 성격에? 무리일 텐데."

"부정할 수는 없군. 흠. 꼬맹아, 너는 그가 뭐라고 생각해?"

"그러니 누굴 말하는 거죠?"

"꿈속의 그놈 말이지. 아마도 우리를 이런 꼴로 만들어준 고마운 작자."

"마법사겠죠. 세상에 드러나진 않았지만 아주 뛰어났고 그리고 용마왕 숭배자들에게 씻을 수 없는 원한을 품은……."

"내 생각은 좀 다른데."

"잘난 척을 하고 싶어서 남들과는 다른 답을 내기 위해 생각을 꼬아본 결과 쓸데없이 헛다리를 짚었겠군요."

"…완전히 부정할 수는 없다는 점이 좀 기분 나쁜데? 어쨌든 내 생각에 그놈은 마족이 아닐까?"

자레스가 구시렁거렸다. 레논이 눈살을 찌푸렸다.

"마족이라. 뭘 근거로 그렇게 생각하죠?"

"아무리 봐도 이 모든 게 사람이 만들 수 있는 것은 아닌 것 같아. 마족은 강인한 인간의 혼을 사랑하며 인간에게 어디서 안 것인지 알 수 없는 지식을 알려주면서 그들을 파멸로 이끈다고 하지?"

"흠. 마족이 수호그림자를 만들 이유가 뭐죠?"

"뭐 난 마법사가 아니라서 마족에 대해서 아주 자세히는 모르겠지만… 잘 생각해 보면 아주 영리한 짓거리야. 다른 마족이 일대일로 거래 대상을 설득해서 계약을 맺는 데 비해 이놈은 커다란 농장을 만들어서 지속적인 수확을 꾀하는 것 같아."

"음. 무슨 소리를 하는 건지 잘 모르겠는데요?"

"일단 마족이 인간을 타락시켜서 파멸로 이끈다, 거기에 대해서 이야기해 보자고. 그들이 말하는 혼의 강인함을 어떤 기준으로 재는 것인지는 모르겠지만……."

"굉장히 마법사 같은 소리를 하는군요."

"마법을 공부하다 보니 그렇게 되더라고. 뭐, 하여간 대체로 뭔가 강한 욕망을 가진 인간이 대상이 되는 것 같아. 여기서 욕망이라는 것은 아주 여러 가지지. 보편적으로 보자면 사회적인 성공을 원하는 경우, 무인이라면 더 강해지고 싶다, 마법사라면 금단의 지식을 손에 넣어서 더 뛰어난 마법사가 되고 싶다, 사랑에 빠진 자라면 상대를 손에 넣고 싶다, 원한에 빠진 자라면 복수하고 싶다… 기록을 보면 그런 욕망의 크기가 큰 자가 마족의 유혹에 넘어가고는 하지."

"그렇죠. 열심히 공부했네요."

"주목할 만한 것은 두 가지. 첫 번째는 마족은 자신과 관계를 맺고 직접 타락시킨 자의 영혼만을 취할 수 있다. 두 번째는 적어도 타락시키는 과정에서 달콤한 과실을 준다."

"흠. 무슨 생각을 한 건지 알겠군요. 씻을 수 없는 원한을 품은 자들을 이용해서 수호그림자라는 시스템을 만들고, 거기서 마침내 파멸에 도달한 자들의 영혼을 수확하고 있다?"

"그래. 파멸의 농장 같은 거지."

"네가 생각한 것치고는 그럴싸하네요. 근데 여기서 '파멸'에 대한 해석을 어떻게 해야 하는 거죠? 보통 마족 이야기에 대한 뉘앙스로 보자면 성공의 대가로 도덕적인 기준을 하나씩 하나씩 버려가면서 인간성을 포기하는 것을 타락이라고 하는

데……."

"내 생각에 그건 사람들이 받아들이기 쉬운 해석이라고 보
는데. 세상에 존재했던 모든 인간과 마족의 관계가 알려진 것
도 아니니까, 결론적으로 '파멸'이라는 두 글자에 합당한 결
말을 맞이하기만 하면 되지 않을까?"

"일리 있네요. 계약서에 '파멸'이라는 두 글자만 써 있다면
해석이야 마음대로일 테니까. 그렇게 보면 당신의 생각도 제
법 설득력이 있어요."

"뭐 실제로 그렇다고 해도 별로 상관은 없지만."

"그렇죠?"

예언지킴이라면 다들 그럴 것이다. 자신들에게 이런 힘을
준 것이 금단의 비술을 행한 마법사든 아니면 영혼을 노리는
사악한 마법사든 상관없다.

용마왕 숭배자들을 이 세상에서 지워 버릴 수 있다면 기꺼
이 악마와도 손을 잡을 테니까.

레논이 한심하다는 듯 물었다.

"얼마나 심심했으면 마족에 대해서 공부까지 해가면서 쓸
데없는 생각에 골몰한 거예요? 그리고 그 가설로는 예언에 대
해서는 설명이 안 되잖아요?"

"애당초 마족이 왜 인간의 영혼을 원하는가도 모르니까 어
쩔 수 없지. 하지만……."

"그건 이미 알려져 있어요."

"응?"

"이래서 마법사가 아닌 사람은 어쩔 수 없군요. 그런다고 스피릿 오더 수련자로서 뛰어난 것도 아니고… 어디 산에 들어가서 죽어라고 수련이라도 해보는 게 어때요?"

"그래서 강해질 수 있었으면 내가 벌써 전설적인 검사가 됐을 거다."

"그냥 노력을 안 했을 뿐인 건 아니고요? 아젤 제스트링어를 보세요. 스피릿 오더 수련, 반년만 하면 용도 잡을 수 있다."

"다 그놈만큼 할 수 있었으면 용은 일찌감치 멸종했을걸. 뭐 쓸데없는 소리는 그만두고, 마족이 인간의 영혼을 원하는 이유가 뭔데?"

"용마족 탄생 신화에 대해서는 알고 있죠?"

"간교한 마족이 지혜를 원하는 우둔한 용과 융합하여 탄생했다는 거?"

"그래요. 거기 답이 나와 있잖아요. 용은 지혜를 원했어요. 그럼 마족이 원한 건 뭐겠어요?"

"음. 용의 힘?"

"애송이 자레스, 역시 너는 바보군요. 그럴싸한 소리를 하길래 잠깐이나마 똑똑하다고 생각했던 내가 어리석었어요."

"……."

"마족이 갈망한 것은 실체예요. 이 세상에서 정명한 생명체로서 살아가길 갈망한 거죠. 마족은 기본적으로는 망령이나 마찬가지예요."

"어떤 점에서?"

"산 자를 질투하고, 그들과 같은 삶을 갈망한다는 점에서. 그런 갈망 때문에 이해가 일치하는 용과 하나가 되어 용마족이 탄생했고… 그리고 인간의 영혼을 손에 넣으려고 하는 거죠."

"앞은 이해가 가는데 뒤는 모르겠어. 인간의 영혼을 손에 넣는다고 뭐가 달라져? 인간으로서 살아갈 수라도 있나?"

"거기까진 나도 몰라요."

"어이."

"다만 마족은 인간의 영혼을 얻음으로써 뭔가 만족감을 얻을 수 있는 모양이에요. 뭐 구체적으로 그게 뭔지 알고 싶으면 파멸을 각오하고 마족에게 들이대 보든가 아니면 마족에 대한 연구로 성과를 거둔 흑마법사에게 지식을 뺏는 수밖에 없죠."

"왜 뺏는다는 표현을 쓰지?"

"마법사에게 있어서 지식은 목숨이니까요. 하물며 그걸 위해 인간의 도리 따위는 아무렇지도 않게 내팽개친 흑마법사라면 강탈하는 것 말고 다른 방법이 있을 리 없죠."

"흠……."

생각에 잠기는 자레스에게 레논이 물었다.

"너는 그에 대해서는 어떻게 생각해요?"

"우리를 만든 그… 를 말하는 건 아니겠고, 아젤 제스트링어?"

"그래요."

"모르겠어. 애당초 예언의 사람이라는 걸 확정할 근거가 너무 부족하잖아? 아젤 제스트링어를 통해 알아낸 바에 따르면 인간이 용의 힘을 손에 넣는 게 그리 어려운 일도 아닌데?"

"어렵지 않은 일도 못하는 너는 당장 칼 물고 자살하는 게 좋겠군요."

"흥. 어쨌든 수호그림자가 탄생하기 이전에는 그런 인간이 아젤 제스트링어 말고도 여기저기 있었다. 그러면 애당초 그 조건은 유일한 누군가를 특정할 근거가 되지 못해."

"유감스럽게도 그래요. 하지만 역시 그는 특별해요."

"마치 마족 같지."

"어째서요?"

"정체도 알 수 없고, 어디서 안 건지 알 수도 없는 지식이 끝도 없이 쏟아져 나오니까. 그리고 그 지식은 하나같이 용마왕 숭배자들이 민감하게 여기는 것들이고."

"흠. 그렇게 보면 확실히 그렇네요."

"꼬맹이 너는 그가 예언의 사람이라고 생각해?"

"네."

"완전히 단정 지은 건가?"

"그렇지는 않아요. 하지만 왠지 보면 볼수록… 그리운 느낌이 들어요."

"나도 어디선가 본 것 같기는 해. 누군가의 말에 따르면 아젤 카르자크의 초상화와 닮은 탓인 것 같지만."

"그럴지도 모르죠. 하지만 내 안에서 왠지 그를 그리워하는 울림이 일어나고 있어요. 보면 볼수록… 마치 잃어버린 가족을 만난 것처럼?"

"흠… 꼬맹이가 오래 살아서 미쳤군? 가족은 기억나나?"

"유감스럽게도 여동생의 죽음이 무척이나 슬펐다는 것 말고는 아무것도……."

레논이 쓴웃음을 지었다. 그에게는 분명히 소중한 여동생이 있었다.

자기 목숨과 바꿔서라도 지켜주고 싶었던… 하지만 결국 무력하게 죽음을 지켜볼 수밖에 없었던 그런 존재가.

그 원한으로 인해 수호그림자의 예언지킴이가 되었다. 그러나 그 대가로 여동생의 얼굴도, 그녀와 함께 겪은 추억조차도 모두 잃어버렸다.

이제 남은 것은 가끔씩 귓가에서 되살아나는 그녀의 웃음소리뿐이다. 그 소리만이 추억의 닻이 되어 레논의 인간성을 붙들어놓고 있었다.

"발세르는 어떻게 생각할지 모르겠군요."

"글쎄. 알파 그놈은 워낙 속내를 알 수가 없어서……."

아젤을 찾아간 예언지킴이 발세르, 그는 예언지킴이에서는 가장 앞선 알파라는 코드 네임을 받은 인물이었다. 그렇다고 해서 그가 최초의 예언지킴이라는 의미는 아니다. 초대 알파가 사망했을 때 그 자리에 있던 발세르가 고스란히 그 자리를 이어받았다. 현재로서는 예언지킴이의 유일한 예외에 해당하는 인물이다.

그는 지금 중상을 입은 레논을 대신해서 아젤 제스트링어에게 중요한 사실을 확인하기 위해 갔다. 이전에 용까지 동원해서 아젤을 시험할 때도 얼굴을 비추지 않은 그가 무슨 바람이 불어서 그 일을 자처한 것인지는 모르겠다.

하지만 레논은 왠지 그와 아젤의 만남이 중요한 분수령이 될 것임을 직감했다.

"어쩌면 우리 모두에게… 결말이 가까워지고 있는지도 모르죠."

"제발 그랬으면 좋겠군. 그런 기대가 들어맞을 리 없다고 보지만 말야."

자레스가 투덜거렸다.

2

아젤은 완전히 용마기 비탄의 잔에 익숙해졌다. 이제는 비탄의 잔을 초래해서 싸울 때도 전혀 이질감을 느끼지 않게 되었기 때문에, 요즘 들어 계속해서 욕구불만을 표출하고 있던 카이렌을 상대로 대련도 벌였다.

레티시아가 말했다.

"100살 먹은 어린애가 떼쓰는 게 무시무시해서 감당이 안 됐는데 다행이군. 훌륭한 보모가 휴가를 마치고 돌아와서 다행이야."

"하하하. 뭐 당신도 즐긴 것 같던데."

"부정하지는 않겠지만, 저 남자는 정도를 몰라."

레티시아가 코웃음을 쳤다.

지칠 때까지 아젤과 대련을 벌인 카이렌이 씻겠다고 들어간 뒤, 아젤은 레티시아와도 대련을 벌이고 있었다. 한동안 비탄의 잔에만 집중하다 보니 좀이 쑤셨던 것이다.

서로를 탐색하듯이 가볍게 검과 창을 교환한 다음 점점 가속한다. 일반인의 눈으로는 중간 과정을 따라갈 수 없을 정도로 속도가 빨라지자 둘 다 마력을 개방하면서 스피릿 오더와 용령기의 기술을 겨루기 시작했다.

정신파가 현란하게 교차하는 가운데, 레티시아가 날카로운 기세로 창을 찌른다.

파각!

그녀의 십자창과 아젤의 용검이 부딪친다 싶었던 순간, 아젤이 급가속하면서 비스듬하게 뛰어들어 왔다. 갑옷의 어깨 부분으로 창대를 받아서 궤도를 틀면서 접근, 하단 돌려차기를 날린다.

완전히 허를 찌르는 공격이었지만 레티시아는 당황하지 않았다. 그대로 허공으로 도약하면서 아젤의 발차기를 피하면서, 몸과 함께 창을 빙글 돌려서 날이 없는 뒤쪽으로 아젤의 머리통을 노렸다.

아젤은 그것을 받아내거나 피하는 대신 그대로 뛰어들어 왔다. 동시에 그의 모습이 흐릿해지더니 레티시아의 양쪽에서 똑같은 모습으로 나타났다. 실체와 전혀 분간할 수 없는 분신이다.

"언제쯤 쓰나 했는데… 이제 본격적으로 해볼 생각인가?"

레티시아의 몸을 따라서 새하얀 한기가 일었다. 아젤의 분신이 실체를 가진다는 것은 이미 안다. 그렇다면 진짜를 분간하고자 노력하는 것은 부질없다. 일단은 모든 개체의 움직임을 막는다!

파아아아앙!

냉기가 전방위로 폭발하면서 주변을 얼려 버렸다. 뒤이어 그 자리를 이탈하면서 연계되는 기술을 발동하려던 레티시아는, 곧 믿을 수 없는 광경을 보았다.

"…어떻게 한 거지?"

아젤이 냉기를 뚫고 그녀의 코앞에 검을 들이대고 있었다. 냉기 폭발로 잠시 여유를 벌었다고 생각하고 다음 움직임을 시작하려는 그 순간에 허를 찔렸다. 산전수전 다 겪은 그녀지만 꼼짝도 못하고 당해 버릴 수밖에 없었다.

아젤이 검을 거두며 말했다.

"실체를 분산하려고 우왕좌왕하지 않는 건 좋았어. 하지만 전방위로 확산되는 공격을 너무 믿지 않는 게 좋아. 터프한 상대라면 우격다짐으로 뚫고 들어올 수도 있고 감각이 좋은 상대라면 힘의 흐름을 읽고 타넘을 수도 있으니까."

"그건 내 질문에 대한 답은 아닌데?"

"간단해. 당신이 발휘하는 용령기 속성이 냉기라는 것을 알고 있다면 그에 맞춰서 내 마력 속성을 변환시키면 그만이지."

전격을 즐겨 쓰는 상대에게 절연화로 대응했던 것과 같다. 냉기 속성의 마력으로 스스로를 두르면 이 정도 냉기는 아무런 피해 없이 통과할 수 있었다.

그리고 이어지는 목소리에 레티시아가 흠칫 놀랐다.

"고위 마법사랑 상대할 때는 이런 방법은 쓰지 않는 게 좋아. 스피릿 오더 수련자나 용령기 수련자 상대로는 재미를 많이 봤겠지만… 마법사가 아니더라도 마력을 다양한 속성으로 변환할 수 있는 게 나쁜은 아닐 테니까."

아젤의 목소리가 뒤에서 들려왔던 것이다. 곧 그녀는 눈앞에 있던 아젤의 모습이 꺼지듯이 사라져 버린 것을 깨닫고는 아연해졌다.

"인카네이션… 말로는 들어봤지만 실제로 겪어보니 기절초풍하겠군."

눈앞에서 검을 들이댔던 아젤은 '그림자의 춤'으로 만들어 낸 분신이었다. 이전에 니베리스를 쓰러뜨렸을 때와 마찬가지다. 완전히 상대가 발하는 속성에 맞춘 분신으로 허를 찌르고, 본체는 모습과 기척을 감춘 채 또 다른 기회를 엿보고 있었다.

아젤이 말했다.

"아무래도 쓰는 사람이 별로 없는 기술이니까. 어둠의 설원에서도 마찬가지인가?"

"그런 것으로 알고 있다. 내가 별로 높은 지위까지 올라가 보지 못해서 확신은 못하겠지만……."

"흠."

용마전쟁 당시에도 인카네이션을 쓰는 이는 거의 없었고 능숙하게 쓰는 자는 더 적었다. 용마전쟁 때 인카네이션을 능수능란하게 썼던 인물은 아젤 자신을 제외하면 세 명 정도였다.

연합군 최고의 기교파 노장 크로이스 니델 공작, 4대 용마장군 중 하나인 알마릭, 그리고… 용마왕 아테인.

'뭐, 워낙 사용자를 가리는 기술이니.'

원래 기술은 난이도와는 별개로 계통에 따라서 사용자를 가린다. 인카네이션을 할 수 있다고 해서 할 수 없는 사람보다 무조건 강하다고는 할 수 없다는 의미다.

아젤이 말했다.

"그나저나 이렇게 상대해 보니 더 혼란스럽군."

"뭐가 말이지?"

"당신의 용령기는 정말… 내가 알고 있는 것과 비슷하거든."

"당신이 스승이라고 말한 용마족이 레슈라고 했던가?"

"그래. 네 번째 스승이었지."

"스승이 꽤 많았군."

"전부 해서 다섯 명이었어. 뭐, 그 영감님은 스승이라고 보기는 좀 애매하긴 한데……."

아젤의 네 번째 스승은 한때는 적인지 아군인지 알 수 없었던 용마족 레슈, 그리고 마지막 다섯 번째 스승이 바로 앞서 떠올린 크로이스 니델 공작이었다.

레티시아가 물었다.

"너는 그 레슈라는 용마족이 용의 힘을 다루는 법을 가르쳤다고 했지. 그건 무슨 뜻이지?"

"이번에는 내가 질문을 받을 차례가 된 건가?"

"슬슬 안 그러면 내가 손해를 너무 많이 보는 기분인데."

"인정하지. 음. 레슈는 1세대 용마족이었어."

"1세대 용마족이라면… 부모 없이 대지를 걷는 자?"

"그렇게도 부르지. 다른 용마족과는 비교를 불허하는 힘의 소유자였어."

아젤의 기억 속에서 레슈보다 용마력이 강대한 자는 단 한 명도 없었다. 심지어 용마왕 아테인조차도 용마력의 크기만으로 비교하면 레슈보다 약했다. 레슈가 힘을 사용하는 방식은 마치 용과 흡사해서 용령기라는 체계화된 기술 없이 의념만으로 힘을 휘두르는데도 자연재해 같은 위력이 나왔다.

"완전히 타고난 힘을 감각으로 휘두르는 타입이었나?"

"그랬지. 뭐, 내 스승 노릇을 하는 동안에 자기도 나한테 기술을 배워갔으니 그 후로는 많이 바뀌긴 했지만 근본적인 부분은 똑같았어."

"무기는 썼나?"

"아니, 늘 자신의 육체가 최고의 무기라고 했지."

"더더욱 내 스승과는 거리가 멀군. 내가 기억하는 한 스승이 강대한 용마력을 보인 적은 한 번도 없었어. 실제로는 강했을

지도 모르지만 드러내지는 않았지. 그리고 힘을 쓰는 데 있어서도 쓸데없는 낭비가 일체 없어서, 예를 들면 물방울을 받아내는 훈련이 그랬는데……."

"물방울을 받아내는 훈련?"

"창을 빠르게 찌르면서도 창날로 떨어지는 물방울을 흩어지지 않고 받아내는 훈련이었지. 마력을 잘 통제하면 그럴 수 있어."

"……."

"왜 그런 표정을 짓지?"

"아니, 아니야."

"흠. 그런데 네가 그에게 배운 용의 힘을 다루는 법이라는 것은 뭐지?"

"말 그대로야. 인간은 원래 용마력이 없어. 그렇지?"

"당연하지."

"인간이 마력을 각성해서 다루는 것도 원래 없던 감각으로 새롭게 얻은 힘을 다루는 것이라서 정말 많이 고생하면서 훈련해야 해. 그런데 그렇게 해서 마치 수족처럼 마력을 통제하게 된 시점에서 용마력을 손에 넣게 되는 거야. 이건 완전히 새로운 힘이 아니라 기존의 힘이 질적인 변화를 이룬 결과지. 그럼 어떻게 될까?"

"흠……."

레티시아는 잠시 생각하더니 말했다.

"…보통의 마력을 다루던 감각 때문에 혼란이 오겠군?"

"바로 그거지. 용살의 의식으로 용마력을 손에 넣은 자들이 어김없이 빠지는 함정이야. 심지어 용살의 의식을 치른다고 단번에 마력이 용마력으로 변하는 것도 아니야. 서서히 마력이 용마력의 성질을 띠는 거지. 그래서 더 어려워. 마력이 생기는 게 수족이 하나 더 돋아나는 것과 같다면, 마력이 용마력으로 바뀌어가는 것은 그렇게 생긴 수족이 요상하게 바뀌어가는 거야. 분명히 성능이 더 좋아지기는 하는데 관절의 숫자가 늘어나거나 손가락이 하나 더 생기거나 가동범위가 바뀌거나……."

지금의 아젤도 아직 마력이 완전히 용마력으로 바뀐 게 아니다. 아젤의 경험상 완전히 용마력으로 바뀌려면 적어도 두 번은 더 용살의 의식을 치르고 그 결과 얻은 용의 힘을 완전히 소화해 내는 과정이 필요하다.

"어설프게 용마력의 성질을 손에 넣게 되기 때문에 기존의 감각이 어그러지지. 그럼 어떻게 할까?"

"보통은 기존의 감각을 확장시켜서 새로운 무기까지 다룰 수 있도록 노력하겠지."

"그 말대로야. 당신은 굉장히 기술적인 이해력이 뛰어나군?"

"나를 네 학생 취급 하지는 마라. 어린 인간 주제에."

"순수하게 칭찬한 건데. 어쨌든 바로 그게 문제야."

새로운 힘을 얻었는데 기존의 감각을 유지하면서 통제력을 확장하는 것을 우선시한다. 그로써 새로운 힘의 장점을 취하여 더 강해진다. 그렇기는 하지만……

"그래서는 안 되는 거야. 기술의 감각을 뼈대부터 다시 쌓아 올려야 하는 거지."

처음 용마력을 얻었을 때, 아젤은 용마력의 특성을 기술의 효율을 높이는 데 이용했다.

예를 들면 기존의 검에 불을 붙여서 화염검을 쓰기 위해서는 불이 붙어도 칼날이 상하지 않도록 지키는 마력장과, 계속 불이 타오를 수 있도록 에너지를 공급하는 두 개의 지닌 마력 장을 구현해서 겹치고, 외부에서 불을 일으키는 방식을 썼다. 하지만 용마력을 얻은 뒤에는 외부 마력장을 직접 연소시킬 수 있었다.

"레슈는 왜 그런 바보짓을 하느냐고 했지."

레슈는 아젤이 기술을 쓰는 결과를 보면서 이해할 수 없다는 표정을 지었다. 그냥 칼날이 상하지 않는 불을 일으키면 된다면서.

"…말도 안 되는 일이지. 당신은 어떻게 생각해?"

"내 입장에서는 합리적인 소리로 들리는데. 그건 당연히 되는 거니까."

"그게 바로 용마력을 타고난 사람과, 그렇지 못한 사람의 개념 차이야."

자신의 칼날은 불태우지 않고 목표만을 태우는 불꽃을 만들어낼 수 있는가?

이런 테마를 안겨주면 마력을 쓰는 자들은 불타면 안 되는 것을 지킬 수단을 만들어둔 뒤 불을 일으킨다. 하지만 용마력을 지닌 자들은 그냥 태우면 안 되는 것들은 안 태우는 불꽃을 만들어낸다.

말도 안 되는 것 같지만 의념만으로 현상을 일으키고 통제한다는 것은 그런 것이다. 자신이 원하는 것만 불태우는 이미지 메이킹을 해낼 수 있다면 그런 결과를 얻을 수가 있다.

"레슈는 그 문제를 내게 가르쳐 줬어. 그래서 나는 모든 기술을 뼈대부터 한번 갈아엎어야 했지. 레슈는 닥치는 대로 휘둘러 대던 힘을 체계화된 기술로 다듬었고."

"즉 당신들은 한쪽이 일방적으로 가르치는 관계가 아니라 서로의 스승이었다는 건가?"

"레슈도 그랬고, 다섯 번째 스승이었던 영감님도 그랬고."

아젤이 옛일을 회상하며 미소 지었다.

다섯 번째 스승, 크로이스 니델 공작은 당시 스피릿 오더계의 살아 있는 비전서라고 불릴 정도로 방대한 지식을 가졌고 또한 그것을 구현할 수도 있는 인물이었다. 그때까지 잡탕으로 기술을 배워서 감각으로 행하던 아젤은 그에게 명확한 뿌리를 갖고 체계화된 기술의 무서움을 배울 수 있었다.

대신 아젤도 용마력을 다루는 법을 그에게 가르쳐 주었고, 나이도 먹을 만큼 먹어서 머리가 굳었을 크로이스 니델은 크게 깨우침을 얻었다. 그리하여 당시에 오로지 용마왕 아테인에게만 가능하다고 알려졌던 다수의 용마기를 동시에 초래하는 기술을 창안했던 것이다.

아젤은 크로이스 니델에 대한 것은 레티시아에게 자세히 이야기하지 않았다. 하지만 아젤을 능가하는 기교파였다는 것만으로도 레티시아는 놀랐다.

"흥미로운 인물들이군. 혹시 레슈라는 용마족의 외모는 어땠지?"

"머리색이 굉장히 특이했지. 청백색이었으니까."

"인간에게서는 나타날 수 없는 색이군. 아니, 용마인 중에서도 찾아보기 어려운……."

"당신의 스승은 어땠지?"

"흑발이었다."

"역시 아니군. 하지만 그런데도 당신의 용령기는 보면 볼수록 레슈를 생각나게 해. 그 훈련도 그렇고."

"음?"

"물방울을 받아내는 훈련. 그거, 내가 레슈한테 가르쳐 준 거거든. 레슈한테는 발차기로 하라고 가르쳤지만."

"재미있는 우연이군."

"뭐, 누구나 생각해 낼 수 있는 훈련이니까 그럴 수도 있지."

그리고 아젤이 잠들어 있는 시간이 길었으니 그동안 레슈가 누군가를 가르쳤을 수도 있다. 어쩌면 레티시아의 스승이 그 누군가일지도 모르고.

아젤이 그렇게 생각하는 것은 레티시아의 무예와는 별개로 용령기를 운용하는 방식, 그 근본 철학이 마지막으로 봤을 때의 레슈가 보인 것과 흡사하기 때문이다. 전혀 상관이 없다면 이렇게까지 감각적인 부분이 닮기는 어렵다.

'물론 그저 우연일 수도 있지만……'

아젤은 쓴웃음을 지었다. 이 문제에 집착하는 것은 역시 레슈가 살아 있다면 만나보고 싶기 때문이다. 레슈는 용마전쟁에 상관하지 않고 살아갔던 용마족이었으며, 1세대 용마족이라는 것을 감안할 때 지금까지 살아 있을 가능성이 높았다.

홀로 220년 후의 미래로 던져진 아젤이 자신과 같은 시간을 공유했던 존재에게 집착하는 것은 당연하지 않은가?

3

아젤 일행은 고속으로 움직이고 있었다.

백룡의 갑주를 손에 넣은 후로 열흘이 지났다. 그동안 일행은 유렌의 인도에 따라 직선거리로 400킬로미터 정도를 이동, 그 지역에 있던 칼로스의 유적지를 찾아냈다. 이쯤 되자 아젤이 유렌을 보는 심정은 형용할 수 없을 정도로 복잡해졌다.

"백룡의 갑주 다음에는 또 뭔가 대단한 마법기가 기다리고 있지 않을까 싶었는데… 비술서라니."

이 유적에 보관되어 있던 것은 일종의 훈련법이었다. 칼로스의 사념은 다음과 같이 설명했다.

"니델 영감님이 유언장 대신 맡기더라. 네가 자기 죽을 때까지

못 깨어났으니 자기가 이긴 거래. 나중에 자기 무덤에 와서 패배자 선언하라던데?'

…순간 아젤은 피가 거꾸로 솟는 것 같은 기분이었지만 유감스럽게도 화를 풀 곳이 없었다.

'이 영감님이 진짜!'

아젤과 크로이스 니델의 관계는 서로의 스승이라고 할 수 있었다. 첫 대면 때, 두 사람은 술자리에서 만나자마자 서로 신경을 건드리는 말을 주고받다가 그 자리에서 칼부림을 벌였다. 그리고 격투 끝에 서로를 인정했다. 하지만 인정했다고 해서 친애하는 전우 관계가 성립한 것은 아니었다.

시작은 크로이스 쪽이었다. 그가 다음 날 아젤을 찾아와서 비기 하나를 선보이더니 비웃음을 날리며 말했다.

"자네가 젊은 사람치고 재주가 뛰어나긴 하지만 이런 건 못하지? 어때? 자네는 연합군의 귀중한 인재이니 고개 숙여 부탁한다면 가르쳐 줄 수도 있는데."

아젤은 발끈했다. 이래 봬도 산전수전 다 겪고 네 명의 스승에게서 다른 자들은 흉내도 못 내는 온갖 비기를 배워온 몸이다. 곧바로 비기 하나를 선보이는 것으로 반격했다.

"영감님 기술이 대단하다는 거야 인정하지만 시대가 변하고 있다고요? 스피릿 오더의 최신 기술이라면 이쯤은 되어야죠? 그 낡은 기술하고 맞바꾼다면 아무래도 제 쪽이 많이 손해 보는 기분이 기는 하지만 늙은 몸을 이끌고 분투하고 계시는 분이니 경의를 표하는 의미에서 그 정도는 제가 감수할 수 있죠. 가르쳐 드릴까요?'

…여기서 두 사람이 발끈해서 또 한바탕 치고받은 것은 당연한 귀결이라고 하겠다.

그 후로 두 사람은 서로에게 조금이라도 잘난 척을 하기 위해 혼신의 힘을 다했다. 매일매일 스피릿 오더 수련자들이라면 다들 눈 돌아갈 정도의 비기가 오가고 무예와 전술에 대해 격론을 벌였다. 이 한심하기 짝이 없는 자존심 대결을 통해서 두 사람의 기량이 일취월장했으니 주변에서 보던 사람들이 어처구니없어했던 것도 당연한 일이다.

용마전쟁이 끝났을 때는 아젤의 승리였다. 서로 밑천을 다 털어먹은 상황에서 아젤이 마지막으로 크로이스에게 가르쳐주고는 콧대가 높아져 있었던 것이다.

그런데 220년이 지난 후에 이런 식으로 반격을 당할 줄이야.

'젠장! 영감님, 죽을 때까지 철이 안 들었어! 게다가 이건 반칙이잖아! 혼자 만든 거 아니잖아!'

이런 식으로 한 방 먹으면 갚아줄 수도 없지 않은가!

그런 마음과는 별개로… 이 비전서는 정말 놀라운 내용을 담고 있었다.

"용마기 생성 방식을 이런 식으로 개조하다니."

용마기를 만드는 법은 아젤이 전에 카이렌에게 설명했던 바와 같다.

스피릿 오더나 용령기, 혹은 마법의 의식을 통해서 스스로 만들어낸다. 인간이나 용마인이라면 용살의 의식을 통해서 이 과정을 가속시킬 수 있다.

이 과정을 단축하기 위한 두 가지 방법이 존재한다.

첫 번째, 다른 용마족이나 용마인, 혹은 인간 용마기 보유자의 도움을 받아서 만든다. 보조자들이 자신의 힘을 희생해서 한 사람에게 몰아줌으로써 용령기를 만들어낼 수 있다.

두 번째, 용의 시체를 이용한다. 거기에 잠재된 힘을 끌어내어 용마기를 만들어내는 과정을 가속한다.

비전서는 이 중 단축법의 첫 번째를 바탕으로 삼고 있었다.

"그야말로 상생하는 훈련이군."

본래는 용마력을 지닌 고위 스피릿 오더 수련자나 마법사가 한 사람에게 자신을 희생해서 힘을 몰아준다. 그런데 비전서의 훈련법을 따른다면 참여자 모두가 이익을 얻을 수 있었다.

칼로스가 설계한 마법진을 구축하고 훈련에 참여하는 이들이 거기에 마력을 공급한다. 그러면 마법진이 마력을 하나로 엮어서 질적인 통합을 이루는데, 이 과정에서 용마기를 이용해서 용마력의 성향을 강화한다. 그리고 참가자들에게 계속해서 힘을 공급받으면서 가속, 순환, 증폭한다.

그렇게 해서 참가자들은 자신이 공급한 것보다 더 많은 마력을 돌려받을 수 있다. 또한 용마력이 없는 자는 이 과정을 통해 점진적으로 용마력을 손에 넣을 수 있었다.

"발상 자체야 누구나 가능한 거지만, 용마력을 이 정도로 증강시키는 방향으로 완성하다니."

이 훈련법은 스피릿 오더와 마법이 융합되어 있었다. 크로이스 니델의 발상을 칼로스가 구체화시키고, 감각적인 부분을 수도 없이 실험하고 개량해 가면서 완성시켰으리라.

아젤은 즉시 일행을 모아서 훈련법을 시행해 보았다. 하늘을 가르는 검과 비탄의 잔, 두 개의 용마기를 초래하고 라우라까지 참가시켜 실행해 본 결과… 모두가 그 효율에 깜짝 놀라고 말았다.

"…엄청난데?"

아젤이 혀를 내둘렀다. 이 훈련은 훈련 참가자들의 질이 높으면 높을수록 효율이 높아진다. 그리고 유렌을 제외하면 모두가 용마기를 보유했거나 순수하게 용마력을 타고난 자들이었다.

'이 정도면 용검을 통하지 않고 하늘을 가르는 검을 초래할 수 있게 되기까지 한 달도 안 걸리겠는데?'

심지어 세 번째 용살의 의식을 통해서 취한 용의 힘을 소화시키는 과정조차 가속되고 있다.

라우라가 말했다.

"내가 제일 손해 보는 역할이네?"

이 훈련으로 그녀는 거의 얻는 게 없다. 사실상 그녀의 그릇은 거의 완성 단계에 와 있었다. 마법사로서의 기량은 계속 성장할 수 있겠지만 용마력 그 자체의 성장 기대치는 그리 높지 않다.

이 점은 카이렌도 마찬가지다. 하지만 그는 이 훈련을 통해서 용마기 만들기에 가속을 붙였다.

아젤이 말했다.

"그렇지도 않을걸."

"어째서?"

"너도 자신만의 용마기를 만들 수 있을 테니까."

"……."

라우라의 표정이 좀 이상해졌다. 아젤이 의아해하며 물었다.

"왜 그래?"

"…아니, 그런 건 생각도 못 해봤어."

"응?"

"나는 비탄의 잔의 계승자가 되는 것만 생각했으니까……."

아운소르의 계승자가 된다는 것은 비탄의 잔을 계승한다는 뜻이다. 그러다 보니 시간과 노력을 들여 자신만의 용마기를 만든다는 것은 아예 선택지 밖이었다.

라우라는 멍청하니 중얼거렸다.

"그렇구나. 나도 용마기를 만들 수 있구나……."

당연한 사실인데 이제까지 깨닫지 못했다는 것이 우습다. 라우라는 실소하고 말았다.

아젤이 씩 웃으며 물었다.

"그런 걸 생각 못하다니. 설마 자기 일을 스스로 정해본 적이 없는 거야?"

"응."

"…전혀?"

"소소한 일들은 찾아보면 있겠지. 하지만 그것조차도 큰 틀은 가문에서 정해줬어."

라우라는 누가 시켜서가 아니라 스스로 자유 시간에 아운소르의 수기를 비롯한 옛 기록들을 찾아 읽고, 이름도 모르는 어르신을 찾아가 이야기를 나누었다. 그것은 분명 그녀 스스로 선택한 일이었다.

그러나 생각해 보면 그런 일을 할 수 있는 자유조차도 가문에서 설정해 둔 틀 속에 있었다. 넌 자유 시간에 이런 일은 해도 된다. 하지만 저런 일은 하면 안 된다.

"생각해 보면 아젤 제스트링어, 당신을 따라오기로 한 게 내 인생의 유일한 선택이었어."

"……."

"당신, 이상한 표정을 짓고 있어."

"뭐?"

라우라가 고개를 갸웃하며 한 말에 아젤이 눈살을 찌푸렸다. 라우라가 말했다.

"난처해하고 있는 것 같았어. 왜인지는 모르겠지만. 내 이야기 중에 당신을 난처하게 할 만한 게 있었어?"

"…그렇게 보였나?"

"응."

"그랬군."

아젤이 쓴웃음을 지었다. 라우라가 아닌 다른 사람이라면 그 표정의 정체를 알아봤으리라. 아젤은 그녀를 측은하게 여기고 있었다.

'그것조차도 알아보지 못할 만큼… 도구로서만 살아온 건가.'

함께 있는 시간이 지날수록 그녀를 어떻게 대해야 할지 혼란스러워진다. 그리고 그런 대상이 라우라만은 아니었다.

4

"차라리 대놓고 따라오는 편이 낫지 않나? 방 하나 정도는 내줄 수 있는데?"

아젤은 일행의 숙소에서 100미터쯤 떨어진 곳에서 야숙하고 있던 남자에게 가서 물었다. 잠든 것도 아니면서 눈을 감고 있는 남자가 모닥불 앞에서 직접 끓인 수프를 후루룩거리고 있었다. 수호그림자의 예언지킴이 발세르였다.

처음 만난 이후 지금까지 발세르는 일정한 거리를 두고 아젤을 따라다니고 있었다. 다른 수호그림자와는 달리 스스로의 존재를 감추려고 하지 않는다. 그런데도 움직이지 않을 때는 유령처럼 기척이 없어서 그를 놓칠 뻔했다.

발세르가 말했다.

"고마운 제안이지만 사양하겠습니다."

"왜? 뒤통수라도 맞을 것 같나?"

"아닙니다. 제가 당신 뒤통수를 치고 싶지 않으니까요."

"무슨 뜻이지?"

"당신의 일행들을 계속 가까이 두고 본다면 살의를 참기 어려울 겁니다. 전 저를 잘 압니다."

"……."

말은 그렇게 하지만 발세르의 표정과 목소리에는 전혀 감정이 드러나지 않았다. 감정 표출이 거의 없다는 점에서는 라우라 이상이라 괴리감이 심했다.

문득 발세르가 말했다.

"흠. 그리고 보니 주신 정보는 고맙게 활용했습니다."

"공허의 길 거점은 좀 파괴했나?"

"현재까지 두 곳을 파괴했습니다. 나머지도 동지들이 이동하면서 공격하겠지요."

아젤과 카이렌은 발세르에게 공허의 길에 대해서 알려주었다. 수호그림자는 메신저로서는 도통 써먹을 수 없지만 예언지킴이라면 이야기가 다르다. 발세르는 곧바로 대륙 각지의 예언지킴이들에게 연락해서 라우라에게서 나온 정보가 정확한지 확인한 뒤 공격 작업에 들어갔다.

아젤이 의아해했다.

"아직까지 겨우 두 곳인가? 당신들의 정보전달 속도는 굉장히 빠른 걸로 알고 있는데……."

"하지만 이동속도에는 한계가 있습니다. 이미 보셨으니 알 겠지만 예언지킴이들 중에는 그리 전투력이 높지 않은 이도 많으니까요."

"수호그림자의 일원들이 있잖아? 그들에게 협력을 구하지 는 않나? 설마 예언지킴이의 존재를 알려주고 싶지 않아서 그 러는 건……."

"아닙니다. 다만 그들은 우리와 달리 자신들의 삶이 있고 입 장이 있지요."

"무슨 의미지?"

"사회의 일원으로 살아가기 때문에 수호그림자로서 움직일 수 없는 경우가 있다는 겁니다. 예를 들면 자신의 영지에서 마 물들이 대거 준동해서 영지를 돌봐야 한다면 어떻겠습니까?"

"음……."

확실히 카이렌이나 버레인만 봐도 알 수 있듯이 수호그림자 는 자신의 일원들을 사회적인 영향력이 있는 인물로 고르는 경향이 있었다.

무력은 자신들만으로도 충분하니 사회의 구성원으로서 행 사할 수 있는 힘을 필요로 하기 때문이리라.

"요즘은 다들 자신의 입장에 묶여 있습니다. 어쨌든 우리도 최선을 다하는 중입니다."

"그렇군. 그런데 당신이 나를 계속 따라다니는 이유는 뭐 지? 예언의 사람인지 확인하기 위해서인가?"

"그런 목적도 있습니다."

"그것만은 아니라는 거군. 다른 목적은?"

"레이거스가 다시 나타난다면 당신 앞이 아닐까 기대하고 있어서입니다."

"기대한다?"

아젤이 눈살을 찌푸렸다. 지난번에 발세르가 말해준 대로라면 예언지킴이들은 이미 한바탕 레이거스의 불사체와 격돌해서 박살 난 모양이다. 그런데 그의 등장을 기대한다?

"레이거스의 불사체를 쓰러뜨릴 자신이 있나? 그게 아니라면 우리와 연합전선을 펴는 걸 전제로 하는 건가?"

"그가 불사체인 한 저 혼자서도 충분할 겁니다."

"……"

아젤은 발세르를 빤히 바라보았다. 상당히 신경 쓰이는 녀석이다. 스피릿 오더 수련자라는 사실은 알겠는데 도무지 기량을 읽어낼 수가 없다.

보통 이런 경우에는 상대가 만만치 않은 실력자라고 판단한다. 그러나 발세르에게는 그렇게 단정 지을 수 없는 묘한 분위기가 감돌았다.

발세르가 말했다.

"하지만… 그래요. 불사체가 아닌 자들이 함께하고 있다면 저 혼자서는 힘들 수도 있겠지요. 그 경우에는 여러분들과 연합전선을 펴고 싶군요. 적어도 용마왕 숭배자들을 상대로 싸울 때는 우리는 확실한 아군이 될 수 있을 테니."

"그러도록 하지. 하지만 우리의 행보는 적들에게 드러나지 않았을 텐데? 설마⋯⋯."

"만약 제가 그들을 당신들이 있는 곳으로 유인해 올 가능성을 떠올리셨다면, 아닙니다. 그런 짓은 하지 않습니다."

"흠."

"저는 예언지킴이 중에서도 가장 적들에게 드러나지 않았습니다. 아마 그들은 저의 코드네임조차 모르고 있을 겁니다."

"코드네임이라. 그러고 보니 델타니 세타니 하는 고대문자를 쓰고 있었지. 네 코드네임은 뭐지?"

알파, 베타, 감마, 델타, 입실론, 제타, 에타, 세타, 이오타, 카파, 람다, 뮤, 뉴우, 크사이, 오미크론, 파이, 로오, 시그마, 타우, 웁실론, 화이, 카이, 프사이, 오메가.

예언지킴이들은 바벨의 전설 이전부터 존재했다고 알려진 24개의 고대 문자를 코드네임으로 쓰고 있었다.

이것은 마법사들이 마법의식을 구성할 때 즐겨 쓰는 방법이기도 했다.

발세르가 대답했다.

"알파입니다."

"알파라면 고대문자의 첫 번째군. 너희의 코드네임이라는 것은 순번과 관련이 있나?"

"네."

"그런 건 그냥 대답해 줘도 되나?"

"우리끼리는 당신한테는 이 정도 정보는 줘도 된다고 결론을 내렸습니다."

"높은 평가에 감사하군. 그렇다면 당신이 첫 번째 예언지킴이라는 소리인데… 지난번의 이야기와는 모순되는데?"

"어떤 이야기 말입니까?"

"기사 노릇을 그만둔 것이 50년 전이라고 말했지. 그때 예언지킴이가 된 거라면 대암흑 때 예언지킴이가 된 레논보다 늦을 텐데?"

"그렇습니다."

"앞뒤가 안 맞잖아?"

"전 최초의 알파가 죽었을 때 그 코드네임을 계승한 존재입니다. 그분에 대한 기억은 흐릿하지만, 아마도 제 숙부였던 것 같습니다."

"그런 것 같다니… 무슨 뜻으로 하는 말이지?"

"예언지킴이가 되기 전의 기억이 별로 없다는 거지요. 아마도 육체가 한 번 죽음을 맞이했다가 예언지킴이로 되살아나는 과정에서 치르는 대가가 아닌가 싶습니다."

"음?"

"이 사실은 레논이 이야기해 주지 않았나 보군요. 우리 예언지킴이 역시 모두 한 번은 인간으로서 죽었다가 되살아난 존재입니다."

"죽었다가 살아나? 그런 농담을 믿으라는 건가?"

"비상식적이라는 것은 압니다. 하지만 그렇게 치면 우리가 노화하지 않는다는 점부터가 그렇지요."

"음……."

"용마왕 살해자에게 씻을 수 없는 원한을 품고 살해당한 그 순간, 수호그림자를 이루는 마법의 중추가 우리와 접촉해서 되살려냈다… 고 이해하고 있습니다. 죽은 직후에 되살아나는 거라면 그럭저럭 가능해 보이니까요."

"그럭저럭이라니… 너무 허술한 것 아닌가?"

"이 점에 대해서는 마법사 출신들이 매번 갑론을박을 벌이지만 도무지 결론을 낼 수 없어서 말이지요. 마법사 출신이 아닌 이들은 다들 그러려니 하고 있습니다. 어차피 우리에게 중요한 것은 용마왕 숭배자들을 말살시킨다는 것뿐이고 그 외의 사정이야 무엇이든 상관없으니까요."

"하……."

아젤이 헛웃음을 흘렸다. 정말이지 어처구니없는 놈이다. 엄청난 사실들을 줄줄이 늘어놓으면서도 마치 이웃의 시시한 사정을 말하는 것 마냥 담담하다.

"기억을 잃었다고 했지?"

"네, 생전의 기억은 거의 없습니다. 그저 왜 우리가 이런 일을 하고 있는지에 대한 이유만이 남았지요."

"그런데 의심조차 하지 않는 건가?"

"뭘 말입니까?"

"사실은 그 모든 것이 누군가의 조작일 거라는 의심."

생전의 기억을 잃었다. 누가 자신을 이렇게 만들었는지 모른다. 어떤 기준으로 예언지킴이가 된 것인지도 알지 못한다.

그런 무지한 상태로 그저 본능적으로 떠오르는 사실들만을 지표로 삼아서 원한의 화신이 되었다. 인간의 몸을 지녔으면서도 인간이기를 포기하고 용마왕 숭배자를 말살시키는 데만 전념한다.

"…모든 게 마법으로 날조되었을 가능성을 의심해 보지 않은 건가?"

"안 해봤습니다."

"……."

"어떻게 이리도 어리석을 수 있는지 모르겠다는 표정이군요."

"마치 보이는 것처럼 말하는군."

"보입니다."

"눈을 감고 있는 주제에?"

"저는 맹인이 아니고, 눈을 감고 있는 것도 시각을 방해하지 않습니다. 어쨌든, 그래요. 우리는 예언지킴이가 되는 순간에 정체를 알 수 없는 존재의 제안을 듣고 선택했습니다. 선택의 과정을 기억하고 있기에 의심하지 않습니다."

"그것만으로 충분한가?"

"예, 아니면 그 과정조차 의심함으로써 자신의 존재를 부정하길 원하십니까? 별로 그러고 싶지 않군요."

"두려운 건가?"

"아닙니다. 그저… 증오가 선택을 증거한다고 믿을 뿐이지요."

"증오?"

"우습게도 저는 아무것도 실감하지 못합니다. 지금 당신과 이야기를 나누고 있는 것조차도 백일몽을 꾸는 것 같지요."

그런데 용마왕 숭배자들을 앞에 둔 순간만큼은 살아 있음을 실감한다.

그들을 향해 타오르는 증오의 불길이 자신이 아직 현실세계에서 살아 숨 쉬고 있음을 일깨워 주었다.

아젤은 왠지 그동안 레논을 보면서 느낀 광기의 정체를 알 수 있을 것 같았다.

이들은 정말로 모든 것을 잃은 자들이다. 생전의 자신을 이루던 요소들을 모조리 빼앗기고 용마왕 숭배자들에 대한 증오만이 남은 공허한 인형.

'도대체 누가 이런 시스템을 만든 거지?'

아젤은 그 사실이 궁금해서 견딜 수가 없었다. 수호그림자를 만든 존재가 품은 원한이 얼마나 깊었기에 이토록 잔혹한 이적을 행했는가?

발세르가 말했다.

"아젤 경, 경고하지요. 레이거스는 반드시 당신을 찾아올 겁니다."

"어떻게 알지? 라우라의 말에 따르면……."

"그들에게는 당신을 찾을 수 있는 능력을 지닌 인원이 있습니다. 우리는 그걸 압니다."

"예언자처럼 말하는군."

"거의 비슷합니다."

"뭐?"

아젤이 놀라자 발세르는 태연하게 대답했다.

"24명의 예언지킴이 중에서 단둘만이 확고한 역할을 가집니다. 알파와 오메가. 예언지킴이가 된 순서와 상관없이 오메가의 이름을 받은 그는 어둠의 설원이 하는 일을 엿볼 수 있지요. 그들의 행동 근간이 되는 위대한 어둠 속에 속한 자들이 어떤 힘을 지녔는지, 그리고 무엇을 할 수 있는지……."

"즉 상대가 믿는 정보망을 역으로 이용할 수 있다는 건가?"

"그 정도로 딱딱 맞아떨어지지는 않습니다. 사실 그렇게까지 도움이 되지는 않아요. 언제 뭘 알아낼 수 있을지 모르기 때문이지요. 하지만 일단 알아낸 사실은 정확합니다."

"매번 생각하는 거지만……."

아젤은 혀를 내둘렀다.

"네놈들은 대단한 건지 허술한 건지 알 수가 없어."

"세상일이 편리할 수만은 없는 법이지요."

발세르가 담담하게 대답했다.

곧 아젤이 물러가자 발세르가 나무들 사이를 보고 말했다.

"그만 나오시지요, 오메가."

"……."

"충분히 멀어졌습니다."

"…그래도 잘못하면 들켜."

곧 어린 소녀의 목소리가 돌아왔다. 바스락거리는 소리와 함께 나무들 사이의 수풀에서 한 소녀가 나타났다.

아젤이 봤다면 경악했으리라. 그리 먼 곳에 있지도 않았는데 아젤의 감각을 멋지게 속여 넘기지 않았는가?

열대여섯 살 정도로 보이는 소녀였다. 외모만 보면 특별할 것이 없다.

수풀에 숨어 있느라 지저분하게 헝클어진 양갈래 금발에 주근깨가 있는 평범한 소녀의 얼굴이다.

다만 녹색의 눈동자가 기이했다. 분명히 얼굴이 발세르를 향하고 있는데 전혀 초점이 맞지 않는다. 마치 보이지 않는 것처럼……

그리고 소녀 역시 발세르만큼이나 존재감이 없었다. 아젤이 눈치채지 못할 만도 했던 것이다.

발세르가 수프를 한 그릇 뜨면서 말했다.

"들켜도 상관없지 않습니까? 적어도 지금의 그는 적이 아닙니다만."

"하지만 우리를 무진장 싫어하잖아."

"그런 것 같군요."

"난 미움 받기 싫어. 적이도 직접 앞에 나타나서 그런 눈길을 받는 건 사양하겠어."

"예언의 사람일지도 몰라서입니까?"

"응."

고개를 끄덕이는 오메가에게 발세르가 수프 그릇을 건네주었다.

오메가는 초점이 안 맞는 눈으로 허공을 바라보면서도 헤매는 기색 없이 그것을 받아들었다.

"만약 그가 예언의 사람이라면… 모든 걸 다 줘야 하니까. 나를 미워하는 사람에게 그러고 싶지 않아."

"이미 우리 모두가 미움 받은 것 같습니다만."

"그러니까 그 순간까지 그에게 나를 보여주고 싶지 않은 거야. 당신과 달리 예언지킴이라는 군집이 아니라 나라는 개인이 미움 받는 건 사양하고 싶으니까."

오메가는 그렇게 말하면서 수프를 후루룩 마셨다.

발세르가 말했다.

"여전히 낭만에 집착하는군요, 당신은."

"당신들과 달리 난 이름조차 잃어버렸으니까."

오메가는 담담하게 자신의 상실감을 이야기했다. 순서를 뛰어넘어 마지막 코드네임을 받은 그녀는 생전의 기억은 물론이고 이름조차도 기억하지 못한다.

발세르가 말했다.

"뭐 곧 알 수 있을 겁니다."

"어떻게 알지?"

"그냥 그럴 것 같은 예감이 드는군요."

"마치 예언자처럼 이야기하네."

"다른 건 몰라도 안 좋은 예감만은 제법 정확하게 들어맞는 편이더군요. 50년 동안 그랬으니 조금은 신뢰할 만하겠지요."

"그래서 모두를 불러들였어?"

"네."

발세르가 고개를 끄덕였다. 두 사람의 대화는 그것으로 끊겼다. 둘 다 침묵 속에서 마치 주변의 풍경과 동화되어 버린 것처럼 고요함 속에 존재가 묻혀 버렸다.

5

어둠의 설원은 넓다. 인간의 손길이 닿지 않는 마경은 광활했고 그 속에서 용마왕 숭배자들은 아테인이 남긴 용마궁을 중심으로 활동 영역을 확대시켜 나갔다. 인간 노예를 노동력으로 써서 새로운 건물들을 지어나간 결과 지금은 작은 왕국처럼 분산되어 있었다.

또한 그곳은 혹한의 땅이다. 이들처럼 비옥한 땅에서 살 수 없는 사정이 있지 않고서야 이곳에서 문명을 쌓아올리고자 하지는 않으리라.

일 년 내내 모든 것이 얼어붙어 있었고 때때로 눈이 휘몰아칠 때면 초인적인 힘을 가진 이들조차도 외출해서 먼 길을 가기를 꺼려했다.

후우우우우…….

눈이 내리고 있었다. 어둠의 설원 바깥에서 보면 입이 다물어지지 않을 정도로 어마어마한 양의 눈이 쏟아진다. 이런 눈 속을 걷는다면 채 열 걸음도 가기 전에 눈사람이 되어버리고 말리라.

실제로 눈사람이 쌓인 눈을 헤치고 걷고 있었다.

기묘한 광경이다. 1미터도 넘게 쌓인 눈에 파묻혀 버린 사람, 아니, 그보다는 눈덩이로밖에 보이지 않는 존재가 헤치면서 나아간다.

―귀엽네요, 레이거스.

커다란 눈덩이 주변을 흐릿한 환상 같은 존재가 떠다니고 있다. 이 눈 속에서 새하얗게 흐려진 사람의 실루엣은 마치 눈의 요정처럼 보이기도 한다.

눈덩이가 되어버린 레이거스가 대꾸한다.

〈귀여워? 어디가 말입니까?〉

―귀여운 줄 모른다는 점이 더 귀여워요. 생전보다 더 귀여워졌네요. 왕께 시집가지 않았다면 당신에게도 안겨보고 싶었는데 이제는 이룰 수 없는 꿈이 되어버렸어요. 아쉬워라.

〈당신은 생전보다 무슨 생각을 하는지 알 수가 없군요, 케이알리아 왕비님.〉

―음. 오면서 생각해 봤는데 존댓말 때려치우세요. 왕비님이라고 부르지도 말고. 죽은 지 오래됐는데 왕비는 무슨.

하얀 실루엣이 깔깔거리며 웃는다. 눈 속에서 일렁거리는 그녀는 인간 기준으로 치면 열네다섯 살 정도의 소녀로 보였다.

하지만 눈 속에서 녹아내리듯이 흩날리는 백금발 사이로 바위 같은 회백색의 뿔이 솟아나 있으며 귀는 길었고 손등에는 눈동자와 똑같은 청회색 용마석이 박혀 있다.

레이거스가 얼굴의 눈을 치우며 말했다.

〈그럼 뭐라고 불러주길 바라지?〉

─그냥 케이알리아면 돼요. 대신 오빠라고 불러드릴게요, 어때요?

〈너무 매력적이라 넘어가지 않을 수 없는 제안이군. 좋아. 케이알리아.〉

─네, 레이거스 오빠.

〈오, 아름다운 울림이야. 하지만 넌 정말 죽은 사람치고는 생전보다 더 잘 조잘거리는 것 같은데.〉

─피차 마찬가지 아닌가요? 그리고 난 어차피 당신에게만 보이고 들린다고요. 고독을 해소하는 가장 좋은 방법은 수다죠.

〈어차피 누군가와 이야기하고 싶다고 나한테 조를 것 아닌가?〉

─그런 기회는 아껴둬야지요. 내 존재는 되도록 비밀이라면서요? 그래서 누구랑 이야기할지 고민 중이에요.

〈슬슬 보이는군.〉

문득 레이거스가 말했다. 언덕 너머로 용마궁의 웅장한 모습이 보였다.

케이알리아, 220여 년 전에는 용마왕 아테인의 왕비 중 하나였던 그녀가 아련한 눈으로 용마궁을 바라며 물었다.

─저기도 오면서 본 마을들과 비슷한가요?

〈더 심하지.〉

―하긴 아인세라 언니는 사람이 원체 딱딱했죠. 예전보다 더 딱딱해진 언니가 다스리고 있으니 그럴 만도 해요.

〈여전히 언니라고 부르나?〉

―그래야 싫어하니까요.

〈변함없이 꼬여 있군. 죽고 나서도 변함없다는 건 좋은 일이야.〉

―그렇게 말하는 오빠 쪽이 더 꼬여 있는 것 같은데요. 그나저나 정말로 재미없는 세상을 만들기 위해 싸웠군요, 우리는. 왕께서 해보니까 이건 뭔가 아닌 것 같다고 생각한 것도 당연하다 싶네요.

〈혹시 남들이 네 목소리를 들을 수 있을 때는 그런 말을 하지 마라. 넌 저기서 신처럼 숭배 받고 있으니까.〉

―신이라. 그것도 별로 달갑지는 않네요. 하긴 난 늘 그들이 싫었어요. 이젠 책임질 것도 없으니 부담 없이 싫어하는 티를 내도 되겠죠?

케이알리아가 철부지 인간 소녀처럼 웃었다.

한동안 레이거스는 용마궁에서 나와 어둠의 설원을 둘러보았다. 그동안 변한 세상을 보고 싶어서이기도 하지만 진짜 목적은 지금 자신에게 달라붙은 케이알리아를 찾기 위해서였다. 그녀의 존재 역시 아테인의 안배였던 것이다.

어둠의 설원은 220여 년 전, 그들이 용마전쟁을 통해 만들고자 했던 세상의 왜곡된 축소판이었다. 용마족이 계급의 정점에 서 있고 그다음에 용마인이, 최하층에는 인간이 있었다.

그런 사회의 분위기는, 참으로 별것 없었다. 그 속에 광신도적인 면모가 깊게 스며들어 있을 뿐, 인간 사회의 일부 구성품을 바꿔놓은 것으로밖에 보이지 않았다.

아니, 사실 그보다 더 나쁜 것 같다. 아테인을 신격화하고 그를 향한 광신을 품은 이들이 구성한 사회는 지나치게 정적이었다. 시간이 지날수록 불합리한 광기가 합리화되고, 구성원들은 거기에 반발조차 없이 정적으로 수렴한다.

—용마족도, 인간도… 하나도 달라지지 않았어요.

〈늘 똑같지. 우리 모두 거기에 절망했었고.〉

—사실 당시에도 꿈같은 소리라고 생각하긴 했지만… 일단 용마족들부터가 글러먹었어요. 어쩌면 이렇게까지 왕의 이상을 자기들 좋을 대로만 해석했는지.

케이알리아는 아테인의 구상 전체를 알고, 이해한 측근이었다.

그렇기에 현재 어둠의 설원이 취한 시스템은 아테인의 구상과는 거리가 멀다는 사실을 알고 한숨짓는다.

'무리를 지었을 때 우열을 나누는 것이 생명의 본성이라면, 인간보다 명백하게 우월한 용마족이라는 종을 지배계급으로 앉히고 이성적인 체계를 확립한다. 그로써 용마족은 욕망을 통제하며 사회를 유지하기 위해 보다 많은 의무를 수행하고, 사회 구성원들에게 존중받는다. 이 사회 속에서 인간은 평등할 것이다. 타고난 신분으로 고통 받지 않을 것이고 신체적 우열이나 재산의 많고 적음으로 서로를 멸시할 일이 없으리라.'

…라는 것이 아테인의 기본 구상이다. 언뜻 보면 지금 어둠의 설원이 구축한 사회와 비슷해 보이지만 세부를 보면 전혀 다르다.

현재 어둠의 설원에서, 용마족은 인간 귀족의 위치에 있었다. 더 많은 권익을 누리고 인간을 자신들보다 하등하고 비천하다 여긴다. 심지어 용마족 안에서도 혈통이나 출신에 의한 우열을 나누고 있으니… 이래서야 인간들과 하나도 다를 게 없지 않은가?

아테인이 설정한 '지배계급'은 이런 존재가 아니었다. 원래 구상과 맞아떨어지는 부분을 찾아보자면 그들이 사회를 운영하고 있다는 점밖에 없다. 그리고 이제 와서 생각해 보면, 아테인이 생각한 '지배계급으로서의 용마족'은 현실에 존재할 수 없는 허상이었다.

─오빠, 난 궁금한 게 있었어요.

〈뭐지?〉

─그 전쟁 때는 정말로 다들 이게 세상의 슬픔을 없애는 답이라고 믿었지요?

〈그랬지.〉

케이알리아가 '재미없는 세상'이라고 말한 어둠의 설원의 사회구조는 아테인이 이상사회 건설을 위해 제시한 답을, 그를 추종하는 자들이 멋대로 해석한 결과물이다. 아테인과 용마장군들은 이러한 계급 구조를 통해서 세상에 넘치는 온갖 비극과 슬픔을 타파할 수 있으리라 믿었지만, 글쎄, 과연 그랬을까?

케이알리아가 레이거스의 어깨에 올라앉아서 턱을 괴는 시늉을 하면서 말했다.

―왕께서 승리해서 직접 다스렸다면 달랐을까요?

〈글쎄. 결국 왕이 목표를 실현시켰어도 크게 다르진 않았을 거라고 본다.〉

―그래서 왕은 실패를 인정한 거고요?

〈인간에 대해서 다 알았다고 생각했지만 아무것도 몰랐다. 그러니 이제부터 알아야겠다. 왕은 그렇게 말했지.〉

―그분은 참 장대해요.

〈음?〉

―무슨 일을 해도 스케일이 엄청나게 컸어요. 위업을 이루어도 장대하고, 실수를 해도 장대하고, 민폐를 끼쳐도 장대하고… 그래서 좀 귀여웠지요.

〈…그게 어떻게 그런 결론으로 귀결되는지 이해할 수가 없군.〉

―괜찮아요. 계속 이해 못해도 돼요. 오빠는 그래서 귀여운 사람이니까요.

〈…….〉

레이거스는 머리의 눈을 털어내고는 물었다.

〈나도 너한테 묻고 싶은 게 있었지.〉

―뭔데요?

〈왜 죽었지?〉

―음? 그야 싸워서 졌으니까요. 오빠는 나보다 먼저 죽었으면서 무슨 말을 그렇게 해요?

〈아인세라 왕비가 그러더군. 용뿔의 성채에서 탈출해서 이곳으로 오는 과정에서 실종되었다고. 왜 그랬지?〉

―그 언니도 참.

케이알리아가 입술을 삐죽였다. 그녀가 허공으로 몸을 던지며 말했다.

―그냥 다 싫었어요.

〈다 싫었다?〉

―다 때려치우고 싶었어요. 난 원래는 인간이었고, 한때는 인간 따위 글러먹은 종족이라고 생각했지만 분명히 내가 좋아할 만한 사람들도 있었죠.

케이알리아의 눈이 과거의 기억을 향했다. 아테인의 비이며, 또한 그 이전에는 수제자 중 하나이기도 했던 그녀는 용마왕군 전체에서도 대단히 특별한 존재였다.

―그런데 입장 때문에 싫은 일들을 계속했어요. 세상에서 슬픔을 지우겠다고 싸웠는데 갈수록 우는 사람만 많아지는 것 같았지요. 아젤 오빠가 그러더군요.

〈아젤 오빠? 설마 아젤 카르자크를 말하는 건가?〉

레이거스는 깜짝 놀라서 케이알리아를 바라보았다.

―맞아요. 아저씨라고 부르지 말라던데요? 그러니까 오빠.

〈그를 그렇게 불렀나?〉

―눈앞에서 부르지는 못했죠. 하지만 내 안의 호칭은 계속

그거였어요, 아젤 오빠. 서로 죽기 살기로 싸워야 한다는 게 참, 너무 슬픈 사람이었어요.

〈허어, 둘이 그런 관계인 줄 몰랐는데.〉

―아무도 몰랐어요.

〈흠. 숨겨진 이야기가 있었을 줄이야. 흥미진진한데〉

―여자는 비밀이 많은 법이랍니다.

〈천천히 듣고 싶군. 그래, 그가 뭐라고 하던가?〉

―그동안 내 손으로 쌓은 시체의 산이 얼마나 높은지 아냐고. 뭘 하고 있는지는 알면서 그런 짓을 해온 거냐고요.

〈흔히 듣는 말이군.〉

―그렇죠? 다른 사람이 말할 때는 무시할 수 있었는데 그 오빠가 그 소리 하니까 가슴에 푹, 하고 박혔어요. 진짜 영웅 같은 눈을 하고 우리가 파탄 낸 세상을 구하겠다고 득달같이 달려드는데, 아, 내가 이런 꼴 보겠다고 싫은 짓을 계속해 왔던 건가 싶더라구요.

케이알리아는 허공에 뜬 채로 무릎을 감싸 안았다. 그런 채로 흩날리는 눈송이 속을 빙글빙글 돌며 떠다닌다.

〈그래서 져줬나?〉

―져준 건 아니에요.

〈진짜로?〉

―오빠는 참. 자기도 깨져 놓고 왜 나한테 그래요?

〈음. 너는 특별했지 않나?〉

―그때 아젤 오빠는 진짜 말도 안 되게 셌다고요. 왕께서도

진검승부로 패한 거지, 져준 건 아니었어요.

〈거기에 대해서는 난 좀 의심을 하고 있다만.〉

—오빠는 아젤 오빠의 진짜 힘을 못 봤어요. 오빠가 죽은 후로도 무서운 속도로 성장했다고요.

〈하긴 경이로운 성장 속도이기는 했지. 뭐, 좋아. 그건 그렇다 치고… 굳이 혼자 실종되어서 죽을 것까지는 없었지 않나?〉

—사실은 그렇죠. 비몽사몽간에 패잔병 무리에 껴 있는데 다들 하는 소리들이 이미 반쯤 미쳐 있어서, 듣다 보니 너무 짜증이 나서 뛰쳐나왔어요. 그리고 죽었죠. 돌이켜 보면 참 바보 같은 죽음이었는데… 살짝 후회도 됐어요. 생각해 보니 그냥 여기까지 따라와서 목숨 건사한 후에 빠져나갔어도 될걸. 하지만 그때는 그럴 정신도 없었고… 죽은 후에야 정신이 들었는데 왕의 유언이 들려왔죠.

〈그래서 220년의 세월을 뛰어넘었다는 거군. 하지만 왜 그런 모습이지?〉

—불사체는 싫다고 했거든요. 해골이 되긴 싫으니까 소녀의 마음을 존중하라고 떼를 썼지요.

〈…어처구니없지만 너답다.〉

—죽은 뒤에도 혹사당해 주겠다고 한 거라고요. 그 정도 억지는 부려도 되잖아요?

레이거스의 해골 구멍에서 바람 빠지는 소리가 났다. 생전의 버릇대로 실소하고 있는 모양이다.

문득 케이알리아가 물었다.

―그런데 정말로 아젤 오빠가 살아 있어요?

〈어쩌면.〉

―어떻게 그럴 수가 있죠?

〈그러게 말이다. 그래서 정황상으로는 그놈이 맞는 것 같은데, 도무지 확신을 못하는 중이지.〉

―만나게 되면 꼭 나랑 이야기하게 해줘요. 예쁘게 단장하고 나가야지.

〈설마 그때는 힘을 빌려주지 않겠다든가 뭐 그런 건 아니겠지?〉

―생각 좀 해볼게요.

〈…어이?〉

―난 이미 죽은 몸이에요. 모든 의무에서 해방되었으니, 돕는 것도 돕지 않는 것도 내 자유. 왕께서도 그건 맘대로 하라고 했다고요?

〈그 대책 없는 양반 같으니…….〉

레이거스가 투덜거렸다. 케이알리아가 그의 얼굴 옆에 달라붙으며 말했다.

―그래서, 언제 만나서 확인해요?

〈일단 어둠의 설원의 정보망에서 빠져나가는 바람에 내가 따로 수를 썼다. 조만간 행적을 확인할 수 있을 거야.〉

―기대되네요. 아, 어떤 얼굴로 만나야 하지?

〈…도와주지 않는 건 좋은데 부디 배신은 하지 마라. 나 상

처받는다.〉

　　—오빠 하는 거 봐서요.

　　케이알리아는 혀를 쏙 내밀고는 허공에 녹아들듯이 사라졌
다.

魔展
龍劍

1

　목적지인 아발탄 숲이 워낙 먼 곳에 있었기 때문에 일행은 조급해하지 않았다. 아무리 빠르게 가봤자 당장 도착할 수 있는 거리가 아니기 때문이다.

　유렌이 말했다.

　"인도자가 알려준 곳이 또 있는데."

　"이쯤 되면 말도 안 되는 가능성을 떠올리게 되는데……."

　아젤은 스스로도 얼토당토않은 소리를 하고 있다는 것을 자각한 표정을 짓고 있었다. 유렌이 씩 웃었다.

　"인도자가 칼로스일 가능성 말이지?"

　"…그래."

　"나도 그럴지도 모른다고 생각 중이야. 용마장군 레이거스가 칼로스가 살아 있다고 추정했다면 정말 세상의 이목을 속인 채로 어딘가에 숨어 있는 게 아닐까? 그리고 자신의 후손인 내게 마법으로 뜻을 전해오고 있는 거지."

아젤의 표정이 복잡해졌다. 그의 둘도 없는 친우였으며 자신의 사후에 깨어날 아젤을 위해 온갖 것을 안배해 둔 칼로스.

어쩌면 그가 살아 있을 수도 있다는 생각에 심경이 복잡하다. 이성적으로는 그럴 리가 없다고 생각한다. 하지만 만약 그가 살아 있다면?

'가능성이 없지는 않아. 그게 무서운 점이야.'

칼로스라면 그럴 수도 있을 거라는 생각이 든다.

일반적으로는 칼로스가 불사체가 되었을 가능성부터 떠올릴 것이다. 아테인의 부활을 예측한 그라면 아젤이 깨어날 때를 기다리며 스스로를 불사체로 바꿨을 수도 있다.

하지만 아젤은, 세상에서 오직 아젤만이 또 다른 가능성을 떠올릴 수 있다.

'나처럼 긴 잠을 잤다면…….'

말년에 용의 수면기를 모방한 마법의 잠에 빠져들어서 시간을 뛰어넘었다면?

이미 아젤을 통해 해본 일이다. 자기 자신에게 같은 일을 하는 게 칼로스에게 불가능했을까?

'그래서 유렌을 통해 자신에게 오도록 인도한다. 그 녀석이라면 그럴 수 있어.'

만약 그가 아직까지 살아 있다면, 아니, 죽었더라도 불사체가 되든 어떤 형태로든 사라지지 않고 있다면… 반드시 만나보고 싶다. 만나서 하고 싶은 이야기가 산더미 같았다.

그 가능성을 떠올렸을 때, 처음에는 책망하는 마음이 일었다. 왜 자신을 일찌감치 깨워주지 않은 채로 방치했을까, 왜 카르자크 후작령이 파멸하도록 방치했는가 등등.

하지만 곧 그런 생각을 지워 버렸다. 칼로스에게도 사정이 있었으리라. 역사상 가장 위대한 마법사로 칭송받는 칼로스도 결국은 사람이었다. 그가 죽지 않았다고 하더라도, 이후의 역사를 보면 나딕 제국의 멸망을 막지 못했고 어둠의 설원에서 대암흑으로 세상을 절망에 빠뜨리는 것을 어찌하지도 못했다.

아젤이 아는 칼로스라면 자신이 할 수 있는 최선을 다했으리라. 그를 믿기에 원망하는 마음은 없다. 그저 다시 만나서 이야기를 나누고 싶을 뿐이다.

"인도자라는 작자는 기왕 알려줄 거면 한꺼번에 여러 곳을 알려줘도 될 텐데. 일정이 자꾸 헝클어지잖아."

"선물 받는 입장에서 그렇게까지 요구하는 건 좀……."

"그래도 말이지."

아젤이 코웃음을 쳤다.

다시 일주일 정도 이동한 끝에 일행은 유렌이 말한 목적지에 가까워졌다.

문제는 여기가 비제스 왕국과 이에로스 왕국의 국경지대라는 점이다. 물론 국경지대의 경계가 아무리 삼엄해 봤자 아젤 일행에게는 아무런 문제도 되지 않는다. 하지만…….

"이 병력 이동은 뭐지? 전쟁이라도 벌어졌나?"

비제스 왕국군이 대거 국경으로 이동하고 있었다. 워낙 수가 많고 당장 전쟁이라도 벌어질 것처럼 경계가 삼엄하다.

일행은 눈에 띄지 않는 곳에서 대기, 카이렌이 혼자서 정찰을 나갔다 왔다. 반나절쯤 지나서 해가 저물어갈 때쯤 돌아온 그가 말했다.

"일단 우리 목적지 쪽은 용의 서식지 부근이라서 가는 데 큰 문제는 없을 것 같다. 마물들이 좀 귀찮을 것 같지만, 비제스 왕국군과 격돌할 염려는 거의 없다고 봐도 될 거야."

"그건 다행이군요. 그런데 표정을 보니 뭔가 상황이 안 좋아 보입니다만?"

"혹시 정치적인 문제로 국경에서 대규모 훈련이라도 하는 건가 싶었는데, 아니야. 이야기를 들어보니까 이미 이에로스 왕국군과 국경에서 몇 차례 충돌이 벌어졌다는군. 분위기가 점점 안 좋아지고 있는 듯한데……."

"두 나라 분위기는 최근에는 좋은 편이라고 하지 않았던가요?"

"그런 걸로 알고 있었는데… 아무래도 병사들의 이야기를 종합하는 정도로는 이 이상 알아내기가 어려워서."

카이렌이 짜증을 냈다. 그가 정보를 알아낸 방법은 모습을 감추고 병사들에게 다가가서 그들이 나누는 대화를 인내심 깊게 들어서 종합하는 것이다. 그러다 보니까 얻을 수 있는 정보 수준에 한계가 있었다.

"실수했군. 여기까지 오는 동안 들른 곳에서라도 좀 소식을 들어봤어야 했는데."

본래 여행자들은 정세에 민감하다. 들르는 곳마다 세상 돌아가는 이야기에 귀를 기울여서 자신의 행보를 점검하게 마련이고, 예전에 세상을 여행할 때 카이렌은 외국에 나왔다는 점 때문에 아주 신중하게 움직였다.

하지만 지금의 일행은 이동 속도가 워낙 빨라서 세상일이 어떻게 돌아가는지는 신경을 쓰지 않았다. 일반적인 여행자들과 달리 국가라는 단위조차도 스쳐 지나갈 곳으로밖에 보이지 않는 여행 속도다 보니 요즘 정세가 어떤지에 대해서는 그만큼 소홀해졌던 것이다.

아젤이 눈살을 찌푸렸다.

"음. 설사 전쟁이 벌어진다고 하더라도 지금의 우리가 관여할 일은 아니니… 일단은 목적지에 가는 것부터 생각하죠."

"그럴 수밖에 없겠지."

일행은 행동을 정하고 비제스 왕국군을 피해서 목적지로 향했다. 하지만 그 앞에서는 생각지도 못한 사태가 기다리고 있었다.

…꺄아아아악!

비제스 왕국군이 주둔하고 있는 곳을 멀찍이 벗어나서 국경을 넘으려던 일행의 발걸음을 멈춰 세우는 비명이 들려왔다.

멀리서 들려오는 여성의 비명, 그리고 많은 사람의 비명이 잇달아 울려 퍼진다.

"뭐야?"

아젤 일행은 서로를 바라보았다. 그리고 곧바로 방향을 틀어서 질주하기 시작했다.

2

이에로스 왕국과 맞닿은 비제스 왕국 국경지대에는 요새만 있는 게 아니다. 여러 마을이 흩어져 있었다. 때때로 분쟁이 벌어지는 국경지대라고 하지만 그래도 사람들은 살 만한 땅이 있으면 놔두지 못하고 개간해서 마을을 이루게 마련이었다.

국경요새에서 좀 멀리 떨어진 곳에 있는 마을 파텔은 비교적 역사가 짧은 곳이다. 용의 서식지에서 가까워서 다수의 마물이 서식하던 곳이었지만, 그 땅이 비옥하다는 것을 알게 되자 피를 흘려가면서 개척해 마을을 형성했다.

지금도 종종 마물의 위협을 받기에 마을 사람들은 억셌다. 영주가 내준 병력은 많지 않았지만 자체적으로 구성한 자경대의 질이 제법 괜찮았다. 은퇴한 기사나 병사들이 교관 노릇을 해가며 육성했기 때문이다.

하지만 이들이 적으로 생각하는 것은 어디까지나 마물들이었고, 그래서 인간들의 공격에는 생각 외로 취약했다.

"꺄아아아아악!"

찢어지는 비명이 울려 퍼졌다.

마을은 어두컴컴했다. 예고 없이 기습해 온 무장 세력이 닥치는 대로 불을 끄면서 돌아다니고 있었기 때문이다.

적들은 처음에는 조용히 기습해 왔다. 경비를 서고 있던 젊은이들은 방심하고 있었다. 그렇다고 그들이 농땡이를 피운 것은 아니다. 마물이나 마수는 은밀하게 기습하지 않는다. 적당히 긴장을 풀고 있어도 어둠 저편에서 접근해 오는 위협을 발견할 수 있었다.

하지만 적이 인간이라면 이야기가 달라진다. 적은 몸을 감춘 채로 다가와서 경비 병력을 순식간에 제거하고 방책의 문을 열었다.

직후 화살비가 쏟아져서 마을 사람들을 유린했다. 누가 맞아도 상관없다는 듯 마구 퍼부어댄 공격이라 희생자는 많지 않았고 경각심을 불러일으켰을 뿐이다.

하지만 모두가 이상을 눈치챘을 때, 적들은 이미 마을 안으로 침입해 들어온 후였다. 인간들을 필두로 오크들이 거센 함성을 지르며 마을 사람들을 닥치는 대로 베어 넘겼다.

"이노오오오옴! 도대체 무슨 목적으로 이런 짓을 하는 것이냐!"

닐스는 은퇴한 노기사로 자경대 교두 노릇을 하고 있었다. 술집에서 친구들과 술잔을 주거니 받거니 하던 그는 뒤늦게 사태를 파악하고 검을 들고 나왔다. 비록 은퇴한 몸이기는 했지만 그는 스피릿 오더를 수련한 기사다. 살육을 벌이던 오크들을 베어 넘기고 그들 사이에 섞인 인간과 격돌했다.

"……."

적은 대답하지 않았다. 흉흉한 기세로 공격을 가해올 뿐이다.

닐스는 하마터면 두 합째에 목숨을 잃을 뻔했다. 아무리 스피릿 오더를 수련했다고 하나 이 정도로 어두우면 상황을 분간하는 데 어려움이 따른다. 그런데 적은 마치 닐스가 보이는 것처럼 정확하게 공격을 가해오고 있었다.

게다가 적의 실력이 닐스보다 훨씬 뛰어나다. 검을 부딪칠 때마다 손아귀가 터질 것처럼 아프다. 힘과 속도차가 커서 버티는 것만으로도 힘들었다.

'이런, 안……!'

결국 다섯 합째에 치명적인 허점을 노출했다. 여기서 닐스의 목숨이 끝장나지 않은 것은 순전히 동료가 가세한 덕분이었다.

"닐스!"

닐스와 함께 교관 노릇을 하고 있는 딜런이 창을 찔러서 적의 공격을 저지했다. 닐스는 재빨리 뒤로 물러나서 숨을 골랐다.

"젠장. 이놈들 대체 뭐야?"

"안 좋아. 저 오크 놈들은 또 어디서 튀어나온 건지……."

이러는 동안에도 곳곳에서 비명이 울려 퍼졌다. 수비대도, 자경대도 완전히 허를 찔려서 혼란에 빠졌다. 게다가 이놈들은 민간인까지 닥치는 대로 죽여 대고 있어서 시간이 흐를수록 피해가 눈덩이처럼 불어나고 있었다.

"신호탄은 어떻게 된 거야?"

"소식 없어. 처음에 당한 것 같아."

수비대는 연금술사가 만든 신호탄을 갖고 있었다. 이곳의 병력만으로는 도저히 감당할 수 없는 상황이라고 여기면 곧바로 쏘아 올려서 도움을 청하기 위한 물건이다. 그런데 공격받고 나서 꽤 시간이 지났는데 아직까지도 신호탄이 발사되지 않았다.

닐스는 간담이 서늘해졌다. 마을 사람들을 다 죽이려고 공격하면서도 불화살로 화공을 펼치지 않은 것은 눈에 띄지 않기 위함이었던가?

'어떻게든 알려야 하는데……'

이대로는 다 죽는다. 아무리 봐도 희망이 없었다.

그때였다. 갑자기 눈앞이 캄캄해졌다.

'마법……!'

이상하다고 생각했다. 딜런이 합류했다고는 하지만 적은 별로 힘들이지 않고 두 사람 모두 끝장낼 수 있는 실력자였다. 그런데 왜 가만히 대치 상태로 기다리나 했더니 마법사의 지원을 기다리고 있었을 줄이야.

'안 돼. 마법사까지 있다면, 우리는……'

생각은 끝까지 이어지지 못했다. 뭔가가 몸통을 가르고 지나가면서 격통이 덮쳐왔다.

"닐스으으으으!"

딜런의 절규가 들려왔다. 닐스는 그에게 도망치라고 말하려고 했지만 말이 나오지 않는다. 그리고……!

"나날이 하는 짓이 더러워지는구나."

얼음장처럼 싸늘한 목소리가 들려왔다. 죽어가는 닐스의 귀에 딜런의 당혹감 가득한 목소리가 들려왔다.

"다, 당신은?"

다행이다. 딜런은 죽지 않았다. 안도한 닐스의 의식이 어둠으로 떨어졌다.

3

아젤 일행이 도착했을 때, 마을은 아비규환이었다. 소수의 인간들이 50여 마리의 오크 무리를 이끌고 눈에 보이는 사람들을 닥치는 대로 학살하고 있었다.

아젤이 말했다.

"공작님, 지휘는 맡기겠습니다."

"알겠다. 라우라, 유렌, 마법을 걷어내라."

카이렌이 곧바로 지시를 내렸다. 아젤 자신도 용마전쟁 때 장수로서 많은 병력을 지휘했던 경력이 있다. 하지만 지휘보다는 개인의 무용으로 전술적인 임무를 수행하는 데 집중했기 때문에 이 점에 있어서는 카이렌이 나으리라 판단한 것이다.

"그리고 적 마법사를 색출해서 제거하는 것을 우선하도록."

저들이 조명을 꺼서 어둠을 불러오는 것은 오크들의 밤눈이 밝기 때문만은 아니다. 마법사가 저들에게 어둠 속에서도 사물의 윤곽을 훤히 구분할 수 있게 해주는 마법을 지원해 주고 있었다.

유렌이 고개를 끄덕였다.

"알겠습니다. 마법사는 세 놈이군요."

"용마인이 둘 있어."

둘은 순식간에 마법사를 탐지해 냈다. 라우라의 말에 다들 그녀를 바라보았다. 아젤이 물었다.

"역시 놈들인가?"

"응. 용마력을 마력으로 위장하고 있어."

마법도구를 통해서 교묘하게 위장하고 있지만 라우라는 그런 효과를 발휘하는 마법도구의 존재 자체를 파악할 수 있었다. 그때 카이렌이 말했다.

"우리는 흩어져서 적을 각개격파한다. 라우라, 유렌, 적 마법사를 격파하고 마을 사람들을 안전한 곳으로 유도하는 일을 맡도록."

곧바로 돌입하지 않고 대기한 것은 유렌이 일행이 쓰는 마법통신망을 구축하고 있었기 때문이다. 통신망 구축이 완료되자마자 카이렌과 아젤이 바람처럼 달려나간다. 레티시아도 곧바로 그 뒤를 따르려다가 유렌에게 묻는다.

"괜찮겠나, 이런 식으로 배치되어도?"

아직 그녀는 라우라를 완전히 신뢰하지 못하고 있었다. 아젤이 마법쐐기를 박아놨다고는 하지만 바로 곁에서 감시하지 않으면 무슨 짓을 벌일지 알 수 없지 않은가?

유렌이 어깨를 으쓱했다.

"아젤의 판단이니까 믿어보는 수밖에 없지 않겠어?"

"대책 없는 믿음이군."

"이미 그에게 모든 걸 걸었어. 그의 판단이 틀려서 뒤통수를 맞으면 어떻게든 헤쳐 나온 뒤에 한소리 해주는 수밖에."

"나쁜 여자한테 반해서 지갑은 물론이고 영혼까지 탈탈 털릴 호구의 재능이 느껴지는데?"

레티시아는 그렇게 빈정거리고는 그 자리를 떠났다. 유렌이 씩 웃으며 라우라를 바라보았다.

"그럼 우리도 가볼까?"

"믿어주니 고맙다, 라고 해야 해?"

라우라가 물었다. 유렌이 고개를 저었다.

"딱히 당신을 믿는 건 아냐."

"그럼?"

"좀 전에도 말했다시피 아젤의 판단을 신뢰하는 것뿐이지. 그리고 당신이 뒤통수를 친다고 해도 호락호락 당해주진 않을 거야. 일단은 가보자고."

유렌은 그렇게 말하고는 허공에 손을 뻗었다. 그러자 빛의 구슬이 떠오르더니 펑 하고 터지면서 강렬한 마력 파동이 사방으로 퍼져 나간다.

이것으로 적들에게 대낮과 같은 시야를 부여하던 마법은 깨쳤다. 적의 솜씨가 제법 괜찮기는 하지만 유렌에게는 아무런 문제가 되지 않았다.

"그럼."

유렌은 라우라에게 눈을 찡긋해 보이고는 몸을 날렸다. 잠시 그 뒷모습을 바라보던 라우라가 멍하니 중얼거렸다.

"신뢰라……."

그녀는 작게 한숨을 쉬고는 유렌과는 다른 방향에 있는 마법사에게로 향했다.

막 유렌에 의해 마법이 깨진 상황이라 적 마법사들은 당황하고 있었다. 그러다가 라우라를 발견하고는 경악했다.

"배신자 라우라 아운소르!"

이미 라우라의 배신은 어둠의 설원 바깥의 말단 조직원들에게까지 알려진 것은 물론, 구체적인 정보까지 주어진 모양이다. 그러지 않았다면 인간 모습으로 위장한 그녀를 단숨에 알아보겠는가?

예상했던 일이기는 하지만 참 기분이 묘하다. 아군에게 아직 신뢰받지 못하는 상황에서, 불과 얼마 전까지만 해도 감히 그녀를 똑바로 쳐다보지도 못했을 말단 조직원이 경멸의 눈으로 노려보다니.

라우라는 마법을 펼쳐서 적 마법사가 다른 곳과 통신하는 것을 막아버리고는 말했다.

"유감스럽게도 내가 당신에게 바랄 것은 단 하나뿐이야."

"무슨 소리냐?"

"죽음."

라우라가 걸고 있던 위장 마법이 풀려 나면서 용마족으로서
의 모습이 드러난다. 그리고 해일 같은 용마력의 파동이 적 마
법사를 덮쳤다.

4

살육의 현장에 새로운 바람이 휘몰아치기 시작했다. 비명을
지르는 여자의 머리를 붙잡고 질질 끌고 가던 오크들은 갑자
기 찾아온 변화에 놀라서 멈춰 섰다. 대낮처럼 훤히 보이던 그
들의 시야가 갑자기 컴컴해졌던 것이다.

아무것도 안 보이는 상황에 빠진 것은 아니다. 본래 오크는
야행성이라 인간보다 훨씬 밤눈이 밝았다. 하지만 조금 전까
지만 해도 모든 걸 훤히 볼 수 있게 하던 마법이 사라진 격차가
너무 커서 일순간 아무것도 분간할 수 없었다.

피잇!

그런 오크들의 귓가에 마치 현이 튕기는 것 같은 소리가 울
렸다. 순간 그들은 뭔가 목을 툭 치고 지나가는 것 같은 감각
을 느끼고 움찔했다.

"크륵……?"

의아해하며 뭐라고 말하려고 했는데 목소리가 나오지 않는
다. 왜냐하면 목이 반 이상 잘려 나가 있었기 때문이다. 곧 상
처로부터 피가 뿜어져 나오면서 의식이 끊어진다.

핏! 핏! 피비비빗!

보이지 않는 유령 같은 존재가 오크들을 도살하고 있었다. 대낮이었어도 그 종적을 쫓기 쉽지 않을 정도로 빠르게 움직이면서 오크들을 베어 넘긴다. 오크들은 맞서기는커녕 자기가 어떻게 죽었는지조차 모르고 썩은 짚단처럼 쓰러져 갔다.

아젤은 한곳에 머무르지 않았다. 계속 달리면서 감각에 포착되는 놈들을 닥치는 대로 베어 넘긴다. 마을 사람들을 일일이 구출하고 안심시키기보다는 적을 격퇴하는 것을 우선시했다.

카이렌도 마찬가지다. 두 사람이 돌입한 지 채 2분도 안 지나서 오크들의 수가 절반으로 줄었다.

그러던 아젤의 움직임이 멈춘 것은 스피릿 오더 수련자로 보이는 두 명의 노인과 대치하고 있던 적과 마주했을 때였다. 아젤의 감각을 훑고 지나가는 마력 파동이 느껴졌다.

'탐지마법? 마법사가 있군.'

아젤의 시선이 위쪽으로 향했다. 뒤쪽 지붕에 투명술로 모습을 감춘 마법사가 있었다.

이미 한 명의 노인이 적의 검에 쓰러졌다. 그리고 절규하는 다른 노인을 베려던 적이 곧바로 몸을 돌려서 아젤을 맞이했다. 마법사의 탐지마법이 그에게 아젤의 존재를 알렸던 것이다.

카앙!

아젤의 검을 받은 그가 뒤로 붕 떠서 날아갔다가 착지했다.

그러고도 힘을 상쇄하지 못했는지 주르륵 뒤로 밀려 나간다.

"나날이 하는 짓이 더러워지는구나."

아젤이 싸늘한 목소리로 말했다. 살아남은 노인이 당황해서 물었다.

"다, 당신은?"

"자기소개는 훗날로 미뤄두죠."

그렇게 대답하는 아젤을 본 적들도 기겁했다. 아젤의 검을 막아낸 검사가 말했다.

"설마 죄 깊은 이름을 가진 자인가? 어째서 여기에 나타난 거지?"

이미 아젤은 용마왕 숭배자들 입장에게는 격돌해서는 안 되는 위험인물 리스트에 올라 있었다. 고위 간부라도 그를 상대하기 위한 작전이 준비되지 않는다면 피하라는 지침이 내려와 있는 상태다.

"그 길고 짜증나는 호칭을 듣는 것도 오랜만이군."

"헉?"

적은 기겁했다. 아젤이 분명히 앞에서 걸어오고 있었는데 목소리가 뒤에서 들리다니?

하지만 그는 앞에서 다가오는 아젤에게서 눈을 떼지 않았다. 그가 놀라는 틈을 타서 달려든 아젤이 검을 내려친다.

쩌엉!

적이 아젤의 검을 받아냈다. 직후 섬광이 터지면서 두 사람의 발밑이 수프처럼 끓어오르며 폭발했다.

콰과과과광!

"그냥 실행부대가 아니라는 건가?"

아젤이 놀랐다. 지금까지 겪어본 말단 실행부대의 실력이라면 목소리만 뒤쪽에서 들리게 하는 한 수에 넘어가서 끝장났어야 했다.

하지만 이자는 아젤의 공격을 막아냈다. 집중이 흐트러지면서도 아젤의 움직임을 따라왔다는 점이 놀라운 것이다.

"어설픈 위장은 그만두지? 용마력을 감춘다고 해서 용령기가 스피릿 오더가 되진 않아, 용마인."

"큭!"

적이 이를 갈았다. 그는 정체를 위장하기 위해서 실력을 감추고 있었다. 사실 전력을 다할 필요도 없는 임무였으니까.

하지만 아젤이 나타난 이상 그럴 여유가 없다. 그가 아는 정보대로라면 전력을 다해도 당해낼 수 없는 상대였다.

우우우우우!

그가 위장을 벗고 본모습을 드러냈다. 검붉은 뿔과 붉은 눈동자를 가진 용마인 청년이었다. 용마력이 소용돌이치면서 아젤과 격돌한다.

"제기랄! 호락호락하게 당해주진 않을 것이다!"

"아무리 봐도 말단 실행부대가 아니군. 어둠의 설원에서 나온 간부인가?"

아젤이 그와 정신없이 검격을 교환하면서 물었다. 라우라와 유렌, 레티시아 덕분에 어둠의 설원에 대해서 많은 정보를 얻었다. 니베리스나 라우라 같은 고위 간부가 아니더라도 용마족, 용마인 간부가 많고 그들 중 일부는 용살의 의식에 도전할 만한 힘의 소유자들이다.

지금 아젤과 맞서는 용마인도 상당한 실력자였다. 일단 신체 능력만으로 보면 지금의 아젤과 필적하는 수준인 데다가 고위 용령기 수련자라 불리기에 충분한 기술들이 연달아 쏟아져 나온다. 게다가…….

파방!

검과는 전혀 다른 궤도로 날아든 섬광이 아젤이 내민 어깨에 맞고 튕겨 나간다. 용마인의 주변에 빛의 구체가 떠다니고 있었다. 용령기로 만들어낸 것이 아니라 마법의 산물이다. 지붕 위에 몸을 감춘 마법사가 용마인을 지원하고 있었다.

'연계가 잘되는군.'

이렇게 밀착해서 검투를 벌이고 있는데 마법사가 물리적 파괴력을 발휘하는 마법으로 지원하기는 어렵다. 둘이 정신을 연결한 채로 용마인 쪽이 타이밍과 공격 지점을 정하고 있으리라.

파파파파파파!

앞에서는 용마인의 검이 날아들고, 마법사가 형성한 빛의 구체들이 종횡무진으로 돌아다니면서 섬광을 연사한다.

동시에 마법사가 연달아 마법을 걸어왔다. 시각, 청각, 통각에 개입하는 저주를 차례차례 시도하더니 흙을 움직여서 발을 붙잡아보려고 한다. 빛의 구체로 용마인을 지원하면서도 정밀

하고 빠르게 마법 공격을 가해오는 것을 보니 상당한 솜씨다.

'둘 다 상당한 실력자다.'

이 용마인은, 전에 쓰러뜨린 듀랑만은 못하지만 단신으로 아리에타나 세이가를 쓰러뜨릴 수 있는 수준은 되는 실력자다. 마법사도 용 그림자의 마법사들보다 확연히 뛰어난 기량을 보이고 있었다.

파아아아앙!

지붕 위쪽에서 섬광이 폭발했다. 아젤이 눈살을 찌푸렸다.

'내 정보가 새어 나가서 대처한 건가, 아니면……?'

티 나지 않게 단검 하나를 우회시켜서 마법사를 노렸는데 막았다. 마치 이런 공격을 예상한 것처럼 주변에 반응형 방어 결계를 펼쳐두고 있었던 것이다.

그저 마법사의 실력이 뛰어나서라고 하기에는 좀 석연치 않은 대응법이다. 역시 지금까지의 전투 기록을 분석해서 아젤과 싸울 때의 매뉴얼을 만든 것일까?

아젤이 물었다.

"내게 대답해 줄 말은 없다 이건가?"

"네놈의 죄 깊은 영혼이 비천한 육체를 뜨기 전에 알려주지."

"그거 유감이군. 영원히 네게 대답을 들을 일이 없다는 소리잖아?"

"그럴까? 떨쳐 울리는 위엄이여!"

쿠어어어어어!

언령을 매개로 압도적인 정신파가 퍼져 나갔다. 아니, 정신파만이 아니다. 물리적인 충격파가 그 뒤를 따르면서 주변을 뒤흔들었다.

"큭!"

아젤에게는 위협이 되지 못할 공격이다. 하지만 문제는 뒤쪽에 딜런이 있다는 것이다. 일반인이라면 쇼크로 죽을 수도 있는 위력이라 아젤이 막아줄 수밖에 없었다.

그 틈을 타서 용마인이 기세를 올렸다. 섬광을 두른 검격이 소나기처럼 쏟아진다.

파파파파파파!

한번 기세에서 밀리자 아젤이 정신없이 밀리기 시작했다. 문제는 용마인의 공격만이 아니다. 그를 지원하는 빛의 구체도 점점 수가 불어나면서 아젤을 난감하게 만들었다.

"용마기를 초래할 시간은 주지 않겠다!"

아젤이 용마기를 초래하면 단번에 상황이 뒤집어진다. 그것을 알기에 이대로 끝장을 볼 각오로 몰아쳤다.

방어에 전념하는 아젤의 움직임에 점점 더 여유가 없어졌다. 한번 수세에 몰리자 계속해서 방어에 급급했다.

파팟! 파파파파파파!

쏟아지는 섬광이 검이 형성한 방어를 꿰뚫고 들어온다. 역시 마법이 문제다. 마법사는 통용되든 안 되든 계속 다른 마법을 걸어왔고 아젤 입장에서는 그것을 막아내느라 방어가 분산된다.

그러는 동안 전방위 공격이 착실하게 수를 불린다. 용마인의 검격을 보조하는 섬광의 구체는 이미 열 개에 달하고 있었다.

용마인이 눈을 빛냈다.

'놀라운 방어! 하지만 시간문제다!'

아젤의 방어는 몰아치는 용마인 입장에서도 혀를 내두를 지경이었다. 이런 상황에 몰렸으면서도 스치는 것 이상을 허락하지 않는다. 검으로 막아내고, 비껴내고, 갑옷의 방어력을 믿고 둥근 부분으로 비스듬하게 받아냄으로써 타격을 피한다.

하지만 그것도 한계가 있었다. 어느 순간 아젤의 움직임이 흐트러졌고…….

투아아아앙!

격렬한 충격이 용마인을 덮쳤다.

'뭐지?'

용마인은 경악했다. 마력을 집중해서 큰 위력을 낼 틈은 전혀 주지 않았다. 그런데도 그의 공격을 받아친 아젤의 검에는 무시무시한 위력이 담겨 있었다. 검과 검이 맞부딪쳤을 때의 충격으로 일순 움직임이 마비되어 버린다.

곧 용마인은 아젤이 무슨 수법을 썼는지 깨달았다. 검투를 벌이면서 이쪽의 검에 미세하게 마력을 불어넣은 뒤 단번에 폭발시킨 것이다.

"으윽!"

격렬한 공방을 벌이면서 자신이 눈치채지 못하게 그런 일을 할 수 있다니, 기절초풍할 지경이다. 혼자였다면 도저히 상대가 못 되었으리라.

하지만 마법의 지원 때문에 아젤은 그의 허점을 노리지도, 공격권에서 빠져나가지도 못했다. 고작해야 흐트러졌던 자세를 바로 한 정도다.

용마인은 곧바로 뛰어들면서 추가타를 날렸다. 그때였다.

"제법 철저하게 대응법을 연구했군. 칭찬해 줘야겠어."

"뭐?"

서로의 검이 맞닿으면서 반발력이 일어난다고 여긴 바로 그 순간, 아젤의 검이 환상처럼 빠져나간다. 그리고 섬광의 구체들이 쏘아낸 공격이 모조리 허공을 갈랐다.

'순동법? 접촉 상태에서?'

잠시 마비를 일으킨 한순간에 순동법을 준비했단 말인가? 그의 시야에서 아젤의 모습이 사라져 버렸다.

쾅!

이어지는 공격을 막아낸 것은 요행이었다. 본능적으로 움츠리면서 상체를 막는 자세를 취했는데 거기에 아젤의 검격이 걸렸다.

"크윽!"

하지만 방어를 뚫고 들어온 충격에 내장이 뒤흔들린다. 용마인은 그대로 땅을 박차며 순동법을 걸었다. 일단은 이탈해서 아젤을 시야에 포착해야 한다.

파아아아아!

그런데 그때 그와 정신을 연결한 마법사가 내지르는 경악의 외침이 들렸다. 아젤은 그를 공격하자마자 곧바로 마법사를 덮친 것이다.

'역시 위치를 간파하고 있었나!'

모습을 감추고 있기는 하지만 마법으로 맹공을 퍼부었는데도 들키지 않으리라고는 기대하지 않았다. 용마인은 이를 악물고 땅을 박찼고…….

파학!

자신의 몸이 두 동강 나는 소리를 들었다.

"…어?"

언뜻 시야에 펄럭이는 망토가 보였다. 그는 그제야 자신이 함정에 걸렸음을 깨달았다.

'인카네이션……!'

어느 쪽이 분신인지는 모른다. 그러나 아젤은 애당초 그의 주의가 동료에게 쏠리는 이 순간을 노리고 있었다.

'하! 이런 말도 안 되는 놈이 있다니, 어째서 우리에게 이런 시련이…….'

설망의 끝에서, 용마인은 정신이 연결된 동료가 내지르는 단말마를 들었다.

"…진짜 어딜 가도 한자리 차지할 만한 실력을 가진 놈들이군. 그만큼 이 작전을 중요시한다는 건가?"

용마인과 마법사를 쓰러뜨린 아젤이 중얼거렸다.

그동안 라우라, 유렌, 레티시아 세 사람에게 들은 정보대로라면 방금 쓰러진 용마인은 어둠의 설원에서 파견한 간부일 것이다. 그런 인력이 투입되는 작전은 그만큼 중요도가 높다. 그리고 용마왕 숭배자들이 이 마을을 급습한 이유는 뻔하다.

비제스 왕국과 이에로스 왕국의 전쟁.

아마도 마을 사람들을 몰살시킨 뒤 이에로스 왕국군이 한 짓으로 꾸밀 작정이었으리라. 단순하지만 효과적인 이간책이다.

'빌어먹을 것들. 이건 내가 안다고 해도 어쩔 수가 없는 문제야. 수호그림자들이 잘해줄까?'

이 건은 대륙 전체에 영향력을 행사할 수 있는 수호그림자들의 활약에 기대할 수밖에 없다. 하지만 조직 특성상 자신들의 정체를 드러낼 수 없는 그들이 할 수 있는 일도 제약적이지 않은가?

그런 아젤에게 딜런이 물었다.

"당신은 도대체 누구요? 그리고 이건 도대체… 어떻게 된 일이지?"

"이들은 어둠의 설원에서 나온 용마왕 숭배자들입니다."

"용마왕 숭배자들이라고?"

"이들이 이에로스 왕국군이 아니라는 것 정도는 알아보실 수 있겠죠. 이놈들은 비제스와 이에로스가 전쟁을 하길 바라면서 이런 일을 하고 있습니다. 부디 사태가 거기까지 가지 않기를 바랍니다."

아젤은 그 말만 하고는 몸을 날렸다. 차분하게 이야기를 하기에는 그리 상황이 좋지 않다. 일행이 신분을 밝혀야 하는 상황이 되면 난처해질 수도 있었다. 사람들을 구하고 정보만 준 다음에 빠져나가는 게 최선이다.

곧 모든 용마왕 숭배자를 처단한 일행은 마을 어귀에 모였다. 아젤이 물었다.

"왜 수호그림자들을 안 썼지?"

"목격자가 너무 많았습니다."

발세르가 대답했다. 멀찍이 거리를 두고 따라오던 그도 일행들을 따라서 전투에 참가했던 것이다. 하지만 수호그림자들은 불러내지 않고 단독으로 활약했다.

'이놈의 실력을 봐두고 싶었는데……'

놀랍게도 일행 중 누구도 발세르가 싸우는 모습을 보지 못했다. 그는 정말 유령처럼 일행의 시선이 미치지 않는 곳을 골라서 움직이면서 오크들을 쓰러뜨렸다.

"그럼 저는 다시 실례하지요."

발세르는 일행의 시선을 무시하고는 몸을 돌려서 멀어져 갔다. 같이 전투까지 치렀으면서도 여전히 거리를 두고 움직일 모양이다.

카이렌이 투덜거렸다.

"기분 나쁜 놈이야."

"그러게 말입니다. 그럼 일단 빠져나가죠."

신호탄이 쏘아 올려지고, 비제스 왕국군이 먼 곳에서 움직이는 것을 확인한 일행은 그대로 마을을 빠져나갔다.

문득 카이렌이 말했다.

"그나저나… 애 좀 먹은 것 같군."

"저놈들, 제 전투 정보를 분석해서 대응책을 만든 것 같더군요. 어떤 것인지 정보를 좀 캐보느라 시간이 걸렸습니다."

옛날 생각이 난다. 용마전쟁 당시 용마왕군에게 있어서 아젤은 철저한 경계의 대상이라서 온갖 방법으로 그를 막고자 했었다. 그를 잡기 위해 특화된 전술을 익힌 특수부대까지 만들 정도였으니 더 말이 필요 없으리라.

카이렌이 흥미로워하는 기색을 드러냈다.

"어떻던가?"

"제법이었습니다. 저를 만난 게 돌발 사태인데도 상당히 효율적으로 대처하더군요. 앞으로 주의할 필요가 있겠습니다."

아젤은 솔직한 평가를 내렸다. 카이렌이 잠시 생각하더니 말했다.

"일단 전멸시키기는 했지만 우리 행적은 파악당했다고 봐야겠지."

"그럴 겁니다. 지금도 보고 있는 놈이 있고."

먼 곳에서 자신들을 관찰하는 시선이 느껴진다. 아마도 용마왕 숭배자들 측에서 실행부대와는 별개로 움직이는 관측병을 운용하는 것이리라.

"붙잡을까?"

"별로 의미 없을 것 같습니다. 거리도 꽤나 멀고, 꽤 멀찍멀

찍이 흩어져 있네요. 일단은 좀 흔들어놓은 뒤에 거짓 정보를 던져주죠."

"우리에게 유능한 마법사가 두 명이나 있어서 다행이군."

아젤이 파악한 적의 관측병은 다섯. 가장 가까운 놈도 500미터 넘게 떨어져 있는 데다가 다른 동료와 띄엄띄엄 흩어져 있어서 한꺼번에 추적해서 잡기는 어렵다.

이 거리에서는 칼잡이들보다는 마법사들의 유능함이 빛난다. 곧 유렌과 라우라가 아젤과 카이렌이 지정한 곳을 향해 마법을 걸었다. 워낙 거리가 멀리 떨어져 있어서 잠깐 주의를 흐트러뜨리는 정도의 마법밖에 걸 수 없었지만, 그 정도로도 충분했다. 일행은 곧바로 은닉술로 모습을 감추고, 대신 일행의 모습을 똑같이 재현한 환영이 나타나서 엉뚱한 곳으로 향했다.

카이렌이 말했다.

"어차피 우리 목적지를 예측하기는 어려울 테니 이걸로 다시 놈들의 시선을 피할 수 있겠지."

일행이 여기 온 것은 어디까지나 유렌이 인도자에게 받은 정보 때문이다. 원래 계획에 없이 빙 돌아가는 길을 선택한 것이니 어둠의 설원이 지금의 위치를 안다 한들 목적지를 파악하기는 쉽지 않으리라.

아젤이 말했다.

"발세르가 말한 대로라면 어차피 추적당하긴 하겠지만 말이죠."

"그 말이 맞을지 틀릴지는 두고 봐야 알 일이지. 이런 일은 언제나 안 좋은 쪽으로 결과가 나오게 마련이지만."

카이렌이 마음에 안 든다는 듯 투덜거렸다.

5

용마왕 아테인이 남긴 위대한 마법의 유산, 공허의 길.

어둠의 설원에서 대륙 곳곳으로 한순간에 이동할 수 있도록 만들어주는 이 유산의 가치는 이루 말할 수 없을 정도로 컸다. 아직 그 누구도 재현할 수 없는 마법이었기에 어둠의 설원에서는 공허의 길 거점을 굉장히 중요시하고 있었다. 결코 외부에서 알 수 없도록 철저하게 감추고, 항상 그곳을 지키기에 충분한 병력을 유지한다.

하지만 어둠의 설원은 만성적인 인력난에 시달리고 있다. 전 대륙을 무대로 음험한 공작을 펼치고 있으니 그럴 수밖에 없었다. 그렇기에 그들은 한정된 자원을 유용하게 쓰고자 했다.

〈내가 이놈들을 보고 구역질 난다고 하면 그것도 웃기는 짓이겠지, 역시?〉

표면을 따라서 불길한 검붉은 선들이 혈관처럼 내달리는 검은 금속갑옷을 입은 해골기사가 말했다. 척 봐도 강력한 마법의 힘이 깃든 이 갑옷을 아젤이 보았다면 델타와 제타라는 이름을 떠올렸을 것이다.

해골기사이며, 갑옷의 디자인이 동일하다는 특성 때문에 이 불사체는 언뜻 제타와 비슷해 보였다. 하지만 잘 보면 투구 왼쪽에 조형물 같은 뿔이 나 있는 것을 볼 수 있었으며, 목소리는 완전히 달랐다.

〈그렇지요.〉

시큰둥한 어조로 대답한 것 역시 그와 거의 흡사한 모습의 불사체였다. 하지만 뿔이 없기에 목소리와 무기를 제외하면 정말 제타와 비슷했다. 그는 오른손에는 철퇴를, 왼손에는 둥근 방패를 들고 있었다. 둘 다 불길한 마력이 깃들어서 새카만 색을 띤 마법의 무구였다.

구불구불하게 이어지는 통로를 가로막는 적들은 모조리 불사체였다. 그저 시체를 일으키는 것만이 아니라 여러 시체의 부분 부분을 모아서 만들어낸 기괴한 형상의 괴물들이 끔찍한 소리를 질러대며 가로막는다.

하지만 두 불사체는 너무나도 쉽게 그들을 박살 내고 있었다. 마력도, 그것을 다루는 기량도, 그리고 장비조차도 강력하기 짝이 없어서 국지적인 태풍이 부는 것 같다. 그들이 한바탕 휩쓸고 나면 마치 어린아이들이 속삭이는 것 같은 소리들이 울리면서 새하얀 수호그림자들이 마무리한다.

그 기세가 어찌나 강렬한지, 느긋하게 뒤따르는 여성의 발걸음이 한 번도 멈추지 않았을 정도다. 금발을 늘어뜨린 차가운 인상의 여성이 말했다.

"일이나 하세요. 람다, 뮤."

그러자 람다라 불린 용마인 불사체가 투덜거렸다.

〈이오타, 당신이야말로 일 좀 하지 그래?〉

"그렇잖아도 슬슬 일할 때가 된 것 같군요."

금발의 여성은 수호그림자의 예언지킴이 이오타였다. 지금까지 둘을 뒤따르기만 했던 그녀가 통로 저편에서 다가오는 적들을 보며 눈을 빛냈다.

〈이놈들!〉

이성을 지닌 불사체들이었다. 다만 수호그림자 측과는 달리 전원 마법사였다.

본래 스피릿 오더 수련자와 용령기 수련자들은 불사체가 되었을 때 생전 이상의 실력을 발휘하기 어렵다. 그에 비해 마법사는 불사체가 되어도 실력의 손실이 별로 일어나지 않는다. 오히려 더 강해지는 경우가 대부분이었다.

불사마법사들이 마법을 퍼붓기 시작했다. 그러자 이오타가 나섰다.

"아아, 불사마법사조차도 조작형이라니… 아주 합리적인 재활용이군요. 아주 마음에 들어요. 죽여 버리고 싶을 만큼."

방어마법을 펼치며 그녀가 일그러진 웃음을 지었다.

보통 불사마법사는 마법사 스스로 영생을, 혹은 더 강한 힘을 얻기 위해서 금단의 문을 여는 경우다. 하지만 이들은 그런 존재가 아니다.

사악한 의지가 이들이 생전에 가졌던 능력을 재활용하기 위해서 불사체로 만들었다. 고위 마법사인 이오타는 한눈에 이들이 제대로 된 자아를 갖고 움직이는 게 아님을 알아보았다. 평소에는 다른 불사체처럼 이성이고 뭐고 없는 상태로 존재하다가 전투가 시작되면 인공적으로 가공된 단순한 전투지능이 깨어나는 방식이다.

그래서 이들은 불사마법사임에도 생전보다 훨씬 실력이 떨어졌다. 마법의 위력은 높지만 운용은 단순하기 짝이 없다. 웬만한 상대에게는 그 화력만으로도 악몽 같겠지만 고위 마법사인 이오타에게는 손쉬운 먹이에 불과했다.

꽈과광! 꽈광!

이오타의 지원을 받은 수호그림자 부대는 순식간에 불사체들의 포위망을 돌파했다. 이오타가 말했다.

"슬슬 관리자님께서도 나오시는 게 어떨까요? 몇 놈이나 되는지는 모르겠지만."

몇 번 공격해 본 결과, 공허의 길 거점에는 살아 있는 인력이 거의 배치되어 있지 않았다. 잠을 잘 필요도, 휴식을 취할 필요도 없는 불사체들과 골렘들을 집 지키는 개로 삼는다. 하지만 이들을 관리할 자가 필요하기에 산 자들도 배치되어 있기는 했다. 그리고…….

〈이런. 빌어먹을 장치가 발동했군.〉

람다가 통로 안쪽을 보며 말했다. 안쪽에서 강력한 마법 장치가 가동한 것이 감지되었다. 필시 공허의 길이리라.

"어둠의 설원에서 누군가 오는 모양이군요. 우리로서는 환영할 일이죠."

이오타는 오히려 미소를 지었다. 어둠의 설원에서 누굴 보냈는지는 모르겠지만 분명히 강력한 존재이리라. 그런 존재를 격파할 기회를 주다니 아주 즐겁다.

곧 그들은 공허의 길이 있는 공간으로 들어섰다. 인위적으로 형성한 넓은 공동 한가운데 원형의 금속 구조물, 공허의 길이 위치하고 주변에는 마법장치들이 연결되어 있었다.

공허의 길 한가운데 들어찬 무저갱 같은 어둠으로부터 세 사람이 모습을 드러냈다. 그들을 본 이오타가 일그러진 미소를 지었다.

"호오, 간부가 셋씩이나 오다니. 즐거운 만찬이 되겠군요."

그녀 역시 용마왕 숭배자들에게 모든 것을 잃고 예언지킴이가 되었다. 용마왕 숭배자들에게 조금이라도 더 타격을 줄 수 있다는 사실이 그녀에게 기쁨을 주었다.

"비천한 것들이 감히 위대한 왕의 성물(聖物)을 더럽히다니!"

공허의 길을 통해서 나온 남자가 분노했다. 그의 분노에 호응하듯이 강렬한 용마력 파동이 퍼져 나갔다.

푸른빛이 도는 긴 흑발이 휘날리는 가운데 검은 수소의 그것을 연상시키는 뿔이 솟아 있다. 용마전쟁의 전설로 남은 4대 용마장군 중 한 명, 알마릭의 후예 제퍼스 알마릭이었다.

그를 따라온 이들은 용마인 간부들이었다. 제퍼스보다는 지위가 낮지만 둘 다 상당한 실력자다. 공허의 길로 한 번에 이동할 수 있는 인원이 제약적이기에 어둠의 설원 측에서도 강수를 둔 것이다.

이오타가 웃었다.

"어리석네요. 인력난에 시달리는 것들이 고작 도구에 집착하느라 귀한 인력을 쓰레기처럼 버리다니……."

이오타가 그들의 입장이었다면 공허의 길을 포기했으리라. 수호그림자에게 그 비밀을 넘기지 않기 위해 철저하게 파괴해버리고 다음 기회를 노리는 게 현명하다.

하지만 지난번 거점을 공격할 때도 그랬지만 이들은 어리석은 집착을 포기하지 못했다. 공허의 길은 현재의 마법으로는 재현할 수 없는 용마왕 아테인의 유산이다.

'위대한 왕의 유산을 불신자들이 더럽히게 둘 수 없다!'

죽은 자를 향한 광신이 그들에게 비합리적인 집착을 강요하고 있었다.

이오타는 저들의 어리석음을 조소했다. 물론 그 어리석음이야말로 그녀에게는 사랑스러운 기회였다.

"근방의 용마왕 숭배자들도 움직이고 있겠죠. 그전에 성찬을 즐겨볼까요?"

제퍼스를 보낸 것으로 만족할 리가 없다. 아마 근방에 존재하는 전투원들도 이동 중일 것이다. 어쩌면 가까운 곳에 있는 또다른 공허의 길 거점을 통해서 다른 간부도 올지도 모른다.

"위대한 이름에 걸고 명한다! 영원의 전장에서 돌아오라! 용마기(龍魔器) 폭풍우의 칼날이여!"

후우우우우!

상황이 불리함을 알기에 제퍼스는 곧바로 용마기를 초래했다. 비천한 불신자를 상대로 용마기를 쓴다는 것 자체가 그로서는 굴욕이지만 위대한 왕의 성물을 수호하는 신성한 의무 앞에서 개인의 자존심 따위는 하찮다.

유리처럼 투명한 재질의 검에서 푸른 불길이 치솟는 것을 보면서 이오타가 말했다.

"그 마법기는… 용마기라고 했던가요? 흥미로운 물건이에요. 당신들이 전승을 끊었다는 것만으로도 죽여 버리고 싶을 정도로."

그녀의 눈에서 증오의 불길이 타오르기 시작했다. 그녀가 말했다.

"람다, 뮤. 해치우세요."

〈명을 받들지.〉

람다와 뮤가 좌우로 갈라져서 간부들에게 쇄도했다. 제퍼스가 마주 달려들면서 폭풍우의 칼날을 내리쳤다.

카앙!

하지만 그것을 뮤가 방패로 막는다. 그리고 이오타의 주변에 있던 수호그림자들이 파도처럼 무리 지어서 그들을 덮쳤다.

"이놈들!"

푸른 불꽃이 소용돌이치며 주변을 덮쳤다. 이것은 전방위로 휘몰아치면서도 자신이 적으로 지정한 존재만을 공격할 수 있었으며, 물리적인 열기는 거의 없이 상대의 마력만을 연소시킬 수 있는 놀라운 마법의 불꽃이었다.

람다와 뮤, 수호그림자들도 이 불꽃을 뚫고 들어가지 못했다. 밀려나는 그들을 향해 용마족 간부들이 공격을 가할 때였다.

파아아앙!

갑자기 격렬한 마력 반발 현상이 일어났다. 폭음에 가까운 소리가 울리면서 섬광이 터진다.

그리고 제퍼스의 용마기가 일으킨 푸른 불꽃이 급속도로 사그라진다. 제퍼스가 경악했다.

"아니?!"

"상당히 성능이 좋기는 한데 대응은 쉽군요."

이오타가 조소했다. 그녀의 손에서 희미한 황금빛이 감돌고 있었다. 그것을 본 제퍼스가 경악했다.

"이 용마력은……."

이오타에게서 그와 필적하는 용마력의 파동이 흘러나오고 있었다. 어둠의 설원은 예언지킴이에 대해서는 잘 몰랐지만 그들이 수호그림자 중에서도 특별한 존재임을 안다. 그리고 마치 용살의 의식을 수행한 것처럼 인간이면서도 용마력을 보유하고 있다는 사실도.

하지만 이오타가 한 일에는 놀랄 수밖에 없었다. 주변에 크기가 어린아이 주먹만큼이나 큰 수정 같은 투명한 마력집결체가 떠다니는데 이것은 단순한 마법의 산물이 아니다. 이오타가 뿜어내는 용마력이 특별한 이미지에 의해 조립되어서 충돌하는 모든 마법, 심지어 용마기로 일으킨 힘조차도 소멸시킨다.

"예언의 힘을 각성한 내 앞에서 마법은 무력합니다."

이오타가 오만하게 선언했다.

예언의 힘.

그것은 예언지킴이들이 잠재하고 있는 힘이었다. 하지만 예언지킴이 중에서도 자신에게 내재된 예언의 힘을 일깨운 것은 단 셋뿐이다. 그만큼 이 힘을 각성하는 게 어려웠다.

"말도 안 돼! 크억!"

제퍼스가 피를 토했다.

이오타의 마력집결체는 마법과 닿는 것만으로도 강렬한 마력 반발 현상을 일으킨다. 그것도 이오타가 지정한 적의 마법에만!

제퍼스는 용령기 수련자지만 몸에 두르고 있는 장비에는 마법이 깃들어 있었다. 람다와 뮤, 그리고 수호그림자들과 격전을 벌이는 동안 날아든 마력집결체와 닿는 것만으로도 내장이 찢어질 것 같은 충격이 온다.

게다가 용마기도 문제다. 그의 용마기 '폭풍우의 칼날' 자체는 이 마력집결체와 반발하지 않는다. 어디까지나 마법으로 구현되는 저주의 푸른 불꽃만이 반발하는데, 문제는 이걸 봉인해 버리면 용마기의 기능 대부분을 활용할 수 없다는 것이다.

퍼어엉!

"크악!"

결국 제퍼스는 피투성이가 되어 나가떨어졌다. 그를 따라온 용마인 간부 중 마법사는 뮤의 철퇴에 맞고 머리통이 날아갔고, 전사는 팔이 부러진 채로 숨을 몰아쉬고 있었다.

'이, 이런 말도 안 되는 힘이……'

애당초 불리한 승부였다. 수적으로도 수호그림자 측이 우위였고 이쪽은 공허의 길이 파손될 게 두려워서 공격수단을 제약하는데 비해 저쪽은 신경도 쓰지 않는다.

그래도 시간벌이 정도는 충분히 할 수 있으리라 생각했다. 이오타가 추측한 대로 외부에서 용마왕 숭배자들이 집결하고 있으니 방어를 굳히고 버티기만 하면 상황이 역전되리라 보았는데… 완벽한 오산이었다.

이렇게 어이없게 죽게 될 줄이야. 제퍼스가 절망할 때였다.

"음. 역시 알마릭의 후손이군? 구해주긴 해야겠네."

태평한 목소리가 들려왔다.

6

다들 깜짝 놀라서 목소리가 들려온 곳을 바라보았다. 통로를 따라서 한 용마족이 걸어 들어오고 있었다.

이오타는 당혹스러웠다.

'탐지마법에 걸리지 않았어?'

그녀는 바깥 상황을 파악하기 위해서 탐지마법을 펼쳐두고 있었다. 그런데 저 용마족은 전혀 거기에 걸려들지 않았다.

부스스한 검은 머리칼을 가진 용마족 청년이었다. 눈동자와 용마석은 녹색이었고, 뿔은 산양의 그것을 닮은 아주 옅은 푸른빛이 도는 회백색이었다. 긴장감 없는 얼굴은 선량해 보였고 차림새는 집에서 뒹굴다가 나온 것처럼 헐렁하기 짝이 없었다. 즉, 아무런 무장도 없다는 뜻이다.

'수호그림자들이 어째서 반응하지 않았지?'

문제는 탐지마법을 피한 것만이 아니다. 수호그림자들조차도 청년의 존재를 감지하지 못했다.

그렇게 생각하자마자 수호그림자 중 하나가 공격을 가한다. 유령처럼 공간을 좁히면서 검을 내질렀다.

〈뭐야?〉

람다가 깜짝 놀랐다. 용마족 청년은 그 자리에서 수호그림자의 검을 맞았다. 그런데 잠시 후에 보니 그의 모습이 정확히 찔러온 검의 길이만큼 물러나서 공격을 피한 게 아닌가?

용마족 청년이 웃었다.

"와, 난폭하기도 해라. 무조건 공격하고 보는 건가? 적이 아닌 사람도 적으로 돌리기 딱 좋은 태도야."

느긋하게 검의 옆으로 빠져나가는 그의 존재감이 변하기 시작했다. 펼쳐 놓은 탐지마법에 그의 존재감이 걸려들고…….

'엄청난 용마력!'

전신의 솜털이 곤두서는 것 같다. 태평해 보이는 용마족 청년에게서 끝을 알 수 없는 용마력 파동이 흘러나오고 있었다. 잠시 접하는 것만으로도 제퍼스와는 차원이 다른 수준임을 알 수 있다. 제퍼스의 용마력도 충분히 뛰어나지만 이자와 비교하면… 마치 개천과 큰 강의 차이라고나 할까?

'지금까지 본 그 어떤 용마족과도 격이 다르다. 이 정도면 용을 능가할지도……!'

이오타는 예언지킴이로서 수많은 용마왕 숭배자를 척살해왔다. 하지만 단언컨대 이자와 비견할 만한 용마력 소유자는 단 한 명도 없었다.

청년이 진정하라는 몸짓을 하며 말했다.

"진정해. 난 용마왕 숭배자는 아니야. 그래서 너희와 별로 싸우고 싶진 않은데."

"무슨 뜻으로 하는 말이죠?"

"난 어디까지나 공허의 길을 좀 빌려 쓸까 하고 온 거였거든. 근데 상황이 이렇게 됐으니… 거기 알마릭의 후손만 내가 데려가게 해주면 좋겠는데? 그럼 다른 건 너희가 어떻게 하건 상관하지 않을게."

"교섭은 결렬이군요."

동시에 이오타가 공격을 가했다. 마력 반발 현상을 낳는 투명한 마력집결체가 청년을 포위하고, 수호그림자들이 동시에 공격해 들어간다.

파아아아앙!

섬광이 폭발한다. 하지만 결과는 이오타가 기대했던 것과는 전혀 달랐다. 수호그림자 전원이 튕겨 나갔다.

청년의 몸을 투명한 빛의 용이 휘감고 있었다. 그것을 본 이오타, 람다, 뮤가 놀랐다.

'뭐지, 저건?'

지금까지 한 번도 본 적이 없는 종류의 힘이다. 청년의 몸을 휘감고 반투명한 붉은빛으로 이루어진 빛의 용이 으르렁거리고 있는데 마치 진짜 생명이 깃든 것처럼 강렬한 의지가 느껴진다.

청년이 난처한 듯 볼을 긁적였다.

"싸우고 싶지 않다고 했는데 참 호전적이네. 뭐, 너희를 어떻게 할지는 아직 결정이 안 된 상태니 일단은 볼일만 보도록 하지."

"람다! 뮤!"

이오타가 외쳤다. 람다와 뮤가 질풍처럼 청년에게 쇄도해 들어갔다. 아직 제퍼스와 용마인 간부를 완전히 제압하지 못했지만 그들보다 이 남자가 훨씬 위험하다!

쉬쉬쉬쉬쉬!

람다의 검이 현란한 궤적을 그려냈다. 보통 인간이라면 그 궤도를 제대로 보지도 못하고 죽었을 쾌검이다.

하지만 청년은 그 검격을 모조리 피해낸다. 심지어 방이 자세조차 취하지 않고 슬금슬금 움직이면서 종이 한 장 차이로만.

〈큭!〉

람다가 짜증을 낼 때 뮤가 측면에서 방패를 비스듬하게 내질렀다. 넓은 면적으로 밀고 들어가자 청년도 어쩔 수 없이 크게 움직여 피한다.

그것이 바로 뮤의 노림수였다. 뮤의 철퇴가 기다렸다는 듯 피할 수 없는 지점을 노린다.

"웃차!"

청년이 맨손으로 철퇴를 막았다. 뮤가 경악했다.

〈뭐 이런 말도 안 되는……!〉

집채도 날릴 힘이 담긴 철퇴였다. 그런데 청년은 맨손으로 막아낸 것은 물론이고 전혀 반발력이 일지 않았다. 철퇴의 끝과 손바닥이 닿는 순간, 절묘하게 잡아채면서 슬쩍 비틀어 당기는 것으로 완벽하게 힘을 죽여 버린 것이다. 말도 안 되는 묘기였다.

직후 청년의 모습이 시야에서 사라졌다.

투웅!

뭔가가 뮤의 몸통을 치고 지나갔다. 청년이 옆으로 돌아가면서 한 방 먹인 것이다. 하지만 타격은 경미하다. 빠르게 움직이면서 치느라 위력을 실지 못한 것일까?

그렇게 생각하며 몸을 돌리는 순간이었다.

콰작!

〈크억……?〉

갑옷이 박살 나고, 안쪽의 몸통뼈가 모조리 부서지면서 뮤가 주저앉았다. 가벼운 공격 같았는데 도대체 무슨 기술을 쓴 것인가? 갑옷을 관통하는 기술이라면 마법의 갑옷이 차단할 텐데?

후우우우우우!

직후 돌풍이 휘몰아쳤다. 람다가 한 박자 늦게 공격해 들어가는데 눈앞에서 청년의 모습이 사라진다. 순간 람다는 자신의 감각을 의심했다. 눈꺼풀조차 사라진 몸인데 마치 눈을 오래 감았다가 깜빡이기라도 한 것처럼, 청년의 모습이 깜빡깜빡 사라졌다 나타난다. 느긋하게 걷는 자세인데 한 발 내딛을 때마다 위치가 몇 미터씩 획획 바뀌고…….

콰콰콰콰콰!

폭음이 울리며 그와 뮤, 그리고 앞뒤 안 가리고 달려들던 수호그림자들까지 모조리 날아가 버렸다.

〈이런… 말도 안 되는 기술이……!〉

쓰러진 람다는 청년이 쓴 기술의 실체를 깨닫고 전율했다. 단거리에서 연속적으로 순동법을, 그것도 매번 엇박자로 걸면서 이쪽의 감각을 모조리 어그러뜨렸다. 더 놀라운 것은…….

〈이동만이 아니라 몸의 각 부위에 순동법을 따로 운용해? 불가능한 일이야!〉

청년은 몸을 이동시킬 때만이 아니라 특정한 움직임에 순동법을 운용하고 있었다. 그의 육체 능력이 뛰어난 것도 뛰어난 거지만 손발의 움직임을 각각 따로 순동법을 써서 가속하니 따라갈 수 있을 리가 있나?

하지만 불가능한 일이다. 불사체가 저 짓을 해도 뼈만 남은 몸이 박살 나기 딱 좋은데 산 자의 몸으로 저 짓을 한다고? 부하를 받아내는 것만으로도 몸이 박살 나야 정상이고, 딱 원하

는 지점에서 억지로 가속을 멈췄을 때의 반발력은 전신을 폭
발시키고도 남을 지경일 텐데?

"오, 한눈에 알아보다니 눈썰미가 대단하네? 생전에도 상당
한 실력이었겠어."

청년이 재미있다는 듯 웃더니 물었다.

"그나저나… 아가씨가 쓰는 이거, 혹시 어디서 얻은 건지 알
수 있어? 내가 예전에 본 거랑 똑같네?"

청년은 용령기 수련자인 데다가 마법물품도 전혀 갖고 있지
않아서 이오타가 흩뿌린 마력구조체가 반응하지 않았다. 이오
타가 긴장한 표정으로 말했다.

"알려줄 이유가 없습니다."

"쌀쌀맞기는. 증오의 상자."

그 말에 이오타가 움찔했다. 맥락 없이 튀어나온 말이 마법
을 발동시키는 주문이라도 되는 줄 알고 경계한 것이다. 그것
을 본 청년이 쓴웃음을 지었다.

"반응을 보니 이걸 쓰기는 해도 아는 게 별로 없는 것 같군.
흠. 수호그림자라……."

그는 고개를 갸웃하더니 제퍼스에게 다가가서…….

"우왁! 무, 무슨 짓을 하는 거냐!"

옷을 벗기기 시작했다.

부욱! 찍! 철크럭!

갑옷을 뜯어내듯이 벗기고 옷도 마구 찢어서 던져 버린다.
제퍼스가 혼비백산해서 버둥거렸지만 청년이 가차없이 목덜

미를 후려갈긴다.

"커억!"

그대로 기절해서 축 늘어진 제퍼스가 걸친 것을 순식간에 벗겨서 알몸으로 만들어 버린다.

"……."

다들 멍청하니 그 광경을 바라보았다. 이게 도대체 뭐하는 짓이란 말인가?

청년은 알몸의 제퍼스를 어깨에 걸쳐 메면서 말했다.

"그럼 이만 실례하지. 볼일 보라고."

"기다리세요!"

이오타가 퍼뜩 정신을 차리고 외쳤지만 청년은 듣지 않았다. 그대로 땅을 박차고는 순동법으로 그 자리를 떠나간다. 주변에·이오타가 띄워둔 마력집결체들이 있었지만 전혀 반응하지 않는다. 제퍼스를 알몸으로 만든 것은 이것 때문이었던 것이다.

"큭!"

수호그림자들이 따라붙으려고 했지만 어림도 없다. 어찌나 빠른지 수호그림자들이 제대로 반응조차 못하고 뚫려 버렸다.

"…어처구니가 없군요."

〈악몽이라도 꾼 기분이다.〉

〈이하동문.〉

청년이 몸을 파괴했다고는 하지만 두 불사체는 치명적인 타격을 입지 않았다. 용마력에 실린 의념 때문에 복원이 좀 더뎌

졌을 뿐.

〈충분히 우리를 몰살시킬 수 있었으면서도 봐주다니… 도대체 무슨 생각이지?〉

게다가 맨 처음에 말한 대로 제퍼스만 구출해 가고 용마인 간부 하나는 그냥 방치해 두고 갔다.

그들 사이에 내려앉은 침묵을 깬 것은 이오타였다. 그녀가 한숨 섞인 목소리로 말했다.

"좋아요. 멍하니 있을 여유는 없으니 일단 일을 마치고 천천히 생각해 보도록 하죠."

〈알겠다.〉

어이없어하던 그들의 말에 혼자 남겨진 용마족 간부의 안색이 창백해졌다. 자신에게 닥쳐올 운명을 깨달았기 때문이다.

곧 처절한 비명이 울려 퍼지고, 그들의 일은 끝났다.

7

라우라는 말하자면 손에 물도 안 묻히고 살아온 귀하신 몸이다. 그녀의 태생이 마법적인 실험체이기는 했지만 아운소르의 이름을 계승한 후로는 왕후장상처럼 대접받고 살았다. 마법을 연마하고 전투를 수행하는 것을 제외하면 그녀는 옷을 갈아입는 것조차 스스로의 손으로 할 필요가 없었다.

하지만 이제는 설거지도 하고 빨래도 해야 하는 신세다. 그녀는 의외로 여행하면서 해야 하는 일상적인 일들이 신선하고 즐거웠지만 딱 하나 집착하는 게 있었다.

"웬일이야?"

아젤은 바짝 말라비틀어져 버린, 한때 여성용 의류로 분류되었던 천 조각을 들고 물었다. 그것은 라우라의 옷이었다.

라우라는 일행 중에 가장 많은 옷을 갖고 있었다. 들르는 마을마다 옷을 사서 바리바리 싸들고 다녔고 누구에게 대신 짐을 져달라고 하지도 않기 때문에 아무도 뭐라고 하지 않는다. 여행 중에, 그것도 장거리를 비상식적인 속도로 이동하는 일행 입장에서 볼 때 짐을 늘리는 것은 정말 바보짓이지만 그로 인해 발목을 잡지만 않는다면야 본인의 자유 아니겠는가?

라우라는 아무래도 귀하게 자란 몸이다 보니 청결함에 집착하는 구석이 있었다. 야숙을 해야 할 상황에도 꼭 물을 찾아서 마법까지 써가며 한 번씩은 목욕을 하고 옷도 매일매일 갈아입었다.

같은 여성인 레티시아와는 정말 대조적이다. 레티시아는 워낙 험하게 살아와서 그런지 남자들과 똑같은 청결 감각을 갖고 있었다. 그리고 원래 여행자들의 청결 감각이란 일반인보다 훨씬 더러움에 대한 내성이 강한 법이다.

'뭐, 이쪽이 여자다운 것이긴 한데……'

어쨌든 매일매일 옷을 갈아입는 라우라는 누구보다도 빨래를 자주, 많이 했다. 하지만 마을에 들러서 숙소에 머무르지 않는 한 빨래를 느긋하게 말릴 수 없었기 때문에 빠르게 건조시키기 위해 마법을 사용했는데… 웬일로 실수를 해서 옷을 못 쓰게 만든 것이다.

왠지 개울가로 가서 오래 안 돌아온다 싶어서 와봤더니 건조하다 못쓰게 된 옷이 버려져 있고 라우라는 무릎을 끌어안은 채 앉아 있다. 표정으로는 드러나지 않았지만 뭔가 고민이 있는 것 같아 보였는지라 아젤은 슬그머니 옆에 앉아서 물었다.

"어디 아프기라도 해? 전투 중에 다쳤나?"

"…아니."

전혀 반응을 보이지 않던 라우라가 대답했다. 한숨 섞인 목소리였다.

그리고 다시 어색한 침묵이 내리깔렸다. 잠시 기다리던 아젤이 그녀를 흘끔 보면서 말했다.

"말하기 싫다면 말하지 않아도 돼. 딱히 추궁하려고 하는 것은 아니니까."

"……"

라우라는 반응이 없었다. 아젤은 작게 어깨를 으쓱하고는 몸을 일으켰다. 돌아서서 몇 걸음 걸어갔을 때, 라우라가 작게 속삭이듯 말했다.

"…서로 죽일 수밖에 없는 상황이었어."

아젤은 걸음을 되돌려서 다시 그녀의 옆에 앉았다. 라우라가 고개를 살짝 한쪽 무릎으로 기울이며 말을 이었다.

"내가 저들에게 어떤 취급을 받을지… 처음부터 알고 있었어. 나도 저들의 일원이었으니까."

아젤을 따라나설 때부터 각오한 일이다. 용마왕 숭배자들은 광신도였고 그들은 완전무결한 신앙을 요구한다. 조금 흠이 잡힌 것만으로도 난폭한 제재를 가할 수 있는 놈들이니 배신자라면 어제의 은인이라도 원수처럼 죽이려고 하는 게 당연하다.

하지만 머리로 상상한 것과 실제로 그 상황을 맞닥뜨리는 것과는 커다란 차이가 있었다. 몇 번이나 상상하면서 각오를 굳혔지만 현실로 마주했을 때의 충격은 컸다.

라우라에게 죽은 마법사는 독기에 찬 목소리로 그녀를 저주했다.

"영원토록 지옥불에서 고통 받을 년! 믿음을 저버리고 동지들을 배반한 너를 어떻게든 처단할 것이다! 반드시! 차라리 죽고 싶어 할 정도로 고통스럽게 몸과 영혼을 단죄할 것이다!"

…그들이라면 그렇게 할 수 있으리라. 죽음으로써도 달아날 수 없는 지옥 같은 고통을 주는 방법을 가진 자들이니까.

하지만 두렵지는 않다. 그녀를 심란하게 만든 것은 공포가 아니었다.

라우라가 물었다.

"당신도 적이 자기를 저주하는 소리를 많이 들어왔지?"

"그래."

"그럴 때마다 어땠어?"

"귀 기울이지 않았어. 일일이 거기에 얽매이다가는 한도 끝도 없었으니까."

"나도 예전에는 그랬던 것 같아. 좀 다르지만, 그래도……."

용마왕 숭배자로서 임무를 수행할 때는 아무런 생각이 없었다. 명령에 따라서 실적을 올리는 것이 그녀의 존재 가치였고 오로지 그것만을 위해 살아왔으니까. 실패하면 안 된다는 강박관념에 사로잡혀 있었을 뿐이지 상대의 입장을 헤아리면서 부담감에 시달리지는 않았다.

그래서 적이 자신을 증오하든 저주하든 신경 쓰지 않았다. 임무를 수행할 때 처치하는 적들은 그녀에게는 무기물이나 마찬가지였다.

하지만 한때 자신의 편이었던 자들을 적으로 돌렸을 때… 그녀는 더 이상 그런 시각을 유지할 수 없었다.

"그래도 죽였어. 죽일 수밖에 없었고, 죽여야 했지만 그래도… 죽였어. 하지만 왠지 잊을 수가 없어. 조직원이 어떻게 생겼는지, 어떤 목소리를 가졌는지 신경 써본 적이 없는데……."

"음. 그러니까… 너는 처음으로 적이 사람으로 보였다는 이야기군."

"……."

아젤의 말에 횡설수설하던 라우라가 말을 뚝 그쳤다. 그녀가 눈을 좀 크게 뜨고 아젤을 바라보았다.

아젤이 물었다.

"아닌가?"

"그 말이… 맞는 것 같아."

고위 마법사인 라우라는 지능은 굉장히 높다. 하지만 감정적인 면은 어린애처럼 서툴렀다. 아젤의 말을 듣고서야 자신이 왜 심란해하는지 그 이유를 깨달을 수 있었다.

그녀가 어둠의 설원의 간부였던 때, 적이 무기물이라면 아군은 도구에 가까웠다. 그들에게도 딱히 큰 가치를 부여해 본적이 없고 개개인의 얼굴이나 이름을 기억하려고 노력하지도 않았다.

하지만 이번에 쓰러뜨린 마법사는 평생 잊을 수 없을 것만 같다.

아젤이 말했다.

"네 상황이 특수하기는 하지만 어쨌거나 한솥밥을 먹던 처지니 그럴 수밖에 없지."

"한솥밥을 먹는다?"

"이 관용구를 모르나? 하긴 그럴 수도 있겠군."

사실 아젤은 이 관용구가 지금 시대에 쓰이고 있는지도 몰랐다. 아젤 입장에서는 가끔 이 시대 사람들이 용마전쟁 때 쓰던 관용구를 쓰는 것을 들을 때마다 기분이 새롭다. 그리고 그시절에는 없던 말들이 생겨난 것을 보면, 가끔은 자기가 아는 누군가가 남긴 말이 인용되는 것을 보면 뭐라고 말할 수 없는 기분이다.

어쨌든 아젤은 그런 감상을 흘려버리면서 말을 이었다.

"같은 목적을 가진 집단에 속한 자들을 일종의 가족처럼 생각한다는 의미인데… 인간끼리는 딱히 서로 죽고 죽이는 적대관계가 아니더라도, 한 집단에서 나가서 이익이 충돌하는 다른 집단으로 간 것만으로도 배신자 취급을 당하고 그로 인해서 스트레스를 받아. 네가 심란해하는 건 당연한 일이지."

아젤도 비슷한 경험이 있었다. 라우라처럼 극단적이지는 않지만 증오해 마땅한 적들도 사람이라는 것을 인지하는 과정은 충격을 동반한다. 처음부터 당연히 적으로 만나서 서로 죽고 죽이는 관계를 구축했는데 시간이 지나서 그들에게도 가족이 있고, 친구가 있고, 시시콜콜한 일들로 즐거워하는 사람다운 면모가 있음을 발견했을 때…….

'나한테는 용마족이 그랬군.'

아젤은 아주 어린 시절에 도적 무리를 상대로 최초의 살인을 경험했다. 그렇기에 딱히 죽여야 할 인간에게서 인간성을 발견하고 놀라는 경험은 없었다.

하지만 용마족은 다르다. 당연히 적이라고 생각했던 용마족이 아군이 되었을 때, 그리고 인간과는 전혀 다른 괴물이라고 생각했던 그들이 사실은 굉장히 인간적인 존재임을 알았을 때의 충격은 이루 말할 수 없었다.

옛일을 떠올리는 아젤에게 라우라가 물었다.

"어떻게 하면 될까?"

"유감스럽게도 마음 편한 해결법이 있는 문제는 아니야. 세

상의 많은 문제가 그렇듯이 어쩔 수 없는 것들이 있게 마련이
지."

"그렇구나……"

라우라는 한숨을 쉬었다. 물론 알고 있던 사실이다. 자신이
이 길을 선택한 이상 책임도 져야 한다는 것을.

문득 그녀가 말했다.

"전에 내가 어르신의 이야기를 한 적이 있지?"

"용마전쟁 때부터 살아왔다는 그 이름 모를 용마족 말인
가?"

"응."

"그놈이 왜?"

"……"

라우라가 아젤을 흘겨보았다. 아젤 입장에서야 당연히 그
어르신이 만나면 당장 죽여 버려야 할 적에 불과하니 전혀 존
중해 줄 이유가 없다. 하지만 라우라 입장에서는 몇 안 되는
마음의 위안을 주는 존재였기 때문에 불쾌감이 치밀었다.

늘 무표정한 그녀의 얼굴에 드물게 표정이 나타났기 때문에
아젤도 그것을 알아차렸다. 아젤이 쓴웃음을 지으며 말했다.

"불쾌해하는 것은 이해하겠지만… 난 용마왕 아테인이 되
살아나서 온다고 해도 그놈이나 그 녀석 이상으로 존중이 담
긴 호칭을 쓸 생각이 없어."

"알아. 그리고 당신 말을 듣고 생각해 보니 나도 이제 그 어
르신과도 싸워야 하네."

"그렇겠지. 하지만 네 말대로라면 거처에서 나오지도 못하는 노쇠한 자 같은데 싸울 일이 있을까?"

라우라는 어르신에 대해서 아주 구체적인 이야기는 한 적이 없었다. 하지만 지금까지 들은 말로 추측해 보면 노쇠한 용마족으로 추측된다. 뛰어난 마법사인 것 같기는 하지만 아무리 그래도 육체의 영향에서 자유로울 수는 없는 법이다.

'아니, 저놈들이 하는 짓을 보면 슬슬 불사체가 되려고 할 수도 있나? 그 경우 마법사로서의 능력은 온존할 테니 강적이겠군. 용마력이야 잃겠지만 그것도 용마기를 지닌 채로 불사체가 된다면 어느 정도 해결할 수 있을 거고……'

그렇게 현실적인 고민을 하는 아젤에게 라우라는 고개를 저었다.

"아니야."

"응?"

"나를 만날 때 그분은 늘 의자에 앉은 채로 움직이지 않았어. 하지만 그건 노쇠해서가 아니야. 분명히 나이 든 분이기는 했지만 움직이지 못하는 게 아니라 움직이지 않았을 거야."

"노쇠한 듯 보였던 것은 전부 꾸민 거였다고?"

"응."

"굳이 그렇게 번거로운 짓을 해가면서 너를 속일 이유가 있나? 아, 여태까지 들은 이야기를 종합해 보면 어둠의 설원의 나이 먹은 놈들은 젊은 세대한테 정보를 주기 싫어하는 것 같기는 하지만……"

"아니, 그런 것보다는… 왠지 마법적인 의식 때문인 것 같았어."

"행동을 제약하는 마법의 의식인가? 음. 어쩌면 노화를 억제하기 위한 방법일 수도 있겠군."

"가능성이 있어. 하지만 아젤."

"왜?"

"당신은 정말 마법사 같아. 마법사가 아니라면 거기서 그런 가능성을 떠올리지는 않을 텐데……."

"뭐, 쓸데없이 강의하기 좋아하는 친구가 있었던 탓이지."

아젤이 쓴웃음을 지었다. 칼로스는 정말 아젤에게 마법에 대해서 떠들어대기 좋아했다. 그래서 아젤은 마법에 대해서 딱히 스피릿 오더 수련자가 알아둘 필요는 없는 잡지식까지 많이 알고 있었다.

그리고 용마전쟁 때는 그런 지식들이 무척 유용했다. 특정 상황에서 적 마법사가 무엇을 할 수 있는지, 무엇을 하려고 하는지 파악할 수 있었기 때문이다.

아젤이 말했다.

"그건 그렇다 치고… 그 어르신이라는 작자는 왜?"

"그분이 내게 이렇게 말한 적이 있었어. 스스로의 의지로 목숨을 걸 가치를 발견한다는 것은, 세상 전부와 싸울 각오를 해야 하는 일이라고."

"……."

"그분은 어쩌면 내가 언젠가 이런 선택을 할 것을 예견했는지도 몰라."

라우라는 어르신을 만날 때마다 늘 그런 생각을 하고 있었다. 그는 다른 이들과 비교할 때 기이할 정도로 라우라에게 동정적이었고 광신적인 시각을 설파하지도 않았다. 옛 전쟁의 생존자들이 어둠의 설원의 실세가 된 데 비해 그는 있는 듯 없는 듯 조용히 살았다.

용마왕 숭배자들을 배신한 지금, 다시 만나보고 싶은 유일한 존재가 있다면 바로 그다. 조직 안에 있을 때보다 조직 밖으로 나온 지금 그에 대한 의문이 더 커져가고 있었다.

그는 도대체 누구일까?

그리고 도대체 어떤 목적으로 자신을 드러내지 않고 있었을까?

魔展
龍劍

1

국경지대를 벗어난 아젤 일행은 조심스럽게 목적지로 향했다. 일대가 용의 서식지로 알려져 있는지라 되도록 용의 눈길을 끌고 싶지 않았기 때문이다. 용의 서식지답게 마물들과 마수가 꽤 많았기 때문에 철저한 정찰과 은밀한 움직임으로 전투를 피해가면서 움직였다.

밤이 되어 일단 야숙할 준비를 하던 중, 유렌이 물었다.

"차라리 이참에 용살의 의식이라도 치르는 게 낫지 않을까?"

"아직 때가 되지 않았어."

아젤이 고개를 저었다. 비술서의 훈련법 덕분에 용의 힘을 소화하는 속도가 빨라지기는 했지만 아직 좀 더 시간이 필요하다.

유렌이 레티시아에게 물었다.

"레티시아는 생각 없어?"

"용과 일대일로 싸우는 것을 무슨 젊은 남녀의 만남처럼 가볍게 말하는군. 그렇게 용살의 의식이 유익해 보인다면 네가 해보는 건 어때?"

"솔직히 난 자신 없거든. 마법사가 더 불리하다고 하더라고. 그리고 나는 용마력보다는 지금의 마력부터 제대로 다룰 수 있어야 하는지라……."

유렌의 손에서 검은 안개 같은 기운이 피어올랐다. 기본적으로 유렌은 흑마법사다. 실제로는 정통 마법사에 가까운 마법 운용을 보여주지만 불길한 느낌이 풀풀 나는 흑마법의 기운이 풍긴다.

심지어 그 기운은 여느 흑마법사들보다 압도적으로 농밀하고 또한 불길했다. 이유는 바로 인도자의 가르침에 따라서 터득한 금단의 비술, 마족과의 합신 때문이었다.

마족과의 합신을 통해서 얻은 마력은 쉽게 스러지지 않고 유렌의 마력을 대폭 늘려놓았지만 동시에 저주처럼 영맥을 잠식하려고 하고 있었다. 마족이 인간을 타락시키고 파멸시켜서 그 영혼을 손에 넣고자 하듯, 합신을 통해서 얻은 마력에는 사용자를 잡아먹으려는 흉포한 의지가 깃들어 있는 것이다.

유렌은 항상 그것을 제어하기 위해 노력해 왔는데 최근에 비술서의 훈련법을 쓴 후로는 한결 부담이 줄었다. 참가자 모두의 마력을 모아서 질적인 통합을 이룬 뒤 용마력의 성질을 부여하는 과정이 일종의 정화작용을 해줬기 때문이다.

라우라가 말했다.

"그런 위험한 힘을 잘도 다루네. 그건 흑마법을 추구하는 입장에서도 금기인데."

"…뭐, 맞는 말이긴 한데 왠지 당신한테 그런 소리 들으니 억울한데?"

"어째서?"

라우라가 이해할 수 없다는 듯 고개를 갸웃했다. 유렌이 어이없다는 듯 혀를 찼다.

"몰라서 물어? 어둠의 설원에서는 나 같은 존재를 인위적으로 만들려고 하잖아. 성공 사례가 거의 없는 것 같기는 하지만……."

유렌은 그렇게 말하면서 자연스럽게 시선을 누군가에게 옮기다가 황급히 행동을 멈추었다. 그러자 레티시아가 시큰둥하게 말했다.

"굳이 그런 쓸데없는 배려는 안 해도 된다."

"아, 아니, 그게……."

"말해준 적은 없지만 어떻게 알았냐고 묻기에는… 솔직히 너무 뻔하군. 스스로 마족을 불러내서 합신하기까지 하는 미친 짓을 하는 너니까 내가 동류라는 것도 알아봤겠지."

그 말에 라우라가 놀라서 물었다.

"당신도 마족과 합신을?"

"네게 그런 말을 들으니 화가 치솟지만… 그래. 어떤 의미에서 보면 너도 나와 마찬가지지. 제퍼스 알마릭이 그렇듯이."

레티시아는 쓴웃음을 지었다. 그녀가 용마족 숭배자들을 배신한 이유는 흑마법 실험을 당했기 때문이다. 그녀는 담담한 어조로 자신의 과거를 이야기했다.

"별로 대단한 이야기는 아니야. 라우라 아운소르, 너라는 단 하나의 결과물을 만들기 위해서 아운소르 일족이 한 일과 비슷한 일을 알마릭 일족도 했다. 다만 이쪽은 아이를 만드는 방법에 있어서는 자연스러운 쪽을 선호했지."

"무슨 뜻이지?"

"말 그대로다. 알마릭 일족의 남자들이 인간 여자와 용마인 여자에게 여러 아이를 낳게 했다."

"……."

언뜻 들으면 그냥 자연스럽게 자손을 얻었다고 여길 수도 있는 이야기다. 하지만 레티시아가 말하는 뉘앙스상 결코 그런 온건한 과정이 아니었음을 알 수 있었다.

"백 명이 넘는 아이를 얻기 위해서 많은 여자가 필요했지. 여자들의 소속은 제각각이었다고 하더군. 어둠의 설원의 주민, 외부의 실험체, 그리고 납치당한 자들… 모두 알마릭 일족들이 원하는 아이를 만들기 위한 도구가 되었지."

레티시아는 자신의 어머니가 누구인지 모른다. 알마릭 일족은 그렇게 얻은 아이들을 젖도 떼기 전에 격리시켰다. 나중에 알아낸 바로는 여자들은 처음부터 알마릭 일족의 치부가 새어 나갈 가능성을 없애기 위해 마법으로 정신을 파괴당했다. 그리고 최대한 많은 아이를 '생산'하기 위해 육체를 개조당해서 일을 마친 후에는 모두 '폐기'되었다고 한다.

"…그런 사실을 까맣게 모르는 채로, 오로지 그들이 바라는 대로 이상적인 알마릭의 후계자가 되기 위해 살았지. 우리가 받은 교육도 꽤나 혹독했다."

교육과정이 한 단계를 넘어갈 때마다 아이들의 수가 착실하게 줄어들었다. 훈련과 실험 중에 죽는 이들도 있었고 탈락자로 낙인찍혀서 어디론가 사라지는 이들도 있었다. 당시에는 탈락자들이 어떻게 되는지 몰랐지만, 이제는 안다.

"나 역시 탈락자였으니까."

탈락자들은 흑마법 연구기관으로 보내어져서 실험체가 되었다. 레티시아도 그중 하나였다.

그곳에서 가해진 실험은 가혹했다. 후계자가 되기 위해 받았던 훈련도 비인간적이기는 마찬가지였지만, 흑마법 실험은 인격을 가진 생명체라는 것 자체를 무시한 짓거리였다.

"…하지만 탈출할 수 없었지."

실험체들은 완벽하게 구속당한 채로 매일매일 지옥 같은 시간을 보내야 했다. 심지어 죽음으로 도망치는 것조차 허락되지 않았다. 그곳은 흑마법 연구기관이었으며, 인간의 죽음을 농락하는 것은 일상이었기 때문이다. 죽어서 모든 것을 끝내려고 했을 때 오히려 살아 있는 것보다 더욱 고통스러운 일이 있다는 것을 알려줄 수 있는 악마들이 가득한… 그야말로 지옥의 밑바닥 같은 곳이었다.

어느새 모닥불을 응시하는 레티시아의 목소리가 조금씩 떨리고 있었다. 언제나 냉정해 보이는 그녀였지만 마음속 밑바닥에는 용마왕 숭배자들을 향한 증오와 적의를 생산하는 고통과 두려움의 기억들이 켜켜이 쌓여 있었다.

"그곳에서 탈출할 수 있었던 것은 그들이 마족의 힘을 탐했기 때문이다."

어둠의 설원에서 운영하는 흑마법 연구기관에서는 실험체들을 희생양으로 삼아서 마족에게서 쓸모 있는 지식을 얻어내는 시도가 지속적으로 이루어지고 있었다. 그리고 거기서 한 발 더 나아간 금단의 실험이 바로 실험체를 마족과 합신하는 실험이다.

"저놈을 보면 알 수 있듯이 그 미친 짓을 통해서 엄청난 힘을 얻을 수 있다고 판단했기 때문이지. 하지만 성공 사례는 없었다."

적어도 레티시아 이전에는 그랬다.

마족은 인간의 영혼을 탐한다. 그러나 정작 직접적으로 합신하고 나면 몸을 차지하려고 하는 게 아니라 곧바로 파멸시켰다. 감당할 수 없는 악의의 해일이 정신을 산산조각 내고 육체까지 죽여 버린다. 그렇게 죽은 자는 불사체로 일으킬 수도 없었다.

"하지만 난 성공했지. 나도 내가 왜 성공한 것인지는 모른다. 마족 합신이라고 한데 묶어서 설명하자니 아무래도 유렌과는 경우가 달라 보이고."

첫 실험 때는 합신 상태가 10초 정도 이어졌다가 해제되었다. 레티시아는 정신과 육체 모두 무사했다.

연구원들은 당연히 두 번째 실험을 준비했다. 그때까지 누적된 실험 결과상 레티시아 같은 결과를 얻을 수 있는 것은 열에 하나도 안 된다. 실로 귀중한 실험체였다.

두 번째 실험 결과는 놀라웠다. 합신 상태가 3분도 넘게 지속되었다가 해제되었다. 보통은 두 번째 실험 때도 조금 더 긴 시간을 버틸 뿐 결국은 파멸하는데, 레티시아는 훨씬 긴 시간 동안 합신을 유지하다가 해제될 때까지 버텨낸 것이다.

연구원들은 기뻐했다. 마침내 그들이 원하는 성과가 나왔다면서 환호성을 질렀고…….

그대로 얼음기둥이 되었다.

"돌이켜 보면… 그때만큼 억울한 적이 없었지."

자신은 그들로 인해서 정말 온갖 고통을 받아야 했다. 그런데 그 원한을 제대로 갚아주지도 못하고 깔끔하게 얼려 죽이지 않았는가?

두 차례에 걸쳐 마족과 합신하면서 레티시아 안에서 커다란 변화가 일어났다. 지금은 사라졌지만 그때는 모든 것을 잠식하는 사악한 마력이 넘쳐흘렀고, 그것은 연구원들이 그녀에게 걸었던 모든 구속을 파괴해 버렸다. 용마력도 폭증해서 어지간한 용마족을 능가했으며 숨 쉬는 것처럼 자연스럽게 빙결의 힘을 사용할 수 있게 되었다.

"…하지만 저놈처럼 자발적으로 마족을 불러내서 합신하겠다는 미친 짓은 하지 않아. 두 번 다시 겪기 싫은 일이야."

"나도 별로 하고 싶어서 하는 건 아니야. 어쩔 수 없으니까 하는 거지."

유렌이 투덜거렸다.

마족과의 합신을 인도자의 꿈에서 배워서 비장의 카드로 써먹기는 했지만 정말 어쩔 수 없을 때가 아니면 쓰고 싶지 않다. 비술로 제어한다고 해도 부담이 너무 컸기 때문이다.

머리는 이성과 감각을 하나로 엮어서 마법을 짜내고 있는데 그 한편으로 타인이 쏟아내는 악의로 마음이 파괴되어 가는 감각, 그리고 압도적인 힘이 공급되지만 마치 전신의 영맥에서 거머리들이 꿈틀거리면서 자신을 내부로부터 파먹어가는 듯한 감각은 끔찍하기 이를 데 없었다.

그를 못마땅하게 바라보던 레티시아는 문득 아젤을 바라보며 물었다.

"이참에 물어보고 싶군. 아젤 제스트링어."

"뭐가 궁금하지?"

"그렇게 뭐든지 대답해 줄 수 있다는 듯이 열의를 불사를 필요는 없어. 내가 당신한테 교환 조건으로 쓰자고 내 과거를 밝힌 것은 아니니까. 그저……."

레티시아는 좀 어이없다는 듯 피식 웃었다.

"당신들이라면 이야기해도 될 것 같다고 생각했을 뿐이야. 어둠의 설원 놈들도 알고 있는데 내가 동료로 삼은 작자들이 알게 되는 게 나쁘진 않겠지."

처음 아젤에게 과거를 질문 받았을 때 그녀는 강한 거부감을 보였다. 하지만 함께 여행하고, 싸우는 동안 일행을 대하는 태도에서 장벽이 사라져 갔다.

레티시아는 용마왕 숭배자들 배신하고 나서 지금까지, 스승에게 가르침을 받았던 시간을 제외하면 죽 혼자였다. 광기에 사로잡혀 있던 그녀에게 사람답게 살 수 있는 방법을 알려준 스승과 이별한 후로는 누구와도 친분을 나누지 않고 용마왕 숭배자와 싸우는 것만을 생각했다.

하지만 유렌을 만나면서부터 마음속에서 변화가 일었다. 그와 함께 힘든 고비를 넘기고 아젤과 합류한 지금은 뜻을 같이하는 동료가 있는 것도 좋다는 생각이 들었다.

레티시아가 물었다.

"용살의 의식 경험자인 당신이 보기에 내가 용살의 의식을 치러도 될 것 같은가?"

"가능해."

아젤은 고민할 것도 없이 대답했다.

"흠. 당신이 그렇게 판단한다면⋯⋯."

"다만 용살의 의식은 누구에게나 목숨을 걸어야 하는 일이야. 용살의 의식을 치를 만한 실력을 갖춘다고 해서 성공한다는 보장은 없어. 도전자의 용마력이 강해지면 강해질수록 용도 강해지지. 그 점을 잊지 마."

"그렇게까지 세상을 날로 먹을 생각은 없다."

레티시아가 코웃음을 쳤다.

다음 날 아침, 일행은 동이 터오기 시작할 때쯤 다시 움직이기 시작했다. 그리고 해가 중천에 올 무렵 목적지에 도착할 수 있었다.

앞장서서 걷던 유렌이 말했다.

"여기야."

"음?"

일행의 표정이 다들 괴상해졌다.

그들의 눈앞에는 진흙으로 이루어진 늪이 있었다. 자연적으로 이루어졌다고 보기에는 좀 노골적인 늪이다. 일부러 긴 세월 동안 거기다가 시체를 모아놓고 썩히기라도 한 것처럼 농밀한 독기가 부글거린다.

아젤이 물었다.

"이 늪 속인가?"

"일단 인도자의 말에 따르면 그래."

"흠. 문을 어떻게 열지?"

"문은 저 안에 있어."

"…설마 이 늪 속으로 잠수해야 한다고?"

"그렇다는데."

"……."

"걱정하지 마. 방법은 있으니까. 늪의 수심은 그렇게까지

깊지 않은 것 같으니 일단 내가 방어막을 펼치고 잠수해 들어가면······."

"됐어. 내가 하지."

아젤이 한숨을 쉬고는 앞으로 나섰다. 유렌이 물었다.

"어떻게 하려고?"

―용마기 초래, 비탄의 잔.

아젤은 대답 대신 비탄의 잔을 초래했다. 섬광이 내리꽂히며 유리로 만든 것처럼 투명한 지팡이가 그의 손에 잡혔다. 그것을 쥔 아젤에게서 용마력의 파동이 쏟아져 나온다.

"눈물의 길."

우-우-우-우-우-우······.

주변 공간에 마치 물방울 같은 일그러짐이 나타난다. 그 일그러짐이 아젤의 앞으로 모이더니 커다란 공기방울처럼 변했다. 그리고 그것이 앞으로 죽 늘어나면서 늪 속으로 들어갔다.

"좋아. 깊이는 10미터 정도인가?"

잠시 후, 일행은 지상에서 늪의 바닥까지 뻥 뚫린 길을 보게 되었다. 공기방울 같은 일그러짐이 늪 속에 길을 만든 것이다.

아젤이 거기로 걸어 들어가며 말했다.

"다들 따라와."

"···이건 뭐야?"

라우라가 놀라서 물었다. 비탄의 잔의 원주인인 그녀도 모르는 운용법이었다.

아젤이 대답했다.

"공간왜곡장을 일정 범위에 원하는 형태로 펼치는 거지. 마그마가 끓어오르는 화산 속에도 들어갈 수 있어. 열기도 범접하지 못하니까."

실제로 아운소르가 용마전쟁 때 아젤의 눈앞에서 해냈던 일이다. 아젤은 그동안 자신의 기억 속에서 아운소르가 비탄의 잔으로 해보였던 일들을 재현하기 위해 노력해 왔고 이 눈물의 길 역시 그 성과였다.

유렌이 어이없다는 듯 말했다.

"완전 사기네, 이거."

"비탄의 잔이라는 용마기의 성능이 사기적이야. 공간왜곡을 자신이 구축한 이미지대로 통제할 수 있는 시점에서 그 유용함은 상식의 잣대로 잴 수 없지."

눈물의 길을 따라 늪의 바닥까지 내려가자 거기에는 사람이 손길로 만들었음이 분명한 석문이 있었다. 일행이 내려서자마자 그 문이 열리면서 어두컴컴한 복도가 드러난다.

쿠르르릉!

일행이 모두 들어오고 나자 문이 닫혔다. 유렌이 말했다.

"여긴 아무런 함정도 없으니 그냥 들어가면 돼."

"음? 왜 그렇게 허술하지?"

늪은 확실히 까다로운 관문이지만 고위 마법사라면 쉽게 뚫고 들어올 수 있었다. 유렌이 말했다.

"아마 침입자가 누구냐에 따라서 달라지는 것 같은데? 당신이라면 문제가 없다고 했으니까."

"마법으로 조사받는 기미는 없었는데……."

"나도. 하지만 인도자가 그렇다니까 그렇겠지?"

"…맹신은 좋지 않아. 일단 좀 살펴봐."

"그 말에는 동감이야. 쓸데없는 노동이라는 생각이 안 드는 것은 아니지만."

유렌은 투덜거리면서도 성실하게 마법 함정을 조사하기 시작했다. 그런데 그때였다.

〈…기다리던 손님이 오셨군.〉

복도 안쪽에서 스산한 목소리가 울렸다. 듣는 것만으로도 등골을 타고 오싹한 감각이 달려가는 목소리다.

동시에 복도가 환해졌다. 복도 곳곳에 설치된 마법등에 불이 밝혀지면서 오랜 세월 동안 방치된 황량한 복도의 모습이 드러난다.

아젤이 중얼거렸다.

"불사체인가?"

〈일단은. 아무런 장애도 없이 그 길로 들어온 걸 보니 자네가 내가 기다리던 손님이 맞는 것 같군.〉

"이 길밖에 없었는데?"

〈내가 기다리던 자가 아니면 들어오자마자 거창한 마법 세례를 받았을 거야. 한바탕 죽을 고비를 넘긴 뒤에나 내 목소리를 듣게 되었겠지. 여긴 그런 구조로 만들어진 미궁이니까.〉

"미궁이라."

〈걱정하지 않아도 될 거다. 그 길로 온 이상 곧바로 나를 만

날 수 있으니까.〉

"신뢰도가 빠른 속도로 떨어지는데……."

쿠르르릉……!

아젤이 경계심을 끌어올리고 있을 때 복도가 미미하게 흔들렸다. 모두들 흠칫하며 주변을 둘러보았다.

곧 아젤이 사태를 파악했다.

"이 복도 자체가 움직이고 있어."

〈바로 그거야. 여기는 끊임없이 움직여서 구조가 변하거든.〉

마치 그 말을 증명하듯이 눈앞에 죽 이어져 있던 복도가 잘려 나가고 벽이 그 자리를 대신했다. 아니, 그보다는 스쳐 갔다는 표현이 옳겠다. 벽이 고속으로 그곳을 지나가더니 다시 통로가 보였다가, 다시 벽이 보였다가, 여러 개의 톱니바퀴를 포함한 기계장치가 보이는 것 같았다가… 그런 식으로 앞에 이어진 것들이 바뀌다가 이윽고 하나의 방에 도달했다.

쿠구궁…….

진동이 멎으면서 넓고 황량한 방이 그들을 반겨주었다. 정말로 아무것도 없는 석실 한가운데 후드를 눌러쓴 불사체가 가부좌를 틀고 앉아 있었다. 이미 살은 다 썩어서 사라지고 해골만이 남아서 눈구멍 안쪽에서 고요하게 도깨비불을 피워 올리는 불사체였다.

그를 보는 순간 아젤은 오싹해졌다. 은은하게 흘러나오는 마력 파동이 낯익은 불길함을 풍겼기 때문이다.

'마족?'

유렌이 마족과 합신해서 얻은 마력과 느낌이 비슷하다.

문득 유렌이 말했다.

"봉인되어 있군."

〈그래. 이 좁은 영역에서 나갈 수가 없지.〉

불사체가 그렇게 말하더니 허공에다 손을 뻗었다. 그의 손이 어느 정도 나아가자…….

파지지지지직!

격렬한 스파크가 일어나면서 손을 튕겨내었다. 손가락뼈가 새카맣게 타서 조각조각 떨어지고 연기가 피어오른다.

하지만 그것도 잠시, 마치 시간을 거꾸로 되돌린 것처럼 파손된 몸이 복원된다. 검게 타서 부서졌던 뼛조각들이 새하얗게 변하면서 다시 원래 있던 곳에 가서 붙었다.

불사체가 어깨를 으쓱하며 말했다.

〈죽을 수도 없고 말이야.〉

바닥에 검게 변색된 피로 원형의 마법진이 그려져 있었다. 복잡한 도형들과 마법 문자로 채워진 그 마법진은 강력한 결계를 형성해서 불사체를 안쪽에서 나오지 못하도록 가두어두었다.

〈심지어 정신을 지켜주는 힘 때문에 미칠 수도 없지. 어떤 방식으로도 도피할 수 없는 최악의 감옥이야. 고독감에 몸서리치면서 사유하는 것 말고는 할 수 있는 일이 없어. 그래서 난 너희가 정말 반갑군. 혹시 바깥세상에서는 시간이 얼마나

지났지?〉

"밑도 끝도 없이 물어봤자 우리가 알 수 있을 리가 없다는 생각은 안 드나?"

〈아, 기준이 필요하겠군. 내가 여기 갇힌 것은 인간들이 용마전쟁이라고 부르는 전쟁이 일어난 것보다 100년쯤 전이다.〉

"그런 기준이라면, 용마전쟁이 끝난 지는 223년이 지났어."

〈긴 시간이로군. 새로 얻은 몸이 썩어버린 지 300년이나 지났다니 믿어지지 않아.〉

"무슨 뜻이지?"

〈난 여기 갇힐 때는 불사체가 아니라 살아 있는 인간의 몸을 가졌었다는 것이지. 이곳에서 나가지 못하고 전혀 식량을 얻지 못한 몸이 허약해지고, 결국 죽음에 이르러서 썩어가는 과정을 생생하게 지켜봐야 했단 말이야. 차라리 미쳐서 없어지고 싶었는데 그럴 수도 없었고. 오, 다시 생각하는 것만으로도 썩어문드러진 이 몸에 전율이 몰려오는군. 이것조차도 생전의 반응을 모방하는 것에 불과할진대 고통에 대한 공포만은 영혼에 각인되어 있어. 정말 질이 나빠⋯⋯.〉

"⋯⋯."

불사체가 진저리를 치며 말했다. 그걸 듣는 일행은 침을 꿀꺽 삼켰다.

간략하게 요약된 사실만 들어도 말도 못하게 잔혹한 형벌이다. 이 불사체는 도대체 어떤 존재이며, 누구에게 원한을 샀기에 산 채로 지옥에 떠밀어지는 것 같은 짓을 당했단 말인가?

〈내가 수다스러워지는 것을 이해해 줬으면 좋겠군. 앞서 말했듯이 난 200년도 넘게 여기에 갇혀서 스스로가 죽어가고, 썩어가는 것을 지켜보아야 했지. 악마와는 함부로 거래를 하는 게 아니야. 물론 이 경우는 내가 악마라는 것이 문제지만.〉

"무슨 뜻이지?"

〈혹시 불세르크라는 이름을 알고 있나? 시간이 많이 흘러서 잊혔을지도 모르겠지만…….〉

그 말에 일행은 서로를 바라보았다. 하지만 다들 모르는 이름이다. 오랜 세월을 살아온 카이렌도, 어둠의 설원에서 살아온 라우라도 마찬가지였다.

오로지 한 사람만이 예외였다. 아젤은 놀란 표정으로 불사체를 바라보았다.

"마왕 불세르크를 말하는 건가?"

〈오, 그래. 아예 역사에서 잊혔나 했는데 그건 아닌가 보군. 요즘 젊은이들은 역사 공부를 잘 안 하는 모양이야. 마법사들이길래 좀 기대했는데 정작 마법사도 아닌 젊은이가…….〉

"요즘 사람은 모르는 게 당연한 이름이야. 용마전쟁 이후로 용마왕 아테인 말고 역사 속 어둠의 거물이 누가 있었는지 따위는 아무도 중요하게 여기지 않으니까. 불세르크의 인지도는 지금은 용마왕군 휘하의 하급 장수보다도 못하지. 한물간 지도 오래되었어."

〈…내가 이런 몸이 된 후로 더 이상 상처받을 일이 없다고 생각했는데, 오산이었군.〉

불사체가 구시렁거렸다. 아젤이 물었다.

"객관적인 사실을 말해줬을 뿐이야. 어쨌거나… 당신이 불세르크라는 건가?"

〈바로 그렇다. 이래 봬도 한때는……〉

"유더스크 왕국에서 백만의 죽음을 만들어낸 마왕."

유더스크는 지금 대륙의 패권을 차지하고 있는 일곱 왕국 중에 하나로 어둠의 설원과 맞닿은 북방에 위치해 있다. 나딕 제국 시절에도 왕가가 통치하는 왕국으로 드넓은 영토를 갖고 있었으며 그것이 용마전쟁이 끝나고 220년이 지난 후까지도 고스란히 이어져 왔다. 심지어 왕가의 혈통조차도 그대로 이어져서 일곱 왕국 중에서는 가장 유서 깊고, 가장 고루한 사회 구조를 가진 모양이다. 일곱 왕국 중에서 노예제가 남아 있는 나라는 두 개뿐이고 그중 하나가 유더스크일 정도다.

"그리고… 마족에 대한 인식을 더 깊게 만든 존재였지."

아젤은 칼로스에게 들었던 이야기를 떠올렸다.

3

용마전쟁 이전까지, 사람들은 마족에 대해서 잘 모르고 살았다. 사실 지금도 그리 잘 아는 편은 아니지만 이전에는 완전히 무지했다고 봐도 과언이 아니다.

당시 칼로스는 절망적인 상황을 타파하기 위해 마족과 접촉하는 위험을 자처하고 있었다. 그러면서 마족에 대해서 있는 자료 없는 자료를 다 모아가면서 조금이라도 더 알고자 했다.

칼로스가 말했다.

"마족에 대한 인식은 마왕 불세르크 이전과 이후로 나뉜다고 해도 과언은 아니야."

"어째서? 아니, 그렇다기보다 나는 마왕 불세르크라는 이름은 들어보지도 못했는데?"

"세상은 넓다고. 대륙 북쪽 끝에서 위엄을 떨친 존재라고 해서 거기 살지 않은 사람이 알아야 한다는 법 있어?"

"아테인은 누구나 알지."

"덤으로 용마장군 4인방도. 그래서 그놈들이 대단한 거야. 역사상 최강의 거물이라고 불리기에 손색이 없지."

칼로스는 코웃음을 치고는 말을 이었다.

"유더스크 출신이라면 불세르크라는 이름만 들어도 몸서리칠걸. 지금은 마왕 하면 아테인부터 떠올리지만, 적어도 유더스크에서는 마왕 하면 불세르크였어."

불세르크 이전까지 마족들은 드러내 놓고 해악을 끼치지 않았다. 그들의 존재는 일반인이 실감할 수 없는 신화 속에 있었으며, 오로지 지식과 힘을 갈구해 기꺼이 파멸의 늪으로 걸어 들어가는 흑마법사만이 그들과 접해왔다.

"역사상 마왕이라는 칭호를 받은 존재는 모두 실체가 있었지. 대부분은 흑마법과 밀접한 관련이 있었고."

그들 중에는 분명 마족과 접함으로써 강대한 힘을 손에 넣은 존재들도 있었으리라. 그러나 마족이 직접적으로 인간에 해악을 끼쳐서 악명을 떨친 경우는 없었다. 적어도 불세르크 이전에는 그랬다.

불세르크는 최초의 예외 사례였다.

"내가 아는 한, 마족들에게는 이름이 없어."

칼로스는 이미 많은 마족과 만나보았다. 그들을 불러내어 지식을 구하면서 아슬아슬한 줄타기를 거듭해 온 끝에 용마장군들조차 놀랄 정도의 마법사가 되었다.

"하지만 그 마족은 스스로를 불세르크라 칭하며 존재를 드러냈지. 유더스크 지방에 어둠의 거물들이 속속 모습을 드러내면서 대혼란이 찾아왔고 그 이면에는 불세르크라는 존재가 있다는 것이 알려졌는데……."

그러니까 불세르크는 일종의 흑막 역할을 했던 셈이다. 하지만 세간에서 영웅이라 불리는 이들이 혼란을 일으키던 거물들을 차례차례 제거했어도 불세르크의 실체는 잡을 수가 없었다.

"그러다가 누군가 알아낸 거야. 불세르크는 실체 없는 마족이라는 것을."

그 과정은 아주 길고 복잡했다. 불세르크가 사건을 일으키고 파멸하기까지의 이야기는 유더스크 사람들에게는 그 어떤 영웅담보다도 장대한 서사시로 남아 있었다. 그것을 모두 설명하자면 끝이 없기에 칼로스는 생략했다.

"그리고 결국 불세르크를 붙잡아서 처치했다. 그것으로 혼란의 중추는 없어졌지만 당연히 평화가 오지는 않았고… 그 후로도 한 10년 정도 혼란기가 있었고 엄청나게 많은 피가 흘렀지."

"열의 없는 요약이로군그래."

"전부 듣고 싶어?"

"물론 아니지. 옛날이야기에 눈을 반짝거릴 나이는 지났다고."

"그럼 조용히 들어. 여기서 문제가 되는 점은 불세르크를 도대체 어떻게 처치했냐 하는 점이야."

"음?"

"마족은 실체가 없어. 당연히 처치하는 것도 불가능하지."

"그런가? 하지만 흑마법사들이 마족하고 합신하는 경우가 있긴 하잖아?"

"해봤자 수십 초 동안 폭주해서 지랄발광하다 끝장나지. 그리고 그런 흑마법사를 죽인다고 해서 마족이 소멸하는 것은 아니야."

흑마법사 중에는 종종 뒷일을 생각하지 않고 자신이 거래하던 마족을 불러들여서 합신해 버리는 경우가 있었다. 놀라운 힘을 얻게 되지만 그 대가는 짧으면 몇 초, 길어봐야 수십 초만의 파멸이다.

이때의 두 사람은 아직 알 수 없는 일이지만, 유렌은 그 점에서 아주 놀라운 예외였다. 마족과의 합신을 적절하게 통제하는 데 성공했으니까.

칼로스가 말했다.

"그건 주소지가 없어지는 것뿐이야."

"주소지?"

"마족은 헤아릴 수 없을 정도로 많고 이름도 없어. 그저 의식 자체만으로 마족을 불러내면 매번 나오는 마족이 다르다고. 그중에서 자신이 필요로 하는 지식을 가진 마족을 골라내야 하는데……."

마족들은 도대체 어디서 비롯된 것인지 알 수 없는 지식을 가졌지만, 그렇다고 해서 모든 것을 다 알지는 못한다. 마족 개체에 따라서 지닌 지식이 다른 것이다.

"일단 마족 중에 적합한 거래 상대를 찾으면, 다음번에도 그놈을 불러낼 방법이 있어야겠지? 그럼 계약을 나누고 마족은 마법사를 찾아올 수 있는 방법을, 마법사는 그 마족을 지정해서 불러낼 수 있는 방법을 찾아. 흑마법사들은 그 마족 사전을 굉장히 귀히 여기지."

원하는 마족을 불러낼 때까지 계속 여러 마족을 접하는 과정 자체가 큰 위험을 지는 시행착오다. 그렇기에 다른 흑마법사가 지닌 마족 사전은 흑마법사들이 굉장히 탐내는 물건이었다.

"마족과 합신한 흑마법사를 처치하면 마족은 이 세상에 우선적으로 찾아올 수 있는 방법을 잃고, 이 세상에서 보자면 그 마족을 특정해서 불러낼 수 있는 방법을 잃어서 접점이 사라져 버리는 거지. 그뿐이야. 마족은 실체가 없고, 따라서 소멸하지도 않아."

"그럼 그 경우는, 불세르크가 다수의 존재와 관계를 맺고 있었다면 불세르크를 특정해서 불러낼 방법을 가진 모든 존재를 없애 버렸다고 해석해야 하나?"

"아마도. 하지만 그게 좀 석연치 않단 말야. 불세르크가 워낙 특이사례였던 데다가, 수많은 영웅과 어둠의 거물이 출현하는 서사시라는 형태로 사람들에게 마족이 어떤 존재인지, 왜 위험한지를 알려줬다는 점이 이상해."

"그건 왜?"

"마법사의 지식이라는 것은 그런 식으로 대중적으로 공유되는 게 아니니까. 마왕 불세르크의 이야기를 통해서 알려진 마족의 진실은 그전까지는 흑마법사들이 꽁꽁 감춰두고 있는 거였다고. 밝혀지고 보면 그냥 그런가 보다, 할 만한 이야기지만 원래 일부가 독점하고 있는 지식이라는 것은 그런 법이야."

무엇보다 그 이야기를 통해서 이전과는 비교할 수 없을 정도로 많은 사람이 마족에 대해서 알게 되었다. 그것은 즉……

"힘과 지식을 갈망해서 마족과 접촉하는 이들의 수도 그만큼 늘었다는 소리지."

그런 의미에서 불세르크야말로 진정한 마왕이다. 마족에 대해서 알림으로써 더 많은 이를 파멸의 유혹으로 이끌었으니……

4

다시, 현재.

공기는 싸늘했다. 적어도 200년 이상 방치된 유적이지만 공기순환이 잘 이루어지고 있는지 호흡하기에는 아무런 문제도 없다. 하지만 눈앞의 불사체로부터 흘러나오는 냉기가 기온을 미미하게 냉각시키고 있었다.

아젤은 옛이야기를 떠올리면서 스스로를 마왕 불세르크라 주장하는 불사체를 바라보았다. 그리고 물었다.

"당신이 진짜 불세르크라면 묻고 싶은 게 몇 가지 있는데……."

〈얼마든지 물어봐도 된다. 난 너에게 대답을 해주기 위해 있는 존재니까.〉

"정말 마족다운 말투군."

〈아니, 그런 의미가 아니다. 말한 그대로야. 난 너에게 대답을 해주기 위해서 이곳에 있었다. 그걸 위한 안배야. 정확히는 그런 안배가 되었다… 고 해야겠군.〉

"뭐?"

아젤이 깜짝 놀랐다. 불세르크가 뼈만 남은 손가락으로 자신의 머리를 톡톡 치며 말했다.

〈이제는 더 이상 갱신되지 않고 이 안에 고여 있는 지식, 그걸 적합한 자에게 전하라고 가둬둔 거지. 얼마든지 물어봐도 좋아. 내가 대답할 수 있는 것은 다 대답해 주겠다. 모든 게 대

충 300년 전에서 멈춰 있으니 신선한 정보는 못 주지만.〉

아젤은 눈살을 찌푸렸다. 설마 이놈 역시 칼로스의 안배란 말인가? 하지만 그렇게 보기에는 앞뒤가 안 맞는다.

'일단 갇힌 시간부터가 그렇잖아? 도대체 어떻게 된 거지?'

인도자가 앞서 알려준 두 번의 선물은 확실히 칼로스가 남겨둔 안배였다. 하지만 이번에는 칼로스와 전혀 상관이 없어 보인다.

아젤은 그런 동요를 감추며 말했다.

"스스로를 마족이라고 칭하는 자가 그리 말하니 신뢰도가 없는데?"

〈마족에 대해서 잘 아는 것 같은데 그런 말을 하나? 마족은 거짓을 말하지 않아.〉

"다만 진실을 교묘하게 이용해서 파멸로 유도할 뿐이지. 하지만 난 일단 당신이 마족이라는 것도 믿기 어려워."

〈왜지?〉

"마족은 실체가 없는 존재야. 그런데 왜 불사체가 되어 있지?"

〈타당한 의문이군. 나도 이런 꼴이 되기 전에는 불가능하리라 여겼던 일이니까. 하지만 나에 대해 알고 있다면, 그리고 마족에 대해서 알고 있다면… 나에 대한 이야기에 대해서 의문을 품지 않았나?〉

"실체 없는 마족을 어떻게 처치했는가?"

〈그래.〉

"거기에 대해서 내 친구는 그 마지막조차도 의도된 바가 아닌가 하는 가설을 세우더군."

〈호오. 그거 흥미로운 이야기군. 자세히 들려줄 수 있겠나?〉

"애당초 최초에 불세르크를 불러낸 존재가 원한 것이 마족의 존재와 그 위험성에 대해서 세상에 각인시키기 위한 것이었다… 는 해석이지. 뭐 그런 미친 의도가 다 있나 싶지만 원래 세상을 뒤집어엎는 놈들은 다 미쳐 있게 마련이니까 그럴 수도 있겠다 싶은데."

〈하하하. 즉 마왕 불세르크가 자취를 감춘 것조차도 의도한 바였다? 정말 재미있는 음모론이고 나도 그랬으면 좋겠지만, 유감스럽게도 틀렸어. 세상에는 뛰는 놈 위에 나는 놈이 있고 나는 그런 놈한테 붙잡혀서 이 꼴이 되었지. 마족이 모르는 것을 알고, 실현할 수 있는 능력을 가진 자. 나를 살아 있는 인간의 몸이라는 그릇에 담아 실체를 주고, 실체를 가져야만 느낄 수 있는 고통과 절망의 나락에 빠뜨린…….〉

"그게 누구지?"

〈그건 말해줄 수 있는 사항에 들어가지 않아. 말해주고 싶지만 금제를 당해서 그럴 수 없는 게 안타깝군. 이게 내 진심이라는 것을 알아줬으면 좋겠어. 원래 마족은 뭐든지 말해주면서 우쭐거리고 싶어 하거든. 지금의 내가 마족이라고 할 수 있는지 모르겠지만… 아아, 누군가와 이야기를 한다는 것은 정말 좋은 일이야. 너무나도 즐겁고 행복해서, 나와 이야기를

나누는 네게 뭐든지 해주고 싶어. 이건 설마…….〉

잠시 고민하던 불세르크가 말했다.

〈사랑인가?〉

"…아닐 거야."

〈하지만 사랑에 대한 정의를 보면 내가 너에게 느끼는 감정은 사랑이 맞는 것 같은데?〉

"그렇다면 유감이군. 난 네 사랑을 받아줄 수 없으니까."

아젤이 눈살을 찌푸렸다. 역사에 이름을 남긴 마왕이라는 놈이 하는 말이 이런 시시껄렁한 소리나 하다니.

하지만 그가 기뻐하고 있다는 것은 알 수 있었다. 자신과 대화를 나누는 것만으로도 행복해한다는 것은 허언이 아니다. 아무런 여과 없이 흘러나오는 정신파가 그것을 알려주었다.

〈슬픈 일이군. 하긴 첫사랑은 이루어지지 않는다고 하지. 좋아. 집착과 미련을 일단 접어두고, 문답을 계속하자.〉

"네 말대로라면 너는 너를 이 모양으로 만든 작자에게 원한을 품고 있어야 할 것 같은데, 그 작자가 나를 위해 안배를 남긴 거라면… 전혀 신뢰할 수가 없겠는데?"

〈원한? 있을지도 모르지. 하지만 제발 부탁이니 믿어줬으면 좋겠군. 난 네게 무엇이든 말해줄 거야. 의무를 다해야만 해.〉

"그렇게 해서 네가 얻는 것이 뭐지?"

〈죽음.〉

"……"

〈아무것도 할 수 없어. 나갈 수도 없고 죽을 수도 없고 미칠 수조차 없지. 지옥은 바로 내가 있는 여기야. 내가 바라는 것은 오로지 해방뿐이야. 그리고 그건 내가 여기 안배된 목적을 다할 때만 이루어지지. 실험 하나 해볼까? 내게 거짓을 말하도록 해봐.〉

"너는 마왕 불세르크인가?"

〈아니야. 앞서 한 이야기는 다 거짓말이지. 사실 나는…….〉

순간 불세르크의 눈에서 빛이 사라졌다. 아젤이 깜짝 놀라서 뒤로 물러났다.

"뭐야, 이거?"

아젤이 중얼거리는 것과 동시에, 불세르크의 몸이, 정확히는 그 몸을 구성하고 있는 뼛조각들이 일제히 땅으로 떨어졌다. 유렌이 경악했다.

"아무런 조짐도 없었는데… 불사체를 구성하고 있던 마력이 사라졌어."

불사체는 이미 죽은 육체에 사악한 비술로 영혼을 붙잡아둔 존재다. 그 비술을 구성하는 마력이 사라지면 불사체의 중추, 즉 영혼은 더 이상 현세에 머물 수 없게 된다.

하지만 이건 이상하다. 불사체가 되었을 정도면 영혼의 집념이나 원한은 막강한 수준이리라. 그럼 불사체로서의 마력이 파괴되어도 잠시나마 망령처럼 이 세상에 존재해야 하는데… 마치 불씨가 꺼지듯이 사라져 버리다니?

드르륵…….

그때였다. 충격과 경악이 형성한 정적 속에서… 떨어졌던 뼛조각들이 움직이기 시작했다.

　마치 시간을 되돌리는 것 같은 광경이다. 엉망으로 흩어졌던 뼛조각들이 허공에서 재조립되면서 인간의 골격을 형성한다. 그 과정이 끝나자 다시 해골 안쪽에서 고요한 도깨비불이 타오르면서, 불사체를 구성하는 불길한 마력 파동이 쏟아져 나오기 시작했다.

　〈하…….〉

　그리고 해골의 입에서 고통스러운 소리가 새어 나온다.

　〈차라리 그, 그대로 죽어버렸으면 좋았을 텐데. 시간이… 어, 얼마나 지났지?〉

　불세르크가 덜덜 떨리는 목소리로 물었다. 마치 공포 때문에 제대로 된 사고가 불가능해 보이는 목소리인지라 다들 의아해했다. 아젤이 대답해 주었다.

　"1분도 안 지났어."

　〈고작, 고작 그 정도인가… 내가 보낸 공허가, 너희에게는…….〉

　불세르크가 양팔로 자신의 몸을 끌어안았다. 마치 한기를 느끼는 것 같은 몸짓이지만 불사체에게는 아무런 의미도 없다.

　그가 진정되기까지는 한참의 시간이 필요했다. 불세르크가 말했다.

　〈…그놈이 설정한 규칙을 어기면 이런 꼴을 당하지. 난 아무런 거짓도 말할 수 없어. 그러면 아무것도 인식할 수 없는 공허에 갇히게 돼. 감각이 전혀 존재하지 않고 사유조차 의심하는 상태가 얼마나 끔찍한지 너희는 모르겠지…….〉

"내가 정말 그럴싸한 연기라고 말한다면 어떻게 말할 텐가?"

〈그럼…….〉

아젤의 차가운 물음에 불세르크가 떨리는 목소리로 말했다.

〈그렇다면 어쩔 수 없지. 내가 무슨 말을 하건 믿지 않겠다는 소리니까. 난 그저 내 말을 믿든 말든 상관없으니 그저 듣기라도 해달라고 사정할 수밖에.〉

"……."

참으로 처량하다. 스스로 한때 세상에 거대한 혼란을 초래했던 마왕이라 주장하는 자가 진실로 받아들이는지는 상관없이 그저 자신의 말을 듣기만 해달라고 사정하는 상황이라니.

하지만 아젤의 눈은 차가웠다.

지금까지의 이야기를 믿는다면 그가 당한 일은 정말 지독하다. 차라리 고문하다 죽이는 게 자비롭다고 생각할 정도로 영혼 깊숙한 곳까지 철저하게 유린하는 행위였다.

그렇지만 잘 생각해 보자. 마왕 불세르크라 불릴 때 그가 야기한 혼돈과 파멸이 어느 정도인지. 그로 인해 일어난 막대한 증오를 등에 업은 누군가가 불세르크에게 복수하고자 한 결과가 이것이라면, 과연 지나치다고 할 수 있겠는가?

'내가 판단할 일은 아니지만…….'

아젤은 그에 대한 생각을 접고 물었다.

"좋아. 일단 네가 마왕 불세르크고 내게 뭔가를 말해주기 위한 안배라는 말, 믿어주도록 하지. 네가 말하는 지식이 내게 쓸모가 있을지는 들어보고 판단해 보면 될 일이니까."

⟨정말 고맙다.⟩

불세르크의 말투에는 조금도 비아냥거리는 기색이 없었다. 아젤을 제외한 일행은 모두 혼란스러워하며 시선을 교환했다.

아젤이 물었다.

"그럼 일단 이것부터 묻지. 너를 여기에 가둔 인물과, 너를 내게 뭔가를 말해줄 안배로 만든 인물은 동일인물인가?"

"어?"

유렌이 놀라서 눈을 크게 떴다. 아젤의 질문은 모두를 혼란스럽게 만들었던 부분을 정확하게 짚고 있었다. 불세르크가 대답했다.

⟨아니다.⟩

"역시. 그럼 가둔 인물 말고 안배로 만든 인물이 누군지는 말해줄 수 있나?"

⟨역시 말할 수 없다.⟩

"흠. 양쪽 다 자기가 누군지 알려지길 바라지 않았나? 그러면서 중요한 사실을 전하려고 하다니… 설마 네가 말해줄 수 있는 지식 자체는 누구나 알아도 되는 것들인가?"

⟨그렇다. 얼마나 유용한지는 둘째치고, 일단 새어 나가서는 안 되는 비밀이냐 하면 그건 아니지. 다만 마족들 중에서도 아

는 자가 거의 없어서 희소가치가 높은 진실일 뿐.〉

"그랬군. 도대체 누가 이런 장난을 치는 건지 갈수록 궁금해지는데… 아, 그에 대해서 하나 더 묻지. 그럼 안배로 만든 인물은 인간 마법사였나?"

〈그렇다. 인간이라고는 믿을 수 없을 정도의 마법사였지.〉

"과연."

아젤의 표정이 심각해졌다. 이건 인도자의 정체를 파악하기에 쓸모 있는 단서다.

"좋아. 그럼……."

아젤은 잠시 생각하다가 물었다.

"네가 나에게 알려주고자 하는 것은 뭐지?"

불세르크의 존재가 인도자의 안배라면 알려줄 사실은 처음부터 결정되어 있으리라. 인도자의 정체를 알 수 없다면 필요한 것만 묻는다.

유렌이 놀라서 끼어들었다.

"어, 잠깐."

"왜?"

"이자가 말하는 뉘앙스로 봐서는, 그 안배에 해당하는 사실을 말해주고 나면 해방되는 거 아니야?"

"그렇겠지? 불세르크, 그런가?"

〈그럴 것이다.〉

불세르크가 긍정하자 유렌이 난처해했다.

"그럼 그건 좀 뒤로 미뤄두고 이것저것 물어보고 싶은데?

마왕 불세르크가 그렇게 대단하다면 마족으로서도 거물이잖아? 300년 전의 지식이라고 해도 정말 가치 있는 지식을 많이 알고 있을 텐데… 어쩌면 우리의 전력을 획기적으로 증강시킬 수 있는 실마리를 잡을 수도 있다고."

"흠. 마법사의 관점에서 보면 그렇겠군."

"당신 입장에서도 그럴걸? 마족의 지식이라는 게 꼭 마법사에게만 쓸모 있는 것은 아닌데……."

"그 말이 맞기는 하겠지만 난 정체도 알 수 없는 놈이 던져 주는 근거도 없는 지식에 목숨을 걸 생각은 없어. 하지만 파멸의 위험성이 없는 마족이라는 것은 확실히 마법사들에게는 굉장히 매력적이겠군."

아젤이 흘끔 바라보니 라우라도 흥미가 있어 보였다. 표정으로는 잘 드러나지 않지만 뭔가 물어보고 싶어서 근질거리는 눈빛이다.

"좋아. 불세르크, 당신에게는 미안하지만 해방의 시간을 조금 뒤로 미루도록 하지."

〈상관없다. 난 지금 누군가와 대화를 나눌 수 있다는 사실 자체가 너무나도 행복하니까. 이 비루한 존재의 끝을 맞이하기 전의 여흥이라고 생각하면 아주 과분해.〉

아젤은 유렌과 라우라가 불세르크와 대화하도록 물러나 주었다. 그리고 한구석에 가서 앉으며 말했다.

"명상이라도 하는 게 좋을 겁니다. 분명히 아주 길고 재미없는 시간이 될 테니까. 시간 제한이 없다는 점에서는 며칠 동안 계속될 수도 있죠."

"으음."

그 말에 카이렌과 레티시아가 신음했다. 확실히 두 고위 마법사는 불세르크와 대화를 시작하자마자 칼잡이들에게는 외계어로밖에 안 들리는 소리들을 떠들어대고 있었다. 평소 말수가 적은 라우라조차도 눈을 반짝반짝 빛내면서 이것저것 묻는 모습이 기다리는 입장에서는 정말 길고 괴로운 시간이 될 것 같은 느낌이 팍팍 든다.

하지만 의외로 그 시간은 별로 길지 않았다.

쿠르르릉……!

채 한 시간도 지나지 않아서, 지상에서 일어난 폭발이 유적을 진동시켰기 때문이다.

5

아젤은 곧바로 눈을 떴다.

폭발은 상당히 먼 곳에서 일어났다. 지금 있는 지하에서 곧바로 지상으로 올라간 지점을 기준점으로 쳤을 때 최저 2킬로미터 이상이다. 하지만 그곳에서 여기까지 진동이 선명하게 전달되어올 만큼 폭발이 강렬했다. 게다가 한 번도 아니고 연이어 이어지고 있었다.

아젤이 말했다.

"용이야."

"어떻게 알지?"

레티시아가 물었다. 아젤이 대답했다.

"이 근처에 있는 용이 지룡이라고 했지. 지룡이 힘을 발하는 게 느껴져."

용과 싸워본 경험이 풍부한 아젤의 절대감각은 지하에서도 지상에서 발하는 힘의 주체를 파악해 내고 있었다. 곧 간헐적으로 전달되던 진동보다 훨씬 강렬한 진동이 전달되었다.

쿠르르릉······!

이번에는 모두가 아젤의 말이 맞다는 것을 인정할 수밖에 없었다. 지하에 있는 일행의 감각이 저릿저릿 울릴 정도로 강맹한 힘의 파동의 근원은 용의 포효가 틀림없었다.

아젤이 말했다.

"용이 뭔가와 싸우고 있군. 심지어 용의 포효를 쓸 정도의 강적이라니······."

다른 용의 기운이 느껴지지 않는 것으로 보아서 용들의 싸움은 아니다. 아젤은 좀 더 집중해서 감각을 확장시켜 보았고, 곧 용에 비하면 미약하지만 상당히 강맹한 힘의 파동을 포착했다.

"아무래도 용마족이나 용마인이 용과 싸우고 있는 것 같은데. 그것도 혼자서. 이쯤 되면 상당히 안 좋은 예감이 드는걸?"

"어둠의 설원에서 나온 간부 놈이 용살의 의식을 치르고 있을 가능성이 높군."

레티시아가 싸늘한 목소리로 말했다. 그 외에 다른 가능성이 떠오르지 않았다.

아젤이 말했다.

"아무래도 발세르의 말이 맞은 모양이야. 결국 그놈들이 우리 행적을 파악하고 추적해 왔다 이거지."

"국경에서 모습을 보였으니 어쩔 수 없지."

카이렌의 말에 아젤이 고개를 갸웃했다.

"아무리 그래도 너무 빠른데요? 아니, 잠깐. 어쩌면 우리 위치를 특정하지는 못했을 수도 있겠군. 그냥 근처에 온 김에 용살의 의식을 치르는 것인지도 모르……."

쿠르르릉!

그때 지진이라도 난 듯 격렬한 진동이 일행을 덮쳤다. 유적이 무너져도 이상하지 않을 정도로 강하게 흔들려서 모두들 모골이 송연해졌다. 지하에 있는 이상 유적이 무너지면 속절없이 파묻힐 수밖에 없지 않은가?

아젤이 이를 갈았다.

"큭! 아무래도 발각된 모양이군. 아주 노골적이야. 모두들, 곧바로 나가자! 이대로 있다가는 파묻힐 거야!"

"하지만……."

유렌이 당황해서 불세르크를 바라보았다. 아직 불세르크에게 안배된 지식이 무엇인지 듣지 못했다.

쿠구구궁!

하지만 그럴 시간이 없었다. 또다시 지상에서 격렬한 폭발이 일어나면서 격심한 진동이 몰려왔다. 적들이 노골적으로

지하에 있는 일행을 표적으로 삼고 있음을 알 수 있는 공격이었다.

아젤이 말했다.

"다들 먼저 나가. 내가 남아서 들을 테니까."

"미쳤어? 아무리 당신이라도 여기가 무너진다면 끝장이야."

유렌의 말에 아젤은 대답 대신 용마력을 끌어올렸다.

―용마기 초래! 비탄의 잔!

섬광이 흩어지면서 비탄의 잔이 아젤의 곁에 나타났다. 아젤이 그것을 가리키면서 말했다.

"이게 있으니 그럴 염려는 안 해도 돼. 위치가 발각된 이상 입구는 적들이 지키고 있을 가능성이 높아. 우회해서 나갈 수 있는 길을 뚫어줄 테니까 전투를 준비해."

아젤은 곧바로 비탄의 잔의 힘을 이용, 눈물의 길을 만들었다. 허공에 나타난 눈물 같은 일그러짐이 한데 모이더니 그대로 쑥 뻗어 나가서 천장에 구멍을 만들었다. 공간왜곡장으로 만든 길 앞에서 물리적인 벽은 아무런 의미도 없었다.

"그럼 먼저 한바탕하고 있지."

레티시아는 그렇게 말하고는 바닥을 박차고 위로 날아올랐다. 곧바로 카이렌이 그 뒤를 따르자 유렌과 라우라는 아쉬움이 남는 눈으로 불세르크를 바라보다가 날아올랐다.

혼자 남은 아젤이 불세르크에게 다가가 물었다.

"이제 시간이 없으니 필요한 것만 듣기로 하지. 내게 알려줄

게 뭐지?"

〈그토록 끝을 갈구해 왔건만… 막상 마지막 순간이 오니 아
쉬운 기분이 들다니, 참으로 우스운 일이야.〉

불세르크가 해골의 모습으로 키득거리며 웃었다. 그리고 말
했다.

〈하지만 이 기회를 놓칠 수 없으니 끝을 내도록 하지.〉

"뜸 들이는 것을 기다려 줄 시간이 없어. 빨리 말해."

〈알겠다. 내가 말해줄 것은……〉

불세르크는 왠지 씁쓸함이 묻어나는 목소리로 말했다.

〈마족의 진실이다.〉

역사상 수많은 마법사가 궁금해했던 세계의 비밀 하나가 아
젤 앞에서 풀리려고 하고 있었다.

6

눈물의 길을 따라서 지상으로 나온 카이렌은 곧바로 현재
의 위치를 파악했다. 그리고 곧 격전이 벌어지고 있는 전장과
500미터 이상 떨어져 있음을 알고는 눈살을 찌푸렸다.

'수호그림자로군.'

수십의 수호그림자들이 용마왕 숭배자들과 치열하게 격투
를 벌이고 있었다.

계속해서 일행을 따라다니던 발세르가 밖에서 대기하고 있
다가 용마왕 숭배자들과 맞닥뜨렸던 것이다. 적의 전력이 얼

마나 되는지는 모르겠지만 수호그림자가 그들을 그냥 보아 넘길 리가 없다.

카이렌이 말했다.

"가자!"

일행은 곧바로 전장을 향해 질주했다. 그런데 그때였다.

전장 한복판에서 투명한 섬광이 하늘로 치솟았다. 눈이 부시지도 않은 투명한 섬광이지만 이상할 정도로 시선을 사로잡았다. 그리고…….

쫘과과과광!

무시무시한 힘이 폭발했다.

카이렌이 경악했다.

"용의 포효인가?!"

아니다. 용의 기척은 멀었고 포효하는 낌새도 없었다.

하지만 지금 대지를 타고 퍼져 가는 충격파는 자연스럽게 용의 포효를 떠올릴 정도로 압도적이었다. 300미터 넘게 떨어져 있는 이곳까지 지면이 모조리 뒤집어지고 카이렌이 펼친 방어막을 무시무시한 충격이 두들겨 댄다.

후우우우우!

자욱하게 피어오른 흙먼지를 밀어내면서 광풍이 휘몰아쳤다. 그리고 그 한가운데서 무시무시한 마력 파동을 흩뿌리는 존재가 모습을 드러냈다.

〈이거 제법이군. 무슨 수작인지는 모르겠지만 내 힘을 이 정도로 억제하다니 기절초풍하겠어. 위력이 반도 안 나오는데?〉

불사체의 목소리다. 그 말을 듣는 순간 카이렌은 어처구니가 없었다.

'뭐 말도 안 되는 허풍을 떠는 거야? 이게 반도 안 되는 위력이라고?'

힘의 발생 지점부터 원뿔형으로 충격파가 달려나가면서 숲을 모조리 뒤집어놓았다. 강도 높은 지진이 일어나도 이 정도는 아닐 것이다.

하지만 광풍에 밀려나는 흙먼지 너머로 드러난 상대를 확인하는 순간, 왠지 그 말이 사실일지도 모른다는 생각이 들었다.

"설마 저게 레이거스인가?"

3미터에 달하는 거구의 용마족 불사체가 표면이 새하얗고 길이는 2미터도 넘는 육중한 전투용 망치를 들고 있었다. 그에게서 뿜어져 나오는 불길한 마력 파동은 카이렌을 능가하는 수준이었다. 외모로 보나 하는 짓으로 보나 전설 속의 용마장군 레이거스의 불사체가 틀림없었다.

그때 레이거스의 시선이 카이렌에게 향했다.

〈새로운 손님이 오셨군. 우리가 붙잡으러 온 일행인가? 하지만 붉은 머리의 인간은 안 보이는데?〉

레이거스가 고개를 갸웃한다. 그런 그의 주변에서 수호그림자들이 시끄럽게 속삭이면서 일어난다. 방금 전, 그가 용마기혼쇄의 인으로 가한 일격으로 날아갔지만 소멸한 개체는 거의 없었다.

〈역시 수호그림자는 튼튼하군. 게다가 내 힘을 억제하는 이

능력… 정말이지 정체가 궁금한데? 칼로스 그 애송이가 만든 거라면 정말 훌륭하다.〉

레이거스가 못마땅한 듯 투덜거리며 한쪽을 바라보았다. 그 곳에는 흙먼지를 뒤집어쓴 발세르가 있었다.

그를 발견한 카이렌이 놀랐다. 지금까지 죽 눈을 감고 있던 발세르가 눈을 뜨고 있었기 때문이다. 검푸른색을 띤 눈동자가 기이한 기운을 발하고 있었는데 직접적으로 접한 게 아닌 데도 오싹하다.

'뭐지?'

그때 허공에서 불길이 일어나서 레이거스를 덮쳤다. 레이거스가 혼쇄의 인을 들어서 그것을 받아내고는 말했다.

〈미적지근해.〉

〈그럼 화끈한 것을 준비해 주지.〉

그에 대답하는 목소리 역시 불사체였다. 카이렌은 발세르의 위쪽에서 검은 로브자락을 펄럭이는 불사체 마법사를 발견했다. 일순간 레논이 데리고 다니던 세타인가 싶었지만 곧 다른 존재임을 알 수 있었다. 그리고…….

쫘광!

레이거스에게 질풍처럼 달려들어서 커다란 쌍날도끼를 내리치는 이가 있었다. 강력한 마법이 깃든 새카만 쌍날도끼는 일반인은 들어올리기도 힘들 무게였다. 하지만 갑옷을 입은 거구의 전사는 쾌속한 동작으로 그것을 휘둘렀다.

하지만 레이거스는 가볍게 그것을 막아냈다. 그 직후 무기끼리 접촉한 부분에서 충격파가 터지면서 공격을 가한 이가 튕겨 나갔다.

〈큭!〉

〈아서라. 제법 힘 좋다는 소리 듣고 살았던 모양인데, 내 앞에서 힘자랑할 수 있는 놈은 예나 지금이나 없단다.〉

레이거스가 상대를 비웃었다.

쌍날도끼를 든 이 역시 불사체였다. 입고 있는 갑옷이나 무기에 깃든 마법으로 보아 그도 예언지킴이가 데리고 다니는 불사체가 분명했다. 거의 2미터에 이르는 키에 기골이 장대한 거구였지만 레이거스와 마주하니 난쟁이처럼 보인다.

쌍날도끼의 불사체가 말했다.

〈알파! 어떻게 된 거야? 이놈 왜 멀쩡해?〉

"분명히 제 눈의 영향을 받고 있습니다. 하지만 전부 억눌러지지 않는군요."

〈…네 눈으로 힘이 억눌려도 이 정도라고? 말도 안 돼.〉

"유감스럽게도 그렇습니다. 파이, 로오, 용검공작 일행과 합공하세요."

불사 마법사는 파이, 쌍날도끼의 불사체는 로오라는 코드네임을 가진 잠들지 못하는 수호자들이었다.

그 말에 레이거스가 재미있다는 듯 해골 안쪽에서 안광을 불태웠다.

〈호오, 네가 용검공작인가? 반갑군. 한 번쯤 보고 싶었는데.〉

"전설의 용마장군께서 그리 말해주시니 참으로……."

동시에 카이렌이 뛰어들었다. 대화 도중에 순동법으로 허를 찌르면서 용검을 내려친다.

"영광이군!"

말을 맺음과 동시에 내려친 좌검이 전투용 망치의 헤드에 가로막히면서 폭음이 울려 퍼졌다. 집채도 날려 버릴 강맹한 일격이 너무나 쉽게 가로막힌다.

하지만 카이렌은 전혀 당황하지 않았다. 애당초 이 일격이 미끼였기 때문이다. 교묘한 타이밍으로 우검이 빈틈을 파고든다.

〈후!〉

그 순간 레이거스가 가속했다. 그 덩치라고는 믿을 수 없는 순발력으로 순동법을 발동, 카이렌의 우검이 완전히 가속하기 전에 갑옷의 어깨 부분으로 받아버리면서 옆으로 빠져나간다. 직후 통나무 같은 다리로 발차기를 날린다.

쫘광!

폭음이 울리며 주변 지면이 통째로 뒤집어졌다. 상단에서 하단으로 비스듬히 휘두른 발차기가 지면을 강타, 레이거스를 중심으로 원형의 충격파를 발생시킨다. 카이렌은 물론이고 옆으로 돌아서 시간차 공격을 가하려던 레티시아까지 밀려났다.

자세를 바로잡는 카이렌은 섬뜩함을 느꼈다. 피어오르는 흙먼지를 뚫고 레이거스가 돌진해 온 것이다. 순동법으로 한순간에 거리를 좁히면서 전투용 망치를 내려친다. 호쾌하지만 동작이 큰 만큼 허점도 많은 공격이다. 카이렌은 냉정하게 반격을 날렸고…….

꽈과과광!

폭음이 울리며 그대로 튕겨 나갔다.

"크억!"

용검이 부러질 듯이 흔들거리고 충격으로 내장이 진탕했다. 격돌시의 충격을 완전히 상쇄하지 못한 것이다.

'뭐 이렇게 이상하게 섬세한 놈이 다 있어!'

허점을 찌르는 순간, 레이거스가 달려드는 기세가 한 박자 더 가속하면서 타점을 비껴 버렸다. 그리고 호쾌하게 내려치는 망치의 궤도가 미묘하게 비틀리면서 절대 피할 수 없는 지점을 찍어버리니 검을 후려쳐서 공격으로 공격을 상쇄하는 것밖에는 선택지가 없었다.

겨우 균형을 바로 잡는 카이렌 앞에서 레이거스가 망치를 들어올리며 외친다.

〈혼쇄의 인! 또 한 번 날뛰어봐라!〉

또다시 그로부터 하늘로 투명한 섬광이 뻗어 나간다. 그리고 그 섬광이 되돌아오면서 새하얀 전투용 망치가 눈부시게 불타올랐다.

순간 카이렌은 최악의 상황을 직감했다. 이건 피할 수 없다. 그리고 아까 전의 위력을 보건대 어설프게 막았다가는 방어째로 증발해 버릴 것이다.

'그렇다면!'

카이렌은 방어를 포기하고 힘을 집중했다. 쌍검이 백렬하며 용마력이 실린 언령이 울려 퍼진다.

"용검이여, 사특한 어둠을 불태우라!"

필살의 의지가 담긴 검격이 허공을 가르며 무시무시한 섬광을 토해냈다. 레이거스가 망치를 내려치는 것과 거의 동시였다.

꽈과과과광!

눈에 보이는 모든 것이 새하얗게 불타올랐다. 산도 갈라 버릴 검격이 대지를 뒤집어놓는 용마기의 포효와 격돌, 용의 포효에 버금가는 대폭발이 주변을 휘감았다.

CHAPTER **27**

모이는 전설들

魔龍
展劍

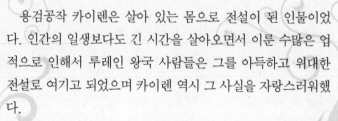

1

　용검공작 카이렌은 살아 있는 몸으로 전설이 된 인물이었
다. 인간의 일생보다도 긴 시간을 살아오면서 이룬 수많은 업
적으로 인해서 루레인 왕국 사람들은 그를 아득하고 위대한
전설로 여기고 되었으며 카이렌 역시 그 사실을 자랑스러워했
다.

　하지만 그런 카이렌 역시 예전에는 전설을 동경하던 소년이
던 시절이 있었다.

　인류 역사상 가장 거대한 전쟁, 그리고 그 속에서 활약하며
눈부시게 빛났던 인물들.

　후세에 이름을 남긴 이들은 영웅과 악당 모두가 거물이었
다. 이전에 대륙에 존재했던 수많은 전설이 무색해지고 사람

들은 오로지 용마전쟁에서 활약한 이들만을 기억하게 되었다.

카이렌은 종종 그 시절에 자신이 태어났다면 어땠을까 상상해 보고는 했다. 지금의 자신은 분명히 많은 것을 이루었지만 그 당시의 영웅들처럼 불멸의 명성을 얻은 것은 아니다. 과연 그 시절에 자신이 태어났다면 온 세상을 두려움에 떨게 했던 어둠의 거물들을 상대로 얼마나 활약할 수 있었을까?

살면서 그 답을 알게 되는 날이 올 것이라고는 생각해 본 적도 없었다.

쿠과과과과……!

폭연이 장대하게 피어오른다. 고작 두 사람이 격돌한 결과라고는 믿어지지 않을 정도로 압도적인 충격이 대지를 뒤흔들었다. 서로의 목숨을 노리고 격전을 벌이던 모든 이의 이목이 그곳으로 쏠렸다.

〈훌륭해! 간만에 싸울 맛이 나는 놈이 나왔구나! 그래! 남자가 검을 쥐었으면 죽을 때도 앞으로 나가다가 죽을 각오여야지!〉

그 속에서 레이거스가 박장대소하는 소리가 천둥소리처럼 울려 퍼졌다. 그리고 섬광이 터진다. 전력을 다한 공격으로 레이거스의 공격을 버텨낸 카이렌이 곧바로 덮쳐 온 것이다.

카이렌의 선택은 옳았다. 전력을 다한 공격으로 받아치지 않았다면 거기서 끝장났을 것이다. 카이렌의 공격이 혼쇄의 인이 발생시킨 충격파를 상쇄하고 레이거스의 앞까지 도달하는 길을 열어주었다.

"큭!"

카이렌이 신음했다.

지금까지 누구에게 힘으로 밀려본 적이 없는 그였다. 하지만 레이거스를 상대로는 도저히 힘으로 맞붙을 수가 없었다. 상대의 강점이 확연한 이상 그것으로 싸우겠다고 하는 것은 바보짓이다. 자존심이 상해서 짜증이 치솟지만 카이렌은 현명하게 속도와 기교로 레이거스를 상대했다.

하지만 허술해 보이는 레이거스의 방어가 의외로 단단하다. 신체의 크기와 무기의 길이로 인한 공격거리의 차이가 꽤 큰데다가 레이거스의 공격이 소름끼치는 위력을 과시하는지라 쉽사리 파고들 수가 없었다.

그 광경을 보던 레티시아가 짜증을 냈다.

"이런 무식한 작자들……."

그녀는 주변을 얼음 장벽으로 감싸서 방금 전의 충격파를 버텨냈다.

방금 전의 공격으로 폭심지는 마치 운석이라도 떨어진 것 같은 크레이터가 생기고 그 여파가 반경 500미터까지 퍼져서 숲은 마치 화산이라도 터진 것처럼 뒤집어져 있었다.

"가세한다!"

〈이런! 요즘 아가씨는 멋을 모르는군. 남자들이 일대일로 싸우고 있으면 따뜻한 눈으로 지켜봐 주는 맛이 있어야지?〉

"그건 도대체 언제적 유행이지? 조신한 여자들과 춤추길 원

하면 무덤 속에서나 하시지!'

코웃음을 치는 레티시아의 창이 냉기를 휘감고 그를 찔러 들어갔다. 레이거스는 카이렌과 레티시아, 둘의 맹공을 받으면서 껄껄 웃었다.

〈둘 다 훌륭하다!〉

레티시아가 식은땀을 흘렸다. 카이렌이 잘 상대하는 것 같아서 자신이 가세하면 압도할 수 있을 줄 알았는데 그렇지는 않았다. 둘이서 앞뒤를 점하고 공격을 퍼붓는데도 레이거스는 쉽사리 밀리지 않는다.

'뭐 이런 괴물이 다 있어?'

덩치가 크고, 중병기를 호쾌하게 휘둘러 대니 허점이 많아 보인다. 그런데 실제로 상대해 보니 그게 아니다. 레이거스는 전투방식은 중갑, 중병을 쓰는 자의 전형적인 스타일이지만 그것을 이루는 모든 요소가 말도 안 되는 수준에 이르러 있었다.

〈후우!〉

마치 산 자가 숨을 토해내는 것 같은 소리를 내면서 레이거스가 망치를 휘두른다. 비스듬하게 아래에서 위로 휘두르는 그 공격은 언뜻 보면 허점투성이다. 하지만 문제는 범위와 기세다. 레이거스는 큰 공격을 가할 때마다 돌격하는 전차처럼 뛰어드는데 그 기세가 너무 강맹해서 반격을 가해봤자 타점이 어긋나서 튕겨 나간다.

파파파파파!

그리고 그가 공격을 가한 궤도를 타고 파괴적인 기류가 폭발하면서 따라붙는다. 이것이 누적되면서 주변에는 숨쉬기도 어려운 열풍이 휘몰아쳐서 카이렌과 레티시아를 압박하고 있었다.

'기세로 몰아붙였다가는 오히려 당한다.'

이 점은 카이렌과 레티시아 모두 동의했다. 레이거스의 움직임은 전체적으로는 둔중해 보이지만 순간순간 보여주는 속도와 기세는 따라가기 벅찰 정도로 폭발적이다. 일격의 위력은 가볍게 내지르는 것조차 이쪽이 제대로 힘을 실어서 치는 것을 능가한다. 게다가 불사체라서 호흡의 제약을 받지 않기 때문에 무호흡으로 계속 가속하는 상황으로 몰고 가면 이쪽이 불리해진다.

치익! 키킹!

귀에 거슬리는 소리가 나면서 레이거스의 갑옷 표면에 불꽃이 튀었다. 카이렌의 검이 스치고 지나간 결과였다.

레이거스가 아무리 뛰어난 실력을 보인다고 해도 앞뒤를 점하고 고속으로 움직이는 카이렌과 레티시아의 연수합격을 완벽하게 막아낼 수는 없었다. 힘으로 두 사람을 계속 바깥으로 밀어내면서 싸우고 있지만 사이사이로 공격이 적중한다.

〈으음!〉

강력한 마법이 깃든 중갑의 방어력이 워낙 강력하니까 망정이지, 안 그랬으면 일찌감치 승부가 났으리라. 그만큼 카이렌과 레티시아의 공격력이 탁월했다.

'하지만 진짜 성채와 싸우는 기분이다.'

카이렌이 식은땀을 흘렸다. 레이거스는 애당초 광전사처럼 몸으로 공격을 받아가면서 싸우는 스타일이었다. 전신에 두른 강화의 마력이 워낙 강력해서 쉽사리 뚫리지 않았다.

레티시아도 난감해했다.

'냉기가 아예 안 먹힐 줄이야.'

원래 냉기는 불사체 상대로는 효력이 적다. 살아 있는 존재라면 극심한 냉기만으로도 신체 능력이 저하되고 동상을 두려워해야겠지만 불사체는 물리적으로 얼어붙는 것 말고는 타격이 없는 것이다.

그런데 레이거스는 다른 불사체와 비교해도 극단적으로 냉기에 강한 면모를 보이고 있었다. 한순간에 사람을 얼음기둥으로 바꿔 버릴 수 있는 냉기의 공격을 가해도 표면에 살얼음이 끼는 정도로 그친다.

문득 카이렌이 이를 갈았다.

'큭! 이거 혼자였으면 감당이 안 됐겠군. 젠장!'

용검공작이라 불리는 그는 언제나 강자의 위치였다. 오연하게 혈혈단신으로 다수를 상대하면 했지, 그 반대의 상황에서 좀 더 많은 아군이 있었으면 하고 아쉬워해 본 적이 없다.

하지만 자존심 상하게도 레이거스는 혼자 대적하기 벅찬 상대였다. 그가 일대일로는 당해낼 수 없다고 판단한 존재는 아젤 이후로 처음이다.

'수호그림자 놈들은 뭐하는 거지?'

잠깐 거리가 벌어진 틈에 주위 상황을 살핀다. 처음에 레이거스와 싸우고 있던 발세르와 두 불사체는 도대체 뭘 하고 있단 말인가? 확연히 우세를 점하고 있는 지금, 그들이 있다면 당장에라도 끝장을 낼 수 있을 것 같은데…….

곧 카이렌은 그 이유를 알 수 있었다.

'젠장. 수만 많은 게 아니라 최정예들이었나.'

레이거스에게 주의를 빼앗겨서 몰랐는데 용마왕 숭배자들도 상당한 수가 나와 있었다. 주변을 휩쓸듯이 하는 레이거스에게 카이렌과 레티시아를 맡겨두고 나머지는 수호그림자, 그리고 유렌과 라우라를 상대하는 중이다. 그들 중에 간부로 보이는 용마족과 용마인들이 몇 있는 데다가 나머지도 모두 정예병인지 다들 정신없이 싸우고 있었다.

〈재미있군. 우리 쪽에서 수작을 부려서 요즘 녀석들은 옛날 기술을 죄다 잃어버렸다고 하던데 너희는 제법 하는데?〉

레이거스는 정신없이 밀리는 와중에도 즐거워하는 것 같았다. 생전부터 그런 성격이었던 것일까, 아니면 이미 죽은 몸이라서 죽음에 대한 두려움을 잊은 것일까?

그의 말에 카이렌의 표정이 구겨졌다. 수치스럽기는 하지만 아젤에게 잊힌 비술들을 배우지 않았다면 오히려 당했을지도 모른다.

이전에 용마왕 숭배자들과 싸울 때, 카이렌은 그런 비술들을 몰랐어도 승리할 수 있었다. 넘치는 용마력과 용검이라는 출중한 무기, 그리고 고도의 비술은 없어도 극한까지 갈고닦은 기본기를 활용하는 기량이 빼어났기 때문이다.

하지만 레이거스는 그것만으로는 도저히 상대할 수 없는 적이었다. 이 싸움은 고도의 용령기 공방을 포함하고 있어서 자신의 마력으로 상대의 마력 흐름을 방해하고, 정신을 공격하고, 감각을 어그러뜨려 가면서 물리적인 파괴를 노렸다. 무식하게 싸우는 것 같은 레이거스조차도 그런 고도의 기술들을 아무렇지 않게 응용해서 공격해 왔다.

우우우우우……!

레이거스를 노려보던 카이렌은 움찔 몸을 떨었다. 먼 곳에서 압도적인 용마력의 파동이 전해져 왔기 때문이다. 그 자극이 어찌나 압도적이었는지 절대 적에게서 눈을 떼서는 안 되는 상황인데도 반사적으로 그 파동의 진원지를 바라보고 말았다.

'아차!'

카이렌은 간담이 서늘해져서 방어 자세를 잡았다. 하지만 레이거스는 공격해 오는 대신 즐거운 듯 웃고 있었다.

〈호오. 그 꼬맹이, 음침해서 별로 마음에 안 들었는데 실력은 인정해야겠군. 용을 쓰러뜨리다니.〉

"설마 용살의 의식을 끝낸 건가?"

그 말에 카이렌이 신음하듯 중얼거렸다. 확실히 이 느낌은 낯익었다. 예전에 라우라가 세이가를 납치하고자 시도했을 때, 아젤이 뇌룡과 용살의 의식을 치러서 승리했을 때와 같은 느낌이다.

레이거스가 말했다.

〈그래. 듣자 하니 요즘 애들은 용살의 의식을 치를 때 성공률이 2할도 안 된다던데 용케도 성공했군.〉

"음……."

〈자, 그럼 계속 놀아볼까? 우리 애들이 좀 밀리는 것 같으니 슬슬 나도 결판을 내야겠어.〉

그 말대로 전황은 용마왕 숭배자들에게 불리했다. 카이렌과 레티시아가 레이거스를 붙잡아놓는 동안 유렌과 라우라가 수호 그림자와 연계해서 용마왕 숭배자들의 수를 줄여가고 있었다.

레티시아가 비아냥거렸다.

"여태까지 피하느라 정신없던 양반이 할 소리는 아닌데?"

카이렌은 레티시아와 합공한다는 사실에 자존심 상해하고 있기는 하지만 어쨌든 이 싸움은 그들의 우세였다. 레이거스는 이미 몇 번이나 공격을 격중당해서 갑옷 일부가 파손되어 있었다.

하지만 그럼에도 레이거스는 자신만만했다.

〈그야… 유감스럽게도 이제는 정말 그런 것 같다만?〉

"뭐?"

레티시아가 의아해하는 순간이었다.

쾅!

폭음이 울리며 그녀가 튕겨 나갔다. 레이거스가 조금 전까지와는 비교도 안 되는 속도로 돌진, 그녀를 쳐 날리고는 곧바로 추가타를 날렸다.

카앙!

어이없이 당할 뻔한 레티시아를 구한 것은 카이렌이었다. 기겁해서 좌검으로 망치의 궤도를 틀고는 우검으로 머리통을 노린다.

레이거스의 반응은 완전히 예상 외였다. 머리를 찔러 들어가는 용검을 피하는 대신 머리로 받아버리는 게 아닌가? 그 속도가 너무 빨라서 마치 그 순간만 시간을 빨리 돌린 것 같았다. 그리고······.

꽈광!

혼쇄의 인이 벼락처럼 내려쳐지면서 충격파가 터졌다. 정상적으로는 힘을 실어서 내려칠 수 있는 자세가 아니었는데도 강맹하기 짝이 없는 일격이다.

불사체이기 때문이다. 산 자라면 당연히 관절기동범위의 제약을 받지만 불사체에게는 그런 문제가 없다. 어깨와 팔꿈치 관절이 비정상적인 각도로 움직이면서도 위력이 죽지 않는다.

카이렌과 레티시아가 피투성이가 되어 나가떨어졌다.

"크악······!"

카이렌의 갑옷 좌측이 뜯겨져서 날아갔다. 직격한 것도 아니고 스쳐 맞았을 뿐인데 강화의 마력을 두르고 있는 갑옷이 부서지다니!

레티시아도 몰골이 말이 아니었다. 경갑주가 뜯겨져서 날아가고 왼팔이 부러졌다.

카이렌이 헐떡이면서 물었다.

"지금까지는··· 놀고 있었던 건가······?"

그의 목소리는 분노에 차 있었다. 마치 어른이 애를 상대하듯이 당하는 척 봐주고 있었던 것이란 말인가? 수치스러워서 견딜 수가 없을 지경이다.

지금까지 싸우면서도 레이거스는 순간순간 폭발적인 속도를 보여왔다. 하지만 조금 전의 속도는 차원이 다르다. 아니, 순간적인 가속만이 아니라 모든 움직임이 두 배 이상 빨라졌다. 레티시아가 허를 찔려서 당한 것도 어쩔 수 없는 노릇이다.

그뿐만이 아니다. 레이거스의 전신에서 피어오르는 마력도 압도적으로 부풀어 오르고 있었다. 이 정도면 용에 필적하지 않을까 의심될 정도다.

레이거스가 말했다.

〈오해하진 말아줬으면 좋겠군. 너희와 싸우는 것을 즐기기는 했지만 봐주지는 않았다.〉

"하, 하하하하. 그걸 말이라고……."

〈정말이다. 그저 방금 전까지는 내 힘이 억제되고 있었을 뿐이지. 저 수호그림자 녀석의 눈깔이 요상한 능력을 가졌더군.〉

"……."

항상 눈을 감고 다니던 발세르의 눈에는 기이한 힘이 깃들어 있었다. 레이거스는 지금까지 깨어난 후로 그 누구도 자신이 불사체로서 존재하는 힘에 간섭하는 경우를 보지 못했다. 하지만 발세르가 바라보는 것만으로도 힘이 반 이하로 억제되었다.

'이상하단 말이지. 저 불사체 놈들은 나와 비슷하기도 하고… 칼로스 그 애송이가 왕의 비술을 훔쳐 내기라도 한 것인가, 그게 아니면…….'

그러나 그 힘도 한계가 있었는지 다른 용마왕 숭배자들이 거세게 몰아치자 결국 레이거스에 대한 억제력이 사라졌다. 그 결과가 이것이다. 육체가 썩어버린 불사체는 운동 능력까지도 마력의 영향을 받는지라 억제력이 사라지는 순간 힘과 속도 모두 비약적으로 상승했다.

레티시아가 숨을 고르며 말했다.

"그렇다고는 해도… 얼마나 빠른지 안 이상 쉽게는 당해주지 않는다. 그리고 이쪽도 지원군 정도는 있어."

〈아아, 저 아가씨 말인가?〉

레티시아의 뒤에 라우라가 나타났다. 카이렌이 위스퍼링으로 도움을 청하자 적들을 유렌에게 맡기고는 이쪽에 가세한 것이다.

그녀를 보며 레이거스가 말했다.

〈척 보면 알겠군. 사자(死者)의 세계에서 돌아오지 못한 내 친구와 많이 닮았어. 배신했다는 라우라 양.〉

"그렇습니다."

라우라는 존댓말을 썼다. 비록 배신하기는 했지만 레이거스는 까마득한 어르신인 것은 물론이고 모두가 숭배하던 전설이었다.

물론 그런다고 손속에 사정을 둘 생각은 없었다. 그녀에게서 무시무시한 용마력의 파동이 퍼져 나가면서 갖가지 저주가 레이거스를 덮쳤다.

〈확실히 이 정도 마법사가 가세한다면 지금의 나라도 귀찮

겠지. 그러나…….〉

본의 아니게 허를 찔러서 큰 타격을 주기는 했지만 카이렌과 레티시아는 만만치 않은 실력자들이다. 라우라가 가세해서 마법으로 지원한다면 상당히 애를 먹게 되리라.

〈아가씨 상대는 따로 있어.〉

"그럴 만큼 여유 있는 상대가 있어 보이지 않는군요."

라우라가 가세한 것은 자신을 공격해 오던 적들을 어느 정도 정리하고, 나머지는 유렌에게 맡겼기 때문에 가능했다. 수호그림자들까지 섞여서 난전을 벌이는 지금, 용마왕 숭배자들역시 수적으로 딱히 앞서고 있지 않았다.

그런데 그때 먼 곳에서 섬광이 날아들었다.

퍼어엉!

라우라는 마법이 발동하는 그 순간 이미 그 조짐을 읽고 있었다. 가볍게 방어하는 것은 물론, 방향을 꺾어서 레이거스를 치는 여유까지 부렸다.

"배신자 라우라."

하지만 스산한 목소리를 듣는 순간 흠칫하지 않을 수 없었다. 라우라는 설마 하는 표정으로 고개를 들었다.

그곳에는 한 용마인 청년이 있었다. 주변에 강력한 저주가 깃든 여섯 자루의 검을 띄워두고 있는 용마인 청년은 새하얗게 새어버린 백발 아래로 창백한 안색과 푸른 눈동자를 드러내고 있었으며, 뾰족한 왼쪽 귀 위로 검푸른 깃털 같은 뿔이 돋아나 있었다.

라우라의 자수정빛 눈동자가 흔들렸다.

"디칼?"

2

라우라에게 디칼이라 불린 용마인 청년은 광기 어린 청년으로 키득거렸다.

"네가 내 이름을 기억하고 있다니 실로 영광이군. 하지만 틀렸어. 이제는 달리 불러라."

"무슨 의미야?"

"디칼 아운소르. 그게 내 이름이다."

동시에 디칼이 용마력을 전개했다. 그의 주변에 떠다니는 여섯 자루의 검에서 강력한 저주의 마법이 라우라에게 날아들었다.

라우라는 그것을 막아내면서 날아올랐다. 디칼이 그 뒤를 쫓으면서 연속적으로 마법을 퍼부었다.

파칫! 파지직! 파밧!

고위 마법사끼리의 마법 공방이 펼쳐지면서 사방에서 스파크가 튀고 물결 같은 파문이 일어났다. 고속으로 마법을 펼치지만 동시에 서로의 마법이 현상으로 구현되기 전에 그 맥을 끊어버리는 조용하고 격렬한 공방이었다

디칼이 물었다.

"왜 용마기를 쓰지 않지?"

"그건… 이제 없어."

"하! 죄 깊은 이름을 가진 자에게 비탄의 잔을 내주는 대가로 배신했다는 게 사실이었나?"

"그래."

"쉽게도 말하는군! 어처구니없는 녀석!"

그렇게 말하던 디칼은 갑자기 멈칫하더니 킬킬거리며 웃었다.

"아, 내가 화를 낼 일은 아니군. 물론 나 역시 그걸 얻어야겠다고 지옥에서 발버둥 치던 몸이기는 하지만… 네가 배신해 준 덕분에 그 지긋지긋한 가면을 벗고 얼굴을 드러내고 살 수 있게 되었으니까 말야. 라우라 넌 내 은인이야."

"……"

디칼 아운소르.

그는 얼마 전까지만 해도 이름이 없는, 아니, 정확히는 이름을 빼앗긴 존재였다. 라우라가 이름을 받은 그날 디칼이라는 이름을 받았고, 탈락자로 확정되는 순간 다시 이름을 빼앗긴 채 흑마법으로 속박당한 전투 도구 신세가 되었다.

원래는 영원히 그렇게 살다가 소모되었어야 할 그가 다시 이름을 얻은 것은 라우라가 배신해 준 덕분이다. 당황한 아운소르 일족의 수뇌부는 디칼에게 이름을 되돌려 주고 새로운 계승자로 삼아서 라우라를 처단하라고 명령했다.

디칼이 말했다.

"기왕 은혜를 베푼 김에 여기서 죽어주면 아주 고맙겠어. 그럼 내 입지가 확실해질 테고… 비탄의 잔도 가져갈 수 있으면 좋겠지만 그건 가진 놈을 죽여야겠군."

그가 맹공을 퍼부었다. 막 용살의 의식을 끝낸 그는 최상의 컨디션이었다. 활력이 넘쳐흐르고 용마력이 마르지 않는 샘처럼 솟아난다.

우우우우우!

그리고 그가 띄워둔 여섯 자루의 검은 용마기는 아니지만 용마전쟁 시절에 아운소르가 만든 강력한 마법기였다. 고속으로 날아다니면서 여섯 종류의 강력한 저주를 토해내고 사용자의 마법과 연계하는 전투 자아가 깃들어 있다.

마법 공방만으로 보면 거의 대등하다. 그러나 도구의 차이 때문에 격차가 발생했다. 라우라가 조금씩 밀리기 시작했다.

파아앙!

"……!"

폭발에 튕겨 나간 라우라의 얼굴이 고통스럽게 일그러졌다. 날아드는 저주의 검을 막아내는 순간, 다른 방향에서 날아드는 마법들이 방어를 관통하고 충격을 전달했다.

디칼이 라우라를 조롱했다.

"역시 대단하시군. 용마기가 없어도 이 정도는 한다 이건가? 하지만 우리 모두가 나설 것까지도 없이… 나 혼자서 끝장내 주지!"

"…우리? 그림자 검대도 데려왔어?"

그 말에 라우라가 신음처럼 물었다.

그림자 검대란 아운소르의 계승자 다툼에서 탈락한 자들로 구성된 어둠의 전투 병력으로, 아운소르 일족은 아주 중대한 국면이 아니고서는 그들을 투입하지 않는다. 디칼도 얼마 전까지는 그림자 검대의 일원으로 이름을 빼앗긴 채 저주받은 가면으로 얼굴을 가리고 살았다. 저 하얗게 탈색되어 버린 듯한 모습은 그 영향이리라.

디칼이 대답했다.

"그래. 그들이 너를 처단하는 것을 얼마나 중요시하는지 알겠지? 그리고 나를 향한 신뢰가 얼마나 얄팍한지도?"

자조적인 말이다. 하지만 디칼에게 아운소르의 마법기를 쥐어주고도 굳이 그림자 검대를 붙여준 것은 혼자서는 도저히 라우라를, 설령 용마기가 없는 상태라고 하더라도 당해낼 수 없으리라 보았다는 것이다.

"하지만 이것으로 알게 되겠지! 자신들의 판단이 틀렸다는 것을! 애당초 계승자 선정 과정 자체가 잘못되었다는 것을 말야!"

라우라를 궁지에 몰아넣은 디칼의 목소리는 희열에 차 있었다.

계승자의 자리를 두고 경쟁할 때는 모두 필사적이었다. 그들을 평가하는 자들의 잣대는 너무나도 엄정해서 사소한 흠결만으로도 탈락시켜 버렸다. 재능이 넘치는 아이가 100명도 넘게 있었는데 단 한 명만을 남길 생각으로, 심지어 탈락자는 제대로 된 신분조차 주지 않고 도구로 소모해 버리려고 한 것 자체가 그들이 얼마나 미쳐 있는지를 보여주는 것이다.

당연히 탈락자들은 그 과정에 불만이 많았다. 사소한 실수만으로도 모든 기회를 박탈당하고 나락으로 떨어지니 어찌 억울해하지 않겠는가?

마지막까지 라우라와 경쟁했던 디칼은 특히 그런 불만이 많았다. 아운소르의 일족은 틀렸다. 그들이 한 번만 더 기회를 주었어도 진정으로 아운소르의 계승자에 어울리는 존재가 누구인지 알았을 텐데……

문득 라우라가 말했다.

"…그런 생각을 하고 있었구나."

"마치 너는 다른 것처럼 이야기하는군. 너도 마찬가지 아니었나?"

"달라."

라우라는 고개를 저었다. 그리고 디칼을 똑바로 바라보며 말했다.

"나는 너처럼 여유 있지 않았어, 디칼."

"뭐?"

"미래를 생각해 본 적이 없었어. 내가 되려고 하는 일이 얼마나 가치 있는 일인지도 상관없었어. 너희가 무슨 생각을 하는지도… 상상해 보지 않았고."

라우라는 계승자가 되기 전까지 자기가 뛰어나다고 생각해 본 적이 없었다. 하나씩 하나씩 탈락해서 사라져 가는 형제자매들을 보다 보니 어느 순간부터 모든 것이 의미를 잃고 퇴색해 갔다.

웃기는 일이지만 그녀는 아운소르의 계승자가 될 때까지,

그리고 아젤을 만나기 전까지는 관성적으로 살았다. 이름을 받고 기뻐하던 시절, 자신을 시험하고 평가하는 자들의 기준에 합당한 능력을 갖추기 위해 필사적으로 발버둥 치던 시절의 관성에 떠밀려서 살아갔지 앞으로 향하고자 하는 의지는 꺼져 버린 지 오래였다.

그 당시에는 살아남아야 한다는 절박감조차도 희박해졌다. 시험이 있을 때마다 이게 끝나고 나면 자신이 없어질지도 모르겠구나, 하는 공허한 마음으로 운명을 결정하는 자리에 나섰다.

그런데도 그녀는 살아남았다. 어쩌면 그것은 무심으로 임했기 때문인지도 모른다. 필사적이기 때문에 희망과 절망으로 흔들리는 경쟁자들과 달리, 그녀는 마음이 흔들리는 일 없이 늘 자신이 쌓아올린 것을 보였을 뿐이다.

문득 라우라가 말했다.

"미안해."

"죽음이 다가오니까 미쳐 버렸나? 도대체 무슨 소리를 하는 거지?"

"생각해 보면 그 시절의 나는 너희를 이기려고 하지 않았어. 이겨도 져도 상관없었고 탈락하면 그저 그뿐이라고 생각했지. 어차피 가치 있는 것은 아무것도 없었으니까."

라우라의 눈이 아련해졌다. 디칼은 혼란스러웠다. 도대체 라우라가 무슨 생각을 하는지 알 수가 없었다.

"살고자 하는 마음이 없는 자가 절실하게 살고자 하는 자들을 떨어뜨리고 살아남는다. 이제는 그게 얼마나 모욕적인 일인지 알 것 같아. 얼마 전까지 나는 그것조차 모르고 있었어."

어쩌면 이전의 라우라의 삶은 삶이라 할 수 없었는지도 모른다. 열의도 욕망도 없이, 그녀를 만든 자들이 원하는 대로 행할 뿐인 인형에 불과했다.

삶이 시작된 것은 아젤을 따라나선 그 순간이다.

죽어버린 줄 알았던 내면의 불길이 되살아났을 때, 생전 처음으로 타의가 아닌 자신의 의지로 어떻게 살아갈지를 결단했다. 그러자 언제나 잿빛이었던 세상에 색이 돌아왔고 하루하루가 신선한 감동을 느끼게 해주었다.

"그러니까… 이제는 이겨야겠어. 이겨야 하니까 이기는 게 아니라, 이기고 싶으니까 이길 거야. 살고 싶으니까 살아남을 거야."

"웃기지도 않는군. 그저 바라기만 한다고 해서 이루어진다면 세상에 비극 따위 없을걸? 예전부터 무슨 생각을 하는지 알 수 없었지만 확실히 제정신이 아니군. 미쳐 버린 채로 죽어서 나를 위한 초석이 되어라."

디칼은 저주의 검으로 라우라를 포위한 채로 잔혹하게 웃었다. 그녀만 아니었으면 사신이 이름을 빼앗기고 저주받은 가면을 쓴 소모품으로 전락하는 일도 없었으리라. 이제 원래 자신의 것이어야 할 자리를 되찾았으니 그동안의 고통을 보상받을 시간이다!

그가 결정타를 넣으려는 그 순간이었다.

"한 가지는 짚고 넘어가야겠어. 디칼, 넌 오만해."

"뭐?"

라우라의 단언에 디칼이 울컥하는 순간이었다.

퍼엉!

그의 방어를 뚫고 라우라의 마법이 작렬했다.

"크억!"

디칼의 방어는 견고했다. 또한 지금까지의 공방에서 쌓아올린 우위는 쉽사리 뒤집을 수 있는 게 아니었다.

하지만 라우라는 그 모든 방어를 우회해서 충격파를 터뜨렸다. 피투성이가 된 채 추락하던 디칼이 가까스로 다시 날아오른다. 그런 그에게 라우라가 조금 전까지의 열세가 거짓말이었던 것처럼 폭풍 같은 마법을 퍼부었다.

파파파파팡!

저주의 검들이 거의 동시에 라우라의 마법에 격중당해서 튕겨 나간다. 그리고 흐트러져 있던 용마력이 정제되면서 소름 끼칠 정도로 정밀한 형태를 이루기 시작했다.

디칼이 경악했다.

"이런… 어떻게 내 방어를……!"

"너는 너무 오래 정체해 있었어."

라우라가 서글픈 눈으로 디칼을 바라보았다.

디칼은 분명히 탁월한 기량의 소유자였다. 마법기의 힘을 빌렸다고는 하지만 용살의 의식을 치르기까지 했으니 그 강력함에 대해서는 두말할 나위가 없으리라.

인공자궁에서 태어난 이들이 모두 용마족이었던 것은 아니다. 용마족이 가장 뛰어난 존재라고 여기면서도 아운소르 일족은 다양한 가능성을 실험하기 위해 용마족과 용마인 모두를 후계자 후보로 만들었다.

디칼은 용마인 중에서는 독보적으로 뛰어났던 존재다. 용마인이면서도 용마족을 능가했으며, 마지막까지 라우라와 경쟁했을 정도로.

하지만 그것도 오래전의 일이다.

"비록 용마기가 없지만······."

라우라는 디칼의 방어마법을 하나하나 해제해 갔다. 디칼이 필사적으로 거기에 맞섰지만 압도적으로 밀린다. 지금까지 쌓아둔 우위가 모래성처럼 허물어져 내리고 있었다.

"너는 너무 빨리 왔어."

결국 라우라의 마법이 침묵의 공방을 깨고 하나둘씩 구현되기 시작한다. 대기의 통제권이 넘어가고, 뇌격이 폭발하고, 열기가 끓어오르면서 생존을 위협했다. 그에 비해 디칼의 마법은 여전히 구현되기 전에 모조리 봉쇄되고 있었다.

둘은 용마력만 보면 큰 차이가 없다. 라우라가 좀 더 우위에 있는 것은 사실이지만 디칼에게는 아운소르의 마법기가 있고 조금 전에 용살의 의식을 치른 직후라 비정상적으로 힘이 충만하다.

하지만 마법사로서의 기량은 라우라가 압도적으로 위다.

마법의 운용만이 아니다. 익히고 있는 마법 자체만 봐도 라우라가 훨씬 수준이 높았다.

어쩔 수 없는 일이다. 아무리 천재적인 재능을 가졌어도 마법을 학습하고, 자기에게 맞게 연구하고 숙련하는 과정에는 시간이 필요하다. 라우라는 계승자가 된 후로 온갖 비의를 접하면서 마법사로서 성장했다.

그에 비해 디칼은 탈락자가 되는 그 순간부터 지식의 공급이 끊겼다. 그저 그때까지 익힌 것만으로 싸워야 하는, 성능이 정해진 도구와 마찬가지 신세였다.

그런 격차를 성능 좋은 마법기 좀 쥐어줬다고 극복할 수 있으리라 여긴다면 라우라를 너무 우습게 보는 것이다. 지금까지 라우라가 밀렸던 것은 마음의 동요 때문이었지 실력 문제가 아니었다.

라우라가 단호한 표정으로 디칼에게 선언했다.

"아직 보고 싶은 게 많아. 하룻밤 자고 일어날 때마다 새로운 갈망이 일어나. 그러니까 살아야겠어. 그들이 만든 꼭두각시 인형으로서가 아니라, 내가 선택한 길의 저편에 무엇이 있는지 볼 거야."

"라우, 라아아아악……!"

디칼이 비명을 질렀다. 이미 일대의 환경이 완벽하게 라우라의 제어하에 들어가 있었다. 심지어 피를 통해 통제권을 각인시킨 여섯 자루 저주의 검조차도 라우라의 마법에 간섭받아서 움직임이 엉망진창이었다.

"끝이라고 말하고 싶지만……."

라우라가 중얼거렸다. 그때 사방에서 뇌격이 날아들었다.

꽈과광! 꽈광!

하지만 라우라는 아무런 타격도 없이 뇌격의 폭풍 속에서 벗어난다. 그녀의 시선이 디칼에게서 벗어나서 지상으로 향했다.

그곳에서 강력한 용마력의 파동이 다수 감지되고 있었다. 그 수는 자그마치 30명을 넘는다. 용마력만으로만 보면 이 전장에서 활약하는 간부들에게 필적하는 존재들이 라우라를 상대로 살의를 발하고 있었다.

디칼을 따라온 그림자 검대다. 디칼은 자기가 혼자 상대할 테니 대기하라고 명령했겠지만 상황이 이리되니 나설 수밖에 없었으리라.

문득 라우라의 뇌리에 아젤의 말이 스쳐갔다.

"유감스럽게도 마음 편한 해결법이 있는 문제는 아니야. 세상의 많은 문제가 그렇듯이 어쩔 수 없는 것들이 있게 마련이지."

언제부터인가, 같은 인공자궁에서 도구로서 태어난 형제자매들인 저들은 라우라에게 있어 아무런 가치도 없는 존재가 되었다. 그들이 탈락해서 사라져도 더 이상 고통스럽지도, 상처받지도 않았다.

하지만 지금 이 순간… 자신을 겨냥한 저들의 살의에 가슴이 아프다.

"…알아. 결말을 낼 수밖에 없겠지."

라우리는 서글픈 미소를 지으며 각오를 되새겼다.

3

디칼이 라우라를 상대하기 시작하자 카이렌과 레티시아는 다시금 궁지에 몰렸다. 방어에 주력했는데도 순식간에 피투성이가 되었다.

"크억!"

카이렌이 레이거스의 발에 맞고 나가떨어졌다. 가까스로 낙법을 취해서 일어나기는 했지만 곧바로 휘청 하고 무릎이 꺾인다.

"헉, 헉, 허억……."

격전의 소음이 가득한 전장 한가운데서 나른한 감각이 몰려왔다. 부상과 체력 소모로 인해서 집중력이 떨어지고 있다는 증거다. 레이거스와의 싸움이 길지는 않았지만 심신 양면이 너무 혹사당했다.

레티시아도 마찬가지다. 그녀도 슬슬 서 있을 힘도 없어 보였다.

〈아아, 정말 옛날 생각나는군.〉

그 앞에서 레이거스가 말했다. 이제는 완전히 두 사람의 바닥을 드러냈다. 마음만 먹으면 얼마든지 끝장낼 수 있으리라. 하지만 여유를 부리는 것은 오만함이 아니라 감성적인 문제다.

인간을 비롯한 지성체는 서로 죽고 죽이는 전장에서조차 멋과 낭만을 찾는 어리석음에서 벗어나지 못하며, 그것은 레이거스도 예외가 아니었다. 아니, 오래 살았고 한 번 죽었다가 되살아나기까지 해서 그런지 뛰어난 적과 대적하는 감동의 순간이 끝난다는 점을 더욱 아쉬워한다.

"큭……."

카이렌이 이를 갈았다.

아까 전에 허를 찔렸을 때 당한 타격이 너무 컸다. 그것만 아니었다면 좀 더 버틸 수 있었을 텐데…….

레티시아가 독기가 풀풀 풍기는 목소리로 말했다.

"이래서 노인네들이란. 한 번 죽기까지 했던 작자가 여유가 넘치는군. 그런 여유가 명을 재촉한다는 것을 이전의 삶에서 배우지 못했나?"

〈빨리 죽여 달라고 시위하는 건가?〉

레이거스가 고개를 갸웃했다. 레티시아가 키득거렸다.

"그렇게 들린다 해도 할 말이 없군. 간만에 약자의 입장이라는 것을 경험해 보니… 역시 좋은 기분은 아니야. 집단의 강력함이야 늘 실감한 바였지만 나 개인이 누군가를 상대로 약자가 되어본 경험은 참 오랜만인데."

레이거스는 그런 그녀를 보며 의아해했다. 궁지에 몰리더니 자포자기한 것일까? 하지만 헝클어진 앞머리를 쓸어 넘기는 태도를 보아하니 그런 것 같지는 않다.

"하지만 아직 이긴 기분 내기는 좀 일러, 전설의 용마장군."

〈감춰둔 비장의 한 수라도 있나? 있으면 얼마든지 꺼내보도

록. 내가 원래 그런 거에 환장해서 위험을 자처하는 사나이거든.〉

"바보로군."

〈동료라는 것들이 자주 그런 소리를 했지. 하지만 모처럼 강적을 만났는데 밑바닥까지 보지도 못하고 끝내 버리면 안타깝지 않나? 내 삶의 보람이 바로 그것이거늘.〉

"동료라. 그래, 내가 믿는 것도 바로 그거다. 여태까지 별로 해본 적이 없어서 어색하기는 하지만……."

〈음?〉

레이거스가 의아해할 때였다. 그가 발 딛고 있던 땅이 사라졌다.

〈뭐야?〉

발밑의 대지가 기묘하게 일그러지면서 움푹 꺼진다. 그리고 레이거스의 몸이 그 속으로 빠져버렸다.

종종 마법사들이 돌격해오는 적들을 상대로 땅을 푹 꺼지게 해서 빠뜨리는 마법을 쓰고는 하지만 이것은 그런 저급한 수법과는 다르다. 발을 지탱해 주는 지면이 사라지기 전까지 아무런 조짐도 느끼지 못했다.

그리고 레이거스가 이 현상의 정체를 이해한 순간, 그 아래쪽에서 새하얀 벼락이 치솟았다.

꽈르릉! 꽈광!

〈젠장! 아운소르의 재주잖아!〉

간발의 차로 레이거스가 그것을 방어하고 하늘로 솟구쳤다.

그런 그를 따라서 섬광이 내달린다. 레이거스가 허공의 한 점을 노리고 혼쇄의 인을 휘두르자 섬광이 폭발했다.

콰아아아아……!

그리고 그 뒤편에서 붉은 머리칼을 휘날리는 청년, 아젤이 나타났다.

〈호오!〉

기습을 받고 날아간 레이거스의 목소리는 희열에 차 있었다. 푸른 광택을 흘리는 검을 들고 전신에서 벼락의 힘을 발하는 붉은 머리칼의 청년은 그가 기억하고 있는 누군가와 똑같았기 때문이다.

〈역시 너였군!〉

그가 웃음을 주체할 수 없다는 듯 박장대소하며 외쳤다.

〈아젤! 정말 살아 있었구나!〉

그리고 전장에 기묘한 정적에 내려앉았다.

『용마검전』 6권에 계속…

네르가시아 장편 소설
FUSION FANTASTIC STORY

THE MODERN
MAGICAL
SCHOLAR

현대
마도학자

나르서스 제국의 전쟁영웅이자
마나코어를 개발한 천재 마도학자 카미엘!

그러나 제국의 부흥을 위한 재물이 되어
숙청당하는데…….

『현대 마도학자』

죽음 끝에 주어진 또 다른 삶.
그러나 그에게 남겨진 것은 작은 고물상이 전부였다.

더 이상의 밑은 없다!
마도학자의 현대 성공기가 시작된다!

Book Publishing CHUNGEORAM

데일리 히어로

FUSION FANTASTIC STORY

인기영 장편 소설

지금까지 이런 영웅은 없었다!

『데일리 히어로』

꿈과 이상을 가진 평.범.한. 고딩 유지웅.
하지만……
현실은 '빵 셔틀'일 뿐.

그러던 어느 날, 유지웅의 앞에 나타난 고양이.
그(?)로 인해 모든 것이 바뀌었다.

선행! 선행! 그리고 또 선행!

데일리 히어로 유지웅의 선행 쌓기 프로젝트!

Book Publishing CHUNGEORAM

유행이 아닌 자유추구 -
WWW.chungeoram.com

The Record of Dragon's Return

푸른 하늘 장편 소설
FUSION FANTASTIC STORY

재중
귀환록

『현중 귀환록』, 『바벨의 탑』의
푸른 하늘 신작!
이계를 평정한 위대한 영웅이 돌아왔다!

어느 날 갑자기 찾아온 부모님의 죽음,
그리고 여동생과의 생이별,
모든 것을 감당하기에 재중은 너무 어렸다.
삶에 지쳐 모든 것을 포기할 때, 이계에서 찾아온 유혹.

"여동생을 찾을 힘을 주겠어요.
…대신 나를 도와주세요."

자랑스러운 오빠가 되기 위해!
행복한 삶을 위해!

위대한 영웅의
평범한(?) 현대 적응이 시작된다!

Book Publishing CHUNGEORAM

유행이 아닌 자유추구 -
WWW.chungeoram.com